文庫 13

与謝野鉄幹
与謝野晶子

新学社

装幀　友成　修

カバー画
パウル・クレー『金色の魚』一九二五年
ハンブルク美術館蔵

協力　日本パウル・クレー協会

河井寛次郎　作画

目次

与謝野鉄幹

東西南北

東西南北叙

方今我国の文学に於て最も属望すべきもの、二あり、何ぞや、曰く、戯曲、曰く、新体詩、是れなり、戯曲ハ姑く之れを措き、新体詩の何故に然るやを述べむに、古来吟詠する所、和歌と漢詩と、之れあり、就レ中和歌ハ一種の擬古体にして、其文字制限ありて、僅に一片の情緒を攄《の》ぶるに止まる、時に長篇なきにあらざるも、慣用の方式に拘はり、言句の多き割合にハ事項の見るべきもの少く、吾人をして華にして実なきの嘆あらしむるを奈何せむ、漢詩ハ和歌よりも一層発達せるものにして、之れを作り、之れを誦すれバ鬱を解き悶を遣るに足る、然れども漢詩の到底吾人の意に快からざるものあり、是れ他なし、漢詩ハ支那の文学なり、我邦の文学にあらず、漢詩を盛にするハ我邦を忘れて支那の力を致すなり、猶直接に之れを云へバ、漢詩を作るハ我邦人の軽蔑する支那人の糟粕を甞むるなり、猶も男子と生れ、廉耻の何たるを知れる以上ハ豈に独り支那人の糟粕のみに恋々たるべけむや、是故に吾人ハ已に擬古体の和歌を排し、又支那人の余唾に本づく漢詩を廃して、別に我心情をあらはすべきものを求め、遂に新体詩と称する国詩を作り出だせり、仮令《たと》ひ其成効の如何ハ未だ予知すべからざるも、已に我邦に於て文学の新区域を開拓せるや疑なし、初めハ新体詩に向ひて攻撃を試み、尚ほ陳腐なる擬古体を挽回せむとするものありたれども、一たび震盪《しんたう》したる激浪ハ滔々汨《こつ》々として遂に大潮流を成し、将に底止する所なからむとす、与謝野君鉄幹曾て落合直文氏に学び、和歌を作るに巧なり、然れども其時勢を見るの速なる、蚤《つと》に思を新体詩に凝らし、作る所数十篇あり、其中見るべきもの少しとせず、頃《ちかご》ろ其韓山風雲の間に得る所のものを加へて、東西南北と題し、世に公にせむとす、蓋し亦新体詩派の為めに一勢力を添ふべきものならむ、因りて平生思ふ所を巻端に書して、以て之れが序となす、

明治二十九年七月五日　井上哲次郎識

序

京都の地たる、山うるはしく、水明かなり。そこに住むものハ、おのづから、歌よむ情の起るらむ。与謝野鉄幹ハ、京都の人なり。歌にたくみなるも、その故にや。鉄幹ハ、わが浅香社の社友なり。社友三十名前後、いづれも、その歌に、一種の特色を備へ居るが、鉄幹の如きハ、雄々しき調を以てまさるものか。鉄幹、このごろ歌集を出さむとて、そのはじめに、余の歌論をしるさむことをもとむ。余の歌論ハ、鉄幹のよく知るところ。今、あらためて、なにをかいはむ。たゞ、いはまほしきハ、桂川と鴨川と、いづれか雅にして、いづれか俗なるといふことなり。また、東山と嵐山と、いづれか優にして、いづれか拙なるといふことなり。鉄幹、よく知らむ。桂川ハ、水声清くして、影をひたせる月、また、をかしきにあらず

や。これに反して、鴨川のひなびたる景色ハ、いかに。嵐山ハ、松ふく風、すゞしくして、ふりくる雨、また、おもしろきにあらずや。これに反して、東山のいやしげなるながめハ、いかに。今の世の、新体詩とかいふものを見るに、鴨川のほとりに、絃歌の声をきくが如く、また、東山のふもとに、洋燈の光を見るが如くなるにあらずや。余ハ、鴨川と東山とのひなびたるけしき、いやしげなるながめなることハ、はやく認めたり。水を愛せむにハ桂川、山を賞せむにハあらし山といふことをバ、はやく見しりたり。鉄幹もまた、これに対しては、異議なからむ。さハいへ、桂川にむかひて、驚浪、龍門を下る勢をもとめらるべきか。嵐山にむかひて、嶮岌《けんきふ》、晴空に聳ゆる姿をもとめらるべきか。そハまた、白河と比叡の山とのあるにあらずや。鉄幹の歌を見るに、桂川あらし山ハ見終りて、深く白河にさかのぼり、たかく比叡の山にのぼらむとするもの、如し。その志、壮とやいはむ、快とやいはむ。余、この夏、ぬしの故郷なる京都に遊び、白河に、比叡の山に、暑を避けむとす。鉄幹、歌集の出づるをまち、そを携へて、来り訪へ。水声激するあたり、白雲深きところ、手をとりて、歌論をなすも、また、一快事ならずや。

七月六日の夕つかた　萩の家の主人　直文

東西南北に題す

ふる草ハ、かれぐ〵にして、
にひ草ハ、色あさき野に、

たのもしく、　芽ぐむ二葉よ、
なれハそも、　いかなる種ぞ。
一とせの、　はかなきものか、
冬ごもる、　ねづよきものか。
その二葉、　こたへていはく、
おひさきハ、　我も知らねど、
あめつちの、　力のまにま、
萌出でて、　かくこそ立てれ。
うら〳〵と、　照れる日影を、
うちあふぎつつ。

丙申の歳　　鍾礼舎主人　鷗外

序

歌を論ずるハやすくして、歌をよむハかたし。近ごろ、歌を論ずるもの陸続として出づ。然れども、その論のよきに似ず、その歌の感ずべきがすくなきハ如何。などか歌を論ずるに先だち、みづから歌をよみて、人の模範とハせざる。その順序をあやまれるにあらずや。わが友鉄幹君の歌における、よく論じ、よくよみ、早く一家を成して、長短、意の如くならざるなく、殊に長篇にたけたり。事を叙し意を舒ぶる、雄大に、豪放に、専ら気を主として、区々、辞句の間に齷齪《あくせく》たらざるが如く、しかも、微をつらぬき、密をとほし、趣あり、情あり、読者をして、覚えず掌を拊《う》ちて、快と呼ばしむ。まことに、平生の論にそむかざるなり。されバ君ハ、従来の繊弱なるものをのみ歌と思へる世に立ちて、大声疾呼し、必ず雄篇の出でざるべからざるを説き、爰《ここ》に先づ自ら、近作若干を集めて、一冊とし、以て大に世の批評を乞ふところあらむとす。その進取の気、敬服に堪へず。序を徴せらるゝにあたり、一言することかくのごとし。

明治廿九年七月一日、さみだれ初めて晴れ、
若竹の葉風涼しき窓の下にて、　しらがしのやのあるじ、鯛二しるす。

序

今の世の歌ハ、大よそ、二つにわかれたるがごとし。その一つハ、詞をも心をも、古めかしく、よみ出づるものにして、その一つハ詞をも心をも、なるべく、今やうに、よみ出でむとするものなり、されバ、一つハ賀茂川の流をたどり、一つハ香川の雫をくめりなど、人ハいふめり。さハいへ、共に一つの形式を守りたれバ、新調といふも、必しも新ならず。いひもてゆけバ、一つ道におつめり。こゝに、我友与謝野寛氏ハ、常に今の世の歌の、吟ずるに足らざるを憤りをる人なるが、この頃尋ねきて、議論ハ功少し、我ハ、わが思ふところあれバ、みづからの歌を、世に公にせむとす。いかで、一こと添へずやといふ。見るに、その集の名の、東西南北といふさへ、めづらしきに、よみ出でられたる長歌短歌など、その体、全く、今の世の歌人の流と異なり。この書、一たび世に出でなバ、ほむる人、そしる人、その議論いくばくぞ。おのれも、未だその形式の、全く備りたるものとハ、思はざれど、かの賀茂香

川のしづくをのみくみて、歌とおもへるものらより、遥にその志の遠大なるを、よろこぶものなり。さるハ、歌ハもとより、一つ心よりおこりて、万づの言の葉となれるものなれバ、たゞ形式にかゝはりて、詞をかざり、句をねるをのみ、つとむるものにあらざれバなり。あはれ、よく読み味ひてよ、東西南北の人々。

明治廿九年七月、梅雨ふりつく窓のもとにて。　藤園主人　小中村義象

東西南北の序

風ハ心無きものなめり。それすら東に行き西に至り、南に奔せ北にかけり、木を抜き水を溢れしめ、雲を飛ばし砂を捲くときハ、怒るが如く、泣くが如く、号《さけ》ぶが如く、吼ゆるが如き声、その間よりぞ起りける。人ハ感《かま》け易きいきものなり。然れども足門の内を出でず、目牆の外に及ばずバ、何をか言ひ何をか歌はむ。仮令言ふこと有りとも、歌ふこと有りとも、席《たみ》の上にして水泳ぐすべを論《あげつ》らひ、盲《めしひ》にして色の好悪《よしあし》を定むるが如きことぞ多からまし。こゝに蘇鉄の屋寛といふぬし有り。歌よむわざに長《た》けて、体《すがた》の長き短きを撰ばず。旅行くことに慣《な》れて道の遠き近きを言はず。年まだわかけれバ、その業ます〳〵進むべく、身なほ覊《ほだ》されねバ、その志遂ぐるに易からむ。後の人畏しとハ、かかるをぞいふべき。曩《さき》に二六新報社に在りて、日々に勇ましきしらべをうたひ、尋《つ》ぎて朝鮮に渡りて、しばしば危きさかひに臨みき。この頃帰り来て、わがふせ菴を訪はれしかバ、別れて後の言の葉を聞かむとせしに、ほゝゑみて言はず。後二日経てのふみに、わがよめる歌どもを、こたび東西南北となづけて、すりまきにせむとす。はしがきしてよとあり。ぬしの名におふ与謝の海や、天の橋立まだふ

みも見ぬほどハ、いかゞあらむと躊躇《たゆた》ひつれど、東西南北といふ名、まづいと面白く、この名に由りて、その歌どもの、必ず木を抜き水を溢れしめ、雲を飛ばし砂を捲くいきほひ有りて、はた怒りつ泣きつ号びつ吼えつする、大風の如きしらべならむことの推測《おしはか》らるれバ、一日も早く世に公になりなむことのねがはれて、得も辞《いな》まず拙き一言を添へたり。いでや、このふみ出でなバ、席の上にして水泳ぐ術《すべ》を論ひ、盲にして色のよしあしを定むる輩ハ更なり、我を除《お》きて世に歌よみハなしと誇り高ぶり思ひあがるらむ人も、背《そびら》に汗の流るゝふし無きにしもあらずやあらむ、いかゞあらむ。

明治二十九年六月二十三日　坂　正　臣

東西南北序

鉄幹、歌を作らず。しかも、鉄幹が口を衝いて発するもの、皆歌を成す。其短歌若干首、之を敲けバ、声、釣鐘の如し。世人曰く、不吉の声なりと。鉄幹自ら以て、大声ハ俚耳に入らずと為す。其長歌若干首、之を誦するに、壮士剣に舞へバ、風、木葉を振ふが如し。世人曰く、不祥の曲なりと。鉄幹自ら以て、世人皆酔へり、吾独り醒めたりと為す。鉄幹自ら恃む所の、何ぞ夫れ堅にして頑なるや。余も亦、破れたる鐘を撃ち、錆びたる長刀を揮うて舞はむと欲する者、只其力足らずして、空しく鉄幹に先鞭を着けられたるを恨む。今や鉄幹、其長短歌を集めて一巻と為し、東西南北といふ。余に序を索む。余、鉄幹を見る、日猶浅し。之に序する、余が任にあらず。然れども、其歌を知るハ、今日に始まるに非ず。其歌集に序する、亦何ぞ妨げむ。乃ち序をつくる。

明治二十九年七月一日　　東京上根岸僑居に於て、　子規子しるす。

序

これ有り、鰮《いわし》が鯛になるにもあらず。これ無し、鯛が鰮になるにもあらず。序と申すハ、まことに、つまに副へたる生姜の如きものなり。われ嘗て新体詩見本を作る。鉄幹調に曰く。

鐘ハ上野か浅草か
　白きを見れバ夜ぞ更くる
『姑蘇城外寒山寺』
　数ふる指も寐つ起きつ
首縊らんか鳰《にほ》の海
　ぶら下らぬぞうらみなる
身をバ投んか鷲の峯
　もぐり込まぬぞ憾みなる
小揚子むづと手に執りて
　喉笛美事に掻切れバ
ちよいと痛めど血ハ出でず
　死するも命別儀なし
『天地玄黄千字文』
　無理心中は止むべきぞ

前歯にてつみ玉ふとも、二へぎ入れて煎じ方常の如くし玉ふとも、御勝手なり、ひねともやしと、わが問ふ所にあらず。序に代ふ。

病床に於て　正直正太夫

題詞

吾曾誦君句。毎毎愛清新。
険語驚天下。奇才笑古人。
深山森虎豹。大沢莽荊榛。
一剣三千里。帰来筆有神。

青崖山人

東西南北をよみて

佐々木信綱

から山に駒をとゞめてうたひけむ高きふしこそ世に似ざりけれ
道のためつくせや吾せますらをの常にとらむハつるぎのみかハ
八重むぐらおひ繁りたる草むらにそびえてたかし杉のひともと

自序

小生の短歌と、新体詩とを輯めたるもの、この『東西南北』に御座候ふ。

小生、八歳にして郷里西京を出で、東西に馳駆すること、茲《ここ》に十五年。風塵に没頭する余暇、興を遣り、悶を慰するものハ、詩歌に候ふ。故に、小生の詩ハ、自身に楽むで後、その楽を、人に分つもの、多数を占め居り候ふ。

小生の詩、幼年より、聊かの草稿をも、とどめ来らず候ふ。顧ふに、短歌をよめることハ、七千首以上なるべしと覚え候へども、記臆に存するものとてハ、その五十分の一にも過ぎず候ふ。されバ、この四五年間の、新聞雑誌に見えたるものと、小生の記臆に存するものとを択んで、この一巻と致し候ふ。

小生の詩ハ、短歌にせよ、新体詩にせよ、誰を崇拝するにもあらず、誰の糟粕を嘗むるものにもあらず、言はバ、小生の詩ハ、即ち小生の詩に御座候ふ。

小生の詩に、初めて知を辱うしたるハ、落合直文先生に候ふ。要するに、先生の慇懃なる策励にして無かりせバ、今日この一巻を公にする勇気の如きも、生ぜざるべく候ふ。先生の浅香社、由来、霊才繡腸の士多きに係らず、先生の、小生を捨て給はざること、十年なほ一日の如くに候ふ。小生ハ、この一巻を公にするに当りて、特に師恩の高大なるを思ひ、未だ、其万一にだも報じ奉るところなきを、慙愧致し候ふ。

師の令弟鮎貝槐園君ハ、小生の益友に候ふ。意気相投じ、肝胆相許すこと、茲に五年。共に同一の事業に従ひて、曾て一日も争はず。その詩、また志を同じうして、互に磨礪《まれい》するを常と致し候ふ。君久しく、韓山に留りて帰らず。『東西南北』の印刷前、一たび君が細評を煩すの暇なかりしを、遺憾に思ひ候ふ。

曾て、小生の詩に『露骨』との評を賜ひしハ、帝国文学記者、青年文記者の両君にして、『生硬蕪雑』との評を賜ひしハ、六合雑誌記者、太陽雑誌記者の両君なりしかに覚え候ふ。小生が、一時、現代諸名家の歌評を試みし際に、宮内省派をして、顔色なからしむるも、得る所なかるべし。寧ろ、意を転じて、少年詩人の誘導に、尽力せずやといへる意味の勧告を賜ひしハ、小日本新聞記者の君にして、又、新体詩の新体詩らしきもの、我れ初めて、鉄幹に於て之を認むとの評を賜ひしハ、日本新聞記者の君なりしと存じ候。この外、小生の詩に対して、従来批評を賜ひし諸君、少からず。早稲田文学記者、太陽雑誌記者両君の如きハ、屢々、小生の悪詩に向ひて、過分の注意を加へられしが如し。抑、毀誉何れにせよ、小生ハ、諸君の批評に由つて、小生が、発憤自励の念を増したることを、幸栄と心得候ふ。こゝに、謹で諸君に対し、満腹の敬意と、謝意とを表し申し候ふ。

本書ハ、得るに従ひて、編輯せしもの。前後の順序もなく、聯絡もなし。小生の、万事に疎放なること、今に改らず。御推恕を願ひ候ふ。

小生ハ、詩を以て世に立つ者にあらず候へども、短歌にもあれ、新体詩にもあれ、世の専門詩人の諸君とハ、大に反対の意見を抱き居る者に御坐候ふ。されど、最早議論の時代にあらずと心得候へバ、申し述べず候ふ。

世に、駄評家多し。小生ハ、本書に対し、何卒、真面目なる、詩的批評を賜らむことを、切望致し候ふ。

明治廿九年六月十七日、東北、宮城巌手青森諸県、大海嘯の惨状を想像しつゝ、著者自ら、東京の寓居に識す。

無題二首

野に生ふる、草にも物を、言はせばや。涙もあらむ、歌もあるらむ。

花ひとつ、緑の葉より、萌え出でぬ。恋しりそむる、人に見せばや。

韓廷に、十月八日の変ありて、未だ二旬ならざるに、諸友多く、官にある者ハ、帰朝を命ぜられ、民間にある者ハ、退韓を命ぜらる。余もまた、誤つて累せられむとし、幸に僅にまぬかる。こゝに於て、一時帰朝の意あり、諸友中、広島に護送せらるゝ者と、船を同じうして、仁川を発し、宇品に向ふ。船中無聊、諸友みな、詩酒に托して興を遣る。当時、余また数詩あり、その記臆するもの、一に云く。

から〳〵と、笑ふも世にハ、憚りぬ。泣きなバいかに、人の咎めむ。

広島獄中の諸友に寄せたるもの。

罪なくて、召さるゝもまた、風流《ふうりう》や。ひとやの月ハ、如何にてるらむ。

子　規

世に出でし、人ハ帰るを、わすれけむ。むなしき谷に、啼くほとゝぎす。

棄婦

いねとある、このふみもなほ、君の手と、思へバなか〳〵、裂かれざりけり。

得意の詩

都を出でて何地《いづち》ゆく、
しばしハ語らへ駒とめて、
君と飲まむも今日《けふ》かぎり。
「西《にし》、陽関《やうくわん》を出づれバ故人無し。」
ゐなかに行かバ美《よ》き酒も、
顔よき乙女もあらざらむ。』

我友ハ、軽くひとつぎ飲みほして、
たかく笑ひぬ、から〳〵と。
大男児、王侯の手を握らすバ、
一枝の筆を杖とせむ。
天下の山天下の水、
われを迎へて余りあり。
君見ずや、失意の時こそなか〳〵に、

得意の詩篇ハ成るべきぞ。』

心

うるはしく、心ハもたむ。飛ぶ蝶を、まねくも花の、にほひなりけり。

廿八年の夏、京城にありて。

思ふこと、いはむとすれバ、友ハあらず。さよふけてきく、山ほとゝぎす。

西京比叡山の麓に住みける秋。

雲ハみな、浮世に出でて、山里に、のこるハ月と、我となりけり。

鸞輿向西（廿七年九月十四日作）

御車ハ、今か出づらし。むらさきの、
雲間になびく、大御旗《おほみはた》。

常ならバ、このいでましも、須磨明石、
月の行幸《みゆき》と、いふべきを。

三国干渉の事などきゝて、鉄幹のもとに。　京城にて　槐園

国のため、家をも身をも、妻子をも、わすれし袖の、なにに濡れけむ。

槐園に復す。

口あきて、ただ笑はばや。我どちの、泣きて甲斐ある、この世ならねバ。

僑居偶題

書冊の塵ハはらはねど
仔細に太刀の錆《さび》ハ見る。
よし貧賤に身ハおくも、
捨てぬ丈夫の意気一つ。
去年の夏のこのごろよ、
われ韓山に官を得て、
謀るところも多かりし、
それも今更夢なれや。
世ハ慨くまじ徒らに、
小吏《せうり》の怒りを買ふばかり。
詩ハ廃せむか終にただ、
才子の名のみ残るらむ。
竹蕭々門を閉ぢ、
窓にハなびく茶の烟。
石落々水を引き、
池にハをどる魚の影。
しばし疾をやしなひて、

都にちかき仮りずまひ、
こゝも浮世をのがれねバ、
猶もくるしむ午《ひる》の熱。
おもへバ去年冬の旅、
雪に鳥嶺の険こえて、
一こゑきける虎の声、
いかに心もさむかりし。

『太陽』といふ雑誌の紙上、明治新体詩家の中に、君の名をも、つらねありと、人のいふに。

風流男《みやびを》の、名だに耻ぢしを、歌よみて、世に誇る身と、いつなりにけむ。

桜花十首

富士の山、のぼりもはてぬ、しら雲ハ、麓の峰の、さくらなりけり。
ひく汐に、さくらちり浮く、おぼろ夜ハ、龍のみやこも、春やしるらむ。
さきにほふ、千鳥が淵の、山ざくら、春のふかさハ、知られざりけり。
隅田川、花やちるらむ。漕ぐ船の、笘に色ある、夕あらしかな。
恥しらぬ、人に見せばや。時ぞとて、かろくちり行く、山ざくら花。

姫君の、琴の音やみて、高殿ハ、花のふぶきに、なりにける哉。
月ひとつ、堤に花の、かげ多し。笛ふく人ハ、船にやあるらむ。
わが駒も、一こゑなきぬ。高嶺より、桜ふき捲く、山おろしの風。
あら鷲の、つばさや触れし。高嶺より、枝ながらちる、山ざくら花。
日の本の、桜のあらし、吹きにけり。千里《ちさと》の海の、花のしら浪。

正岡子規君を訪ひて

君が閑居を音づれて。
おどろく君が痩せたるに。
世をも人をも思はずバ、
かゝる病もなかりけむ。
権貴に媚びて私利をのみ、
はかる詩人の多き世に、
君が吐く血の一滴も、
思へバ得がたき賜や。

此夏六月七日、友人黒崎美知雄の、吉野艦に便乗して、再び台湾に赴くを送る。

万里の浪に船うけて、

南の島に復も行く、
ますら猛夫のこころざし、
腰なる太刀や知るならむ。
野にハ檳榔《びんらう》みのるなり、
山にハレモン花ぞさく。
島夷《とうい》の酒の甘《あま》きにハ、
しばし憂もわするべし。
淡水《たむすゐ》の市《いち》雨すぎて、
基隆《きいるん》の港《みなと》月ぞすむ。
夜半《よは》に少女の歌きかバ、
いかに袂やしぼるらむ。
去年総督《きよねんそうとく》にしたがひて、
戦記つづれるその筆《ふで》に、
山河風土の奇をかくも、
またつれ〴〵の興ならむ。
花ハさくら木ひとハ武士、
武士によき名の吉野艦、

けふ横須賀を舟出して、
載せても行くか快男児。
友の壮図を送るとて、
この一篇の詩ハ賦せど、
都を出でて遠く行く、
宰相の意ハ我れ知らず。

神儒仏三道のことなど、人の語るに。

桜さくら、吹くハ一つの、春かぜを、しろきあかきの、花もさくらむ。

大磯にありける夏。

夕立の、雲ハ沖より、めぐりきて、汐の雨ふる、磯の松原。

夏の初、駒込に住みて。

薄紅葉、しぐれにぬるゝ、こゝちして、樫の若葉に、むら雨のふる。

この夏、人の三周忌に。

ありあけの、行方を追ひし、みやびをの、たよりハきかむ。山ほとゝぎす。

幼くて、題詠の歌などよみける頃、『名所新樹』といふことを。

三輪の山、なべて若葉の、夏くれバ、尋ねぞわぶる。杉立てる門。

詩友北村透谷を悼む。

世をバなど、いとひはてけむ。詩の上に、おなじこゝろの、友もありしを。

幼き頃、かゝる口つきの歌もあり。

梅もどき、こぼれそめけり。蜘のいの、かゝる伏屋の、秋もいぬらむ。
夕かぜに、尾花の袖ハ、まねけども、暮れゆく秋ハ、とまらざるらむ。

放魚

盆地三尺みづあさし。
汝《な》が身をおくに足らざらむ。
行けよ行け、今放つ。』
世ハ濁れどもその中《なか》を、
たどりたどらバ一筋の、
清き真水《まみづ》の無からむや。

籠鶏

籠の中なる庭つ鳥、
餌に飽くことを何ほこる。
知らずやあはれ烹《に》らるべき、
うつはハ前にあるなるを。

春の暮に旅行するとて。

都出でて、春の行方を、いざ追はむ。いくその里の、花のしら雪。

槐園と賦す。

おなじ道、おなじ真ごころ。二人《ふたり》して、いざ太刀とらむ、いざ筆とらむ。

瀛車、御殿場にいたれる頃、奇寒骨に徹して、夢たま〳〵覚む。

富士の根の、神代の雪に、臥すと見て、さむれバ富士の、麓なりけり。

摂津の住吉に遊びて。

住の江の、松原ゆけバ、すが〳〵し。神代ながらの、風の音する。

住吉神社に詣でて、幼時、この地に住みしことなど、思ひ出づ。

うき身にハ、神のちぎりも、たのまれず。祈りてあだに、十とせ経にけり。

巣鴨の里にすみける春。

椎の実の、しづむ古井も、春めきて、泡だつ水に、かはづ啼くなり。

賤が家の、山吹さけり。あるじにハ、歌よむほどの、少女子《をとめご》もがな。

乞児《かたゐ》らが、着すてし野辺の、朽ちむしろ、朽ち目よりさへ、さくすみれかな。

嵯峨の花見に行きて、途上、雨にあふ。

鋤きかへす、牛の背しろし。雨まじり、桜ふき下ろす、山おろしの風。

秋日鴨東に飲む。席上、歌妓某に代りて、その情人の、独逸に留学せるものを憶ふ。

梧の葉を、けさ吹く風も、君がます、西としきけバ、嬉しかりけり。

妓に代りて。

思あれバ、千すぢの絃も、しらべてむ。何に三すぢと、人ハ定めし。

擬従軍作二首

野をゆけバ、朝露きよし。すたれたる、あだのとりでに、月なほ残る。

日ハ暮れて、時雨ハ雪に、なりにけり。とりでハ遠し。駒ハなづみぬ。

ねがひ

かれもがな、これもがな。ねがひハ多し、身ハいやし。

雑感十首の一

成らぬねがひと、知りながら、わが勇気をバ、試めし見む。

失題

くらゐ山、あやしき神に、手向して、やすげに上る、友もありけり。

たのしといふも、おろかなり。
くるしといふも、おろかなり。
千とせ八千とせ、たたバとて、
この世ながらの、この世かな。
大詩人、小詩人、
なにかさばかり、あらそはむ。
人を神ぞと、いつはらず、
人ハ人ぞと、うたへかし。

月

世のなかに、秋より外の、里もがな。思ふことなく、月やながめむ。

虫声

夕月夜、野を分け行けバ、葛の葉の、高きあたりに、松虫のなく。

駒込に住みける秋。

露とのみ、秋ハかぎらす、松の葉を、わたる風にも、袖ハぬれけり。

豊公

人の靴、とりてささげし、手のひらに、天が下をも、もてあそびけむ。

京城に秋立つ日、槐園と共に賦す。時に、王妃閔氏の専横、日に加はり、日本党の勢力、頓に地に墜つ。

韓山《からやま》に、秋かぜ立つや、太刀なでて、われ思ふこと、無きにしもあらず。

から山に、吼ゆてふ虎の、声ハきかず。さびしき秋の、風たちにけり。

おなじ折、槐園の歌に。

荻の葉を、けさ吹く秋の、初かぜハ、襟をただして、聞くべかりけり。

京城守備の後備兵、秋に入りて、未だ現役兵と、交代帰朝すべきの命なし。

戈まくら、親おもふ人の、夢をのみ、韓山《からやま》おろし、吹かずもあらなむ。

槐園と、全羅道の木浦に、航する舟中。

あら浪の、八重の汐路も、まどろみて、見れバ見るべき、夢ハありけり。

木浦鎮に、鈴虫松虫の類多し。

はなれ島、磯回の月に、松むしの、まつてふ声ハ、誰がとどめけむ。

全羅道の、珍島に宿しける夜。

松千株《まつせんしゆ》、雨かときけバ、月さえて、沖のはなれ島、ただ八重の浪。

雑感十首の一

世をいるゝ、鼎もあらバ、烹て嘗めむ。甘《あま》き舌のみ、多きころかな。

根岸に住みける夏。

青柳の、かげゆく水よ、月見えて、水鶏なくべく、夜ハなりにけり。

河内に遊びける夏。

野づかさに、浮世の夏を、逃れきて、ひとり風もる、身こそ安けれ。

仙台紀行の中に。

馬あらふ、里の小川の、水上に、夕顔さけり。月あかくして。

幼時、かゝる歌もあり。

水無月も、袷衣ハぬがぬ、山寺の、餓鬼よ何とて、夏痩ハする。

八重の浪（友の南洋に行くを送りての作廿六年八月）

千里《ちさと》ふく、沖つ汐風に、真帆あげて、
益荒猛勇《ますらたけを》の、わが友ハ、南の洋《うみ》の、
鰐のすむ、マニラを掛て、出でて行く。
いたづらに、行く旅ならず、事成らバ、
御国の栄え、身の誉れ。功《いさを》とく立て、
帰り来よ。豊酒《とよさけ》かみて、我れまたむ。

ここちよの、君が旅路や。おもしろの、
けふの別や。船の上に、巾《きぬ》打ふりて、
かへり見る、友の心や、いかならむ。

ひと声の、笛の響を、名残にて、
船ハ出でけり。友いづこ、その船いづこ。
かげ消えて、見ゆる限りハ、八重の浪。

梅

駒ながら、笛ふく人や、誰ならむ。おぼろ月夜の、梅の下道。

郭公

村雨の、なごりやいづこ。ひと声に、月となしたる、山ほととぎす。

無題

いざさらバ、今ハ怨の、火《ほ》むらもて、世をも人をも、やくよしもがな。

枯れたる葛の葉を摘みて、そのうらに題す。

露霜に、枯れても葛ハ、秋かぜの、むかしのうらみ、忘れかぬらむ。

野菊

まねくたもとの、花すずき、

なまめく色の、をみなへし、
よその栄えハ、うらやまじ、
ものにハものの、分限《かぎり》あり。
野菊ハいつも、野菊にて、
ひとりかをらむ、岩かげに。

秋の末、人の東北に行くを送る。

風さむし、駒の立つ髪、日ハ落ちて、夕霜みゆる、那須の篠原。

咸鏡道を旅行して、雪中に、虎の吼ゆるをきくこと、三回。

いでおのれ、向はゞ向へ。逆《さか》剝《は》ぎて、わが佩《は》く太刀の、尻鞘《しりざや》にせむ。

江原道の金剛山に登れるに、山僧、紙を展べて、一詩を題せよといふ。乃ち、左の歌をかきて、意訳して見す。僧ども、日本の歌といふもの、今初めて聞けりとて、喜ぶこと限なし。

山ハよし、いでや一斗の、墨すらむ。かきおく歌ハ、千代にのこれよ。

金剛山の僧某、紅梅に雪のふりかかれる画、一枚を贈りて、賛にハ、日本の歌を題せよといふ。

雪に寝て、こころなか〳〵、燃えにけり。なれハやさしの、花にもあるかな。
よき敵《あだ》ハ、夢にも入らず。あはれわが、枕刀よ、なにまもるらむ。

雑感十首の一

祭南洲先生（二十八年八月作）

その名ばかりを打聞きて、
その跡のみをながめつつ、
よきにあしきに論らふ、
拙なき史家ハ世にあらじ。
あはれ抱負ハ大ながら、
時機に違ひて遂げざりし、
英雄偉人の身のをはり、
誰か涙のなかるべき。
「我馬たふれ我矢つき」、
秋かぜ寒きふるさとに、
むなしく屍をとどめたる、
薩摩男児のあはれさよ。
猛き武臣のこころをバ、

歌よむ公卿《くげ》の知るべきか。
あたら熱血の征韓論、
愚論と嗤ひてすてられつ。
国威を外夷にしめすべき、
いくさもせむと願ひしを、
真心になきあらそひに、
賊と云ふ名も負ひにけり。
賊と云ふ名ハなげかねど、
国威をしめすハいつの時。
真心になきあらそひも、
ことわりありと知るや誰。
その名あだなる城山に、
敗れし人の霊祭り、
かさね〳〵てけふここに、
十八回の秋ハ来ぬ。
かはれバかはる世の姿、
今ハえみしを討つために、

王師十万海をこえ、
捷報しきりに耳を打つ。
天皇陛下のかしこさも、
大和男児の雄々しさも、
こたびの軍《いくさ》に世に知れて、
朝日とあがるわが国威。
かゝる時しも君あらバ、
空しく果てしそのかみの、
子弟三千ひきつれて、
いかなる戦《いくさ》かなすならむ。
このみいくさを君知らバ、
争ひたりしそのかみの、
恨もはれていかばかり、
うれしと笑《ゑみ》をも含むらむ。
けふの君への手向にハ、
千部の読経《どきやう》それよりも、
えみし討てよの大御詔《おほみこと》、

我ハ読みつつ捧げてむ。

大歌所の寄人、大口鯛二君の、征清総督府に従ひて、遼東に赴かるるを送る。

宮人《みやびと》の、歌をよわしと、そしりしハ、君と相見ぬ、むかしなりけり。

長兄和田大円、密宗に僧たり。その従軍布教使として、遼東に行くを送る。

世をおほふ、なさけハ一つ。みいくさの、旗手にまじる、墨染の袖。

月 二首

ひとりして、ことしの秋の、月も見ぬ。我思ふ人と、いつかたらはむ。

旅にある、子らやいかにと、この月に、母泣きまさむ。唯一人して。

洛北岡崎に住みける冬。

霜ばしら、朝日にをれて、稲ぐきの、立てるもさむし。岡崎の里。

なさけ

何か言葉をつひやさむ、
　世ハ理窟よりなさけぞや。
良人《おっと》の門出を見おくりて、
　帰れといはぬ妻もあり。

我子の戦死を打ききて、
うれしと祝ふ親もあり。

貧女

門《と》に立ちて、物乞ふためと、玉琴を、世のたらちねハ、教へざりけむ。

椎が本

夏くれバ、そともの岡の、椎が本、妹の家より、したしまれけり。

蟬

ははそ葉を、時雨のたたく、心地して、秋にまぎるる、蟬のこゑかな。

郭公

一こゑハ、松の嵐と、なりにけり。尾上すぎゆく、山ほととぎす。

題画

山高し、河音きよし。船うけて、わが思ふ方に、けふも釣らばや。

洛東の雛妓某、その片袖を断ちて、われに贈り、「ならはねバ、いかにこゝろを、言ひやらむ。只この袖ハ、常の涙か」といふ一首を添へたり。某ハ、歌よむ風情のものにあらずと思ひ居りしに、果せるかな、詩友なにがしの、戯れけるところなりけり。袖につけて、妓のもとに、返しける歌。

あだに寄する、袖師の浦の、夕浪に、ぬるるハやすし。如何に干すべき。

友人の、南洋に赴くを送る。

世の歌に、入らざる山や、多からむ。行けよ南の、鰐のすむ国。

某伯爵の讌室《えんしつ》に題す。

爵位も富もけだかきに、
なほ世の中を思召し、
おごり給はぬその徳を、
人の仰ぐもたふとしや。
お庭の牡丹葉になりて、
けさ姫君の影を見ず。
御殿の燈籠火ハ入りて、
今夜老公の謡《うた》をきく。
床の古太刀の錆の色、
祖君の武功夏さむく。
茶室の額の血《のり》の痕《あと》、
儒臣の苦諫昼すごし。
巴里の殿より母君へ、

お文はる〴〵けふ参る。
「養蚕《かひこ》ハ如何に此夏も、
さぞ忙《せわ》しくやましまさむ」。

無　題

今ハ只、おのかまことを、尽してし、後にぞ人の、こころ試めさむ。

蟬

閨の戸に、一こゑ涼し。あかつきの、蟬の夢にハ、秋やむすびし。

涙

まことあらバ、なか〳〵音《ね》にハ、出でざらむ。わが涙さへ、うらまるるかな。

無　題

言はじとすれど色にでて、
この情《なさけ》をやさとられし。
彼女《かなた》の眼にもきのふけふ、
涙もつべく見えそめぬ。
言はむとすれど言ひも得ぬ、
丈夫の憂これのみハ、
までどまてども世の中に、

悟らむ人の見えぬかな。

備前に住みける冬。

木の芽さく、うしろの畑に、霜見えて、けさハ身にしむ、山鳩のこゑ。

病を載せて、都を出でしが、大磯に至りつきたる夜、風をひき添へたり。頭痛く熱高し。ねむられぬままに。

大君に、たてまつりたる、身にしあれバ、荒き風にも、あてじとぞ思ふ。

この歌を、おなじやうにて、鎌倉に遊び居れる、槐園がおくりたるに、いまだ死ぬべき時にハあらず、新体詩出来たらバ、見せよなど、走り書きして、次の一首をつづけたり。

風の音に、おどろかされて、益荒男の、夢やすからぬ、秋ハ来にけり。

大磯の秋、さびしきがならひなれど、ことしハ、分きてさびし。滊車ハつけど、下る高帽なく、妓ハあれど、招く美髯なし。夜に入りてハ、さびしさも猶ひとしほなり。火の影ハ見ゆれど、乱痴戯さわぎハ聞えず。さすがに、数ふるばかりなる糸の音ハ、せめての心やりなるべし。それも、いとしのびやかにひびく。思へバ、戦争ほど、うれしきものハなし。我慢の出来ぬ人も、我を折れバ、まして、痩我慢を競ふ人やあらむ。あはれ、大磯も今ハただ松の嵐、浪の月、清貧おのれの如きに、適するあるのみ。

二夜《ふたよ》ねて、蜑のこころに、なりにけり。松間のあらし。浪の上の月。
身の為に、身ハいたはらず、我もまた、召さバたふとき、君の御楯ぞ。

大磯に七日ありて、箱根にゆく。塔の沢ここもさびしさハ、大磯とかはらず。

都出でて、けふ越えくれバ、うたにきく、箱根八里ハ、みな秋の風。

侠客八公と呼ぶ者、人夫五百に長として、戦地に赴かむとす。その徒、箱根に来りて、人夫を募り居るに遇ふ。乃ち、一詩を与へて、八公に伝へしむ。

花ハくれなゐ酒ハうまし。
物のなさけハ我も知る。
千両万両つまバとて、
かろくハ許さぬ男七尺、
君のおんためと聞くからに、
いざ奉り申し候ふ。」

この胸に万巻の書ハ蔵めねど、
この腕に三尺の剣ハ覚えあり。
来れ五百の我伴《わがとも》、
支那四百州、土足にかけむ。
おもしろや里の八公、
けふよりハ豊公以上。

山　家

山里ハ、松ふく風を、枕にて、夢にも塵ハ、かからざるらむ。
旅中に、子規をききて。
そのかみの、親のいさめも、しのばれて、聞けバ身にしむ、山ほととぎす。

秋　思

門の柳に百舌《もず》なきて、
入日さびしき夕まぐれ、
立出でてひとりながむれバ、
ゆく水ながし山たかし。
さハいへ我ハ見に行かじ、
秋の思ひをいかにせむ。

雑感十首の一

這ひ出でて、祝詞《よごと》申さむ、身にもあらず。かかる御代にハ、寝てや暮さむ。

無　題

世ハ理窟ぞと師ハ語り、
世ハ黄金ぞと友ハ言ふ。
かくと初めて聞ける時、
罪ある我身を悟りけり。
神のみもとの恋ひしさよ、
ほとけの国のゆかしさよ。』
神ハ叱りてのたまひぬ。
「にごれる世にも啼く鳥の、
麗はしき音ハ聴かざるか。」
ほとけハ喝《かつ》してのたまひぬ。
「けがれし世にも咲く花の、
きよき色香ハ見えざるか。」
これらのさとしを聴ける時、

世ハこころぞと知りにけり。

初めて、朝鮮京城に赴くとて、人々に別れける折。

益荒夫の、おもひ立ちたる、旅なればゝ、泣きてとどむる、人なかりけり。

かの国に赴く途次、大坂を過ぎ、中の島の豊公の祠を拝して、よめる。此行実にかの国学部衙門の教官として、日本語の教授を担当するもの也。

きこしめせ。御国の文を、かの国に、今ハさづくる、世にこそありけれ。

廿八年の夏、朝鮮京城にありて、腸窒扶斯《ちやうチフス》を病み、漢城病院に横臥すること、六十余日。枕上、偶ま『韓にして如何でか死なむ』十首を作る。

韓《から》にして、いかでか死なむ。われ死なばゝ、をのこの歌ぞ、また廃れなむ。

韓にして、いかでか死なむ。猶も世に、見ぬ山おほし、見ぬ書《ふみ》おほし。

韓にして、いかでか死なむ。一たびハ、母にみやこの、花も見せばや。

韓にして、いかでか死なむ。あだに死なばゝ、家の宝の、太刀ぞ泣くべき。

韓にして、いかでか死なむ。師の君の、深きなさけも、未だむくいず。

韓にして、いかでか死なむ。思ふどち、ともに契りし、言の葉もあり。

韓にして、いかでか死なむ。今死なバ、みやび男とのみ、世ハ思ふらむ。

韓にして、いかでか死なむ。益荒夫の、かばね埋めむ、よき山もなし。

韓にして、いかでか死なむ。死ぬべくバ、十とせの後の、いくさ見てこそ。

韓にして、いかでか死なむ。やまとにハ、父もゐませり、母もゐませり。

廿八年の春、槐園、朝鮮政府と議して、乙未義塾を京城に創す。本校の外、分校を城内の五箇所に設け、生徒の総数、七百に上る。高麗民族に日本文典を授け、兼ねて、日本唱歌を歌はしめたるが如きハ、特に、槐園と余とを以て嚆矢とする也。開校の初め、余の歌に云く。

から山に、桜を植ゑて、から人に、やまと男子《をのこ》の、歌うたはせむ。

月

親こひし、妻こひしとも、語れかし。月ハいたくも、さえにけるかな。

北国紀行の中に。

花

見さしたる、花ハ都に、似たりけり。わが夢かへせ。越の山かぜ。

蝶撲てバ、袂に花ぞ、こぼれける。もろきハ誰の、こころなるらむ。

蝶

蝶一つ、きて菜の花に、とまりけり。誰がうたたねの、夢路なるらむ。

諸友と、船を漢江に泛べて。

十五絃、月に弾ずる、人もがな。秋かぜならぬ、水なかりけり。

諸友と、京城の南山亭に飲みて、席上大木書記生と賦す。

琵琶をとれ。我れ新体の、歌なりぬ。かの益荒夫に、酒ハすすめよ。

若紫（舞妓一人登場歌舞）

（一）

わかむらさきのすり衣、
袂ゆたかに裁《た》ちしかど、
君と相見るうれしさハ、
この袂にもつつまれず。

（楽の音きこゆ）

恋にもあらぬ恋ひしさに、

この身のほども打わすれ、
おもはず君のうしろ影、
しばしと言ひて留めしよ。
（楽の音きこゆ）

賤の緒手巻くりかへし、
むかし語れバいと長し。
酒あたためてこのひと夜、
むかし語にあかさばや。
（楽の音きこゆ）

（二）
あさきならひの女気《をむなぎ》に、
さきだつものハ涙かな。
身のすくせぞと知りながら、
なほ人をこそ怨まるれ。
（楽の音きこゆ）

みやこ大路にほど近き、
　比叡のふもとの山里に、
妾が家も君が家《や》も、
　ともに知られし大地主。
　　　　　　（楽の音きこゆ）

梅のはやしを隔てにて、
　二人《ふたり》の家ハならびたり。
はやしを繞る真清水ハ、
　二人《ふたり》の家にそそぐなり。
　　　　　　（楽の音きこゆ）

ふるき世よりの交はりに、
　ゆきかひなれて睦まじく、
君が父君歌あれバ、
　わが父上もあはせけり。
君が母君琴とれバ、
　わが母上もしらべけり。

うれしかなしも打明けて、
　共によろこび共に泣く。
　　　　　　（楽の音きこゆ）

（三）

その中にしも生れたる、
　君と妾のをさな児ハ、
親と親とにめでられて、
　乳母と乳母とにかしづかれ、
森の椎の実野の茅花《つばな》、
　拾ひもしつつ摘みもしつ。
二人むつれてむつまじく、
　いく春秋かかさねけむ。
　　　　　　（楽の音きこゆ）
妾が六歳《むつ》になりし頃、
　君ハ八歳《やつ》にておはしけり。
教の庭にかよひしが、

まなべることハかはれども、
帰れバやがて打よりて、
二人《ふたり》の机ハならぶなり。
（楽の音きこゆ）

おもへバ可笑しその頃よ、
こよなき耻辱《はぢ》と泣きもしつ。
おなじ学びの里の児が、
教の庭の其処此処《そこここ》と、
いたづら書のその中に、
二人の名をバ見つる時。
（楽の音きこゆ）

（四）
妾ハ八歳《やつ》の正月《むつき》より、
書の学びのひまあれバ、
立ち舞ふ伎《わざ》に糸の音《ね》に、
優《みや》びしわざををさめしが、

君ハその頃里の児と、
　　馬のるわざに弓のわざ、
雄々しきわざの数々を、
　　学びてこそハおはしけれ。
　　　　　　（楽の音きこゆ）

「馬もつかれぬ矢も倦みぬ、
　　けふの半ハなにかせむ。
花子の君よわが園の、
　　池のみぎはの離亭《はなれや》に、
わが母上とうちならび、
　　琴のしらべを合せてよ。
それ聞かばや」といつも〳〵、
　　日曜《やすみ》の日にハのたまひき。
　　　　　　（楽の音きこゆ）

君が言葉に琴とりて、
　　その離亭《はなれや》にしらぶれバ、

またかとばかりささやきて、
打ゑみたまふ母と母。
（楽の音きこゆ）

あはれその頃君にしも、
きかせまつりしその琴を、
黄金にかへてうかれ男に、
きかせむとしも思ひきや。
あはれその頃母たちの、
ゑませたまひしその琴ハ、
身を舞姫とかざりつつ、
世のうかれ男に媚びよとて、
教へし琴にハあらざりき、
ならひし琴にハあらざりき。
（楽の音きこゆ）

（五）

淀みにうかぶうたかたの、

　　はかなき浮世といふなるハ、
すねにすねつる歌人《うたびと》の、
　その言草《ことぐさ》とおもひしに、
妾が家も君が家《や》も、
　　俄かにかはるうき沈み。（楽の音きこゆ）

「国のためなり人のため
　このことのみハ承諾《うけひ》けよ。
明治の御代もまだ初め、
　政府《かみ》の費《つひえ》の多けれバ、
政府《かみ》にて為《す》べきわざながら、
　君達にこそたのむなれ。」
知事なる君の親しくも、
　まことせつなる此たのみ、
なさけにあつき父と父、
　ふた言となく承諾《うけひ》きつ。
家と家とにありとある、

浪華《なには》の市の商人《あきびと》に、田畠を抵当《しろ》にかたらひて、
借りし黄金ハ十五万。
（楽の音きこゆ）

さくらにうづむ九重の、
民の智恵をバ進むてふ、仙洞御所の広庭に、
かすみに匂ふひがし山、博覧会もひらかれぬ。
人の病をすくふてふ、青蓮院の大殿に、
おなじ山なるかたはらに、療病院もひらかれぬ。
西の医師《くすし》のつたへたる、清き大家《おほや》をしつらひて、
みやこの人も他国人《よそびと》も、薬の温泉《いでゆ》もひらかれぬ。

このわざどもを打聞きて、
めでたき御代の恵みぞと、
如何ばかりかハ称讃《たゝ》へけむ。
妾も君もその頃ハ、
未だ生れぬほどなりき。
（楽の音きこゆ）

驕れバ亡ぶとききしかど、
国と人との公益《ため》ゆゑに、
妾が家も君が家《や》も、
かたぶかむとハ思ひきや。
妾が十歳《とを》の春の暮、
かの黄金より攻められて、
抵当《しろ》に入れつる田も畠も、
二人《ふたり》の家を見すてたり。
（楽の音きこゆ）

知事なる君ハ今いづこ、

十年ばかりを経し中に、
よその県《あがた》へうつりつゝ、
またかへり見も為たまはず。
二人《ふたり》の父ハはる〴〵と、
とほき船路を音づれて、
身のなげきをバ聞えしも、
答《いらへ》だになしはか〴〵と。
（楽の音きこゆ）

（六）

かはれバかはる人の世よ、
きのふの栄え今日の夢。
夢ならバなほむすぶべし、
はかなき現《うつつ》を如何にせむ。
（楽の音きこゆ）

君が父うへ母うへハ、
この里にしも住まじとて、

家の財宝《たから》のこと〴〵を、
　黄金にかへてつくし潟、
人のこころも知らぬ火の、
　とほき国へと行きましぬ。
　　　（楽の音きこゆ）

親と親とのその中の、
　ふかき歎きハ分かねども、
君とわかるる悲しさに、
　妾ハ泣きつ夜を一と夜。
　　　（楽の音きこゆ）

（七）

人のこころの浅きかな、
　人のなさけの薄きかな。
いかにすくせと言ひながら、
　人を恨まであらるべき。
　　　（楽の音きこゆ）

誠といふも言葉にて、
　道てふものも仮のもの、
人ハ黄金の前にこそ、
　人の人たるこころ有れ。
　　（楽の音きこゆ）

妾が家ハのこりしが
　昨日《きのふ》にも似ぬ其さまに、
なれしあまたの里人《さとびと》も、
　俄かに絶えて寄りハ来ず。
めしつかひたる女《をむな》すら、
　主人《あるじ》をよそに譏《そし》るなり。
　　（楽の音きこゆ）

これより後《あと》ハ申すまじ、
　申さバ罪ぞおそろしき。
ただおぼしめせ両親《ふたおや》ハ、
　さそはぬ風に世をバ去り、

わすれ形見の一人娘《ひとりご》ハ、
かかる姿になりしぞと。
（楽の音きこゆ）

むかし語に夜ハ更けて、
宵の酒さへ醒めにけり。

簾かかげて立ち出でて、
二人欄頭《ふたりらんとう》にながむれバ、
人のゆくせハかはれども、
祇園 清水 加茂川や。
むかしながら花も咲き、
むかしながらに水も行く。
（楽の音きこゆ）

紅　葉

もみぢ葉も、心あるらむ。見てあれバ、赤き方より、まづこぼれけり。

蟹

泡ふきて、横さにわしる、蟹の子も、世をいきどほる、友にやあるらむ。

題画

一枝《ひとえ》めせと、言ひてささぐる、少女子ハ、その花よりも、うるはしきかな。

無題

大海原に浪あれて、
　揺らるる船に世ハ似たり。
かしこき人もまどひてハ、
　仏の名さへ唱ふらむ。

寄海祝（廿八年一月作）

世界をてらす天つ日も、
　まづ海よりぞ上りける。
花をもよほす春風も、
　まづ海よりぞ渡りける。
わが大君のかしこさと、
　大和男児《をのこ》の雄々しさハ、
世にすさまじき黄海の、
　そのいくさより知られけり。

雑感十首の一

大かたの、筆とる人の、こゝろさへ、見えてをかしき、頃にもあるかな。

宮島にて。

あかつきに、啼きつる鹿の、あとならむ。紅葉ちりしく、宮島の山。

廿五年の秋

風さむし、衣ハうすし。旅にして、ことしの秋も、暮れむとすらむ。

米国シカゴに万国博覧会の開かる、由ききて。

シカゴへハ、まづ送らまく、思ふかな。富士のしら雪、みよし野の花。

友人福田鉄鞋、一女を挙ぐ。我れ、為めに、万春《ます》の名を命じて。

なきそむる、その一ふしに、万づ代の、春をこめたる、鶯のこゑ。

秋日、郷を懐ふ。

この秋も、我ハかへらず。ふるさとの、川ぞひ柳、ひとりちるらむ。

咸鏡道の山中、偶ま、旧友某と遇ふ。某ハ、参謀本部の測量隊に従ふもの。

痛飲三斗この一夜《いちや》、
未だ酔はずと笑ひつつ、
ふたり砂上にねころんで、

古詩うたひしも昔なり。
別れて共にいくとせを、
千里《せんり》の旅に重ねけむ。
はからず今夜咸鏡の、
この山中に君を見る。
なほ忘れずや国の上、
いたくも君ハ痩せにけり。
いでや語らむ酒の前、
しば〳〵我ハ泣かむとす。
高麗《かうらい》の山壮なれど、
謀らむ人ハいと稀に、
我党の策奇なれども、
用ゐる時機ハ既に過ぐ。
断髪嶺《だんぱつれい》にかかりしに、
郡吏《ぐんり》追ひ来て我に云ふ。
「これよりさきハ虎多し、
夜《よる》ゆくことを戒めよ」、

虎ハふせがバふせぐべし、
北夷の害ハ如何にせむ。
万馬あしたに南下せバ、
八道みすく血とならむ。

隅田川にて。

みやこ鳥、みやこのことハ、見て知らむ。我にハ告げよ。国の行すゑ。

咸鏡道の千仏山にて。

尾上にハ、いたくも虎の、吼ゆるかな、夕ハ風に、ならむとすらむ。

富士山

歌おもふ、人のこころに、くらべ見む。雪にそびゆる、富士の神山。

月

大空の、月ハよなく\いかにして、わが思ふ方の、山に入るらむ。

子規

ほととぎす、都にくだる、一こゑハ、月ながらふる、村雨の空。

廿七年の春

世の人の、春の眠を、おどろかす、嵐もがなと、思ふころかな。

万里生明智万次と別る。(廿六年八月作)

草の庵《いほり》を這ひ出でて、
天をも呑まむ心かな。
凮にまかする浮雲《うきぐも》の、
軽き姿に剣ひとつ。
さてもいづこを志す、
問へど答ハなかりけり。
さらバいつ復逢ふべきぞ、
これも答ハなかりけり。
いでや行くべし我友よ、
再び問はじ聞きもせじ。
唯期す君がこころざし、
千里の外に成らむ時、
尋ねおこせよ我上を、
我もことしの我ならじ。

古戦場といふ題詠に。

戦ひし、むかししのぶの、くさ枕、その世ハ夢と、吹くあらし哉。

雑感十首の一。

春かぜに、わたくしありと、思はねど、高き枝より、花ハさくらむ。

家弟と共に、東郊に歩す。踏青遊春の児女、嬉々として、隊をなすを見る。

若菜つむ、野辺の少女子、こととはむ。家をも名も、誰になのるや。

梅

えびらにも、挿さバ挿すべき、花なるを、酒に浮べて、見る世なりけり。

無題

桃さくら、都ハ春に、なりてより、山にハ帰る、人なかりけり。

春雨

高殿ハ、柳の末に、ほの見えて、けぶりに似たる、春雨のふる。

無題

世はなれて、ここに住まばや。山かげの、梅さくあたり、水もありけり。

山吹

折りつれど、我ハ贈らむ、人もなし。露にぬれたる、山吹の花。

仙台紀行の中に。

宿もなし。夕虹きえて、道塚の、石の仏に、しぐれ降るなり。

汽車中の作

汽車ハ美濃路へ近づきて、
とみに寒さの身にしむに、
窓おし明けて眺むれバ、
雪こそすさべ伊吹山。
西の都に、のこしたる、
父の病やいかならむ。
比叡が根おろしこの夕、
同じく雪をさそはずや。

周防徳山に住みける冬。

山おろし、吹きよわりたる、果みえて、木の葉にうづむ。谷の下庵。

河内に遊びける秋、知る人の家にて。

世はなれし、野にこそすまへ。萩尾花、秋の色にハ、洩れぬ宿かな。

五年前、かゝる歌、よみけることもあり。

入日さす、すすきまじりの、小松原、されしかうべに、烏なくなり。
のろひする、人ハかへりて、神山の、杉のむら立、月ふけわたる。

雪

あら鷲の、冬ごもりする、うつぼ木も、あやふきばかり、ふれる雪かな。

無題

なに故に、ふみハよむやと、こころみに、ききなバ人の、いかが答へむ。

槐園と、巣鴨に住みける冬。

戸の雪ハ、我ぞはらはむ。ほだくべて、夕の酒ハ、君あたためよ。

肴にハ、鯨こそあれ。酒もよし。窓うつ雪の、おもしろき哉。

薔薇

ばら一枝《ひとえ》、あかきハ君が、なみだにて、しろきハ君が、まことなるらむ。

うしろ影（朝鮮の俗謡を訳す）

声たて、呼ばバよそめのはづかしや。

甲斐なきこと、知りながら、

手をもてまねく。うしろ影。

声をあげなバわらはれむ。

手もてまねけど甲斐ぞなき。

あなもどかしや何とせむ、

知らずにゆくか。うしろかげ。

梅

梅の花、ただ山里に、植ゑおかむ。世を厭ふ時、きても見るべく。

妓に与ふ。

いつはりに、なれつる己が、心から、人もさぞやと、はかるなるらむ。

雛妓某の舞扇、桜花の絵あるものに題す。

ゆめさら〳〵、歌に朽つべき、身ならねど、かわゆきものハ、桜なりけり。

ことしの春、朝鮮より帰りきて、一友と鴨東に飲む。妓の知れるもの、今や去ってあらず。

こころしる、花さへ今ハ、なかりけり。十とせの昔、たれと語らむ。

京城にありて、肥後の松村鉄嶺と賦す。

もろともに、世にハ男子《をのこ》と、生れずバ、かかる涙も、濺がじものを。

朝鮮より帰途、広島を過ぎて、浅野侯の泉邸を観る。

鶴ないて、月ハ木末を、はなれけり。浮世わすれて、歌おもはばや。

山陽鉄道の汽車中。

歌思ふ、旅とや人に、告げおかむ。五つたびこゆる、吉備の中山。

京城に在りて、一日、城外の白蓮寺に遊ぶ。僧老いて、鬚眉みな白し。左の歌を書きて、意訳して見す。

たまたまに、浮世の夢ハ、見しかども、心とむべき、方《かた》なかりけむ。

出頭没頭録

二月廿八日、京城を出づ。何の未練、この国にありてか、往復ハ、二箇月と、ことわりおくも、可笑し。さすがに、こゝにも、泣く人ハありて、やらじ〳〵とぞいふなる。

ますら夫の、腰にまもりの、太刀ハあれど、人のなさけを、いかに断つべき。

中にハ、却て、『京おしろい』買うてきてと、づう〳〵しきも、おはしけり。

見てきませ。都の花ハ、いかにぞと、いひなバいかに、嬉しかるべき。

鮎貝槐園、海上の孤島より帰つて、仁川に在り。相逢て相抱き、共に泣下る。

相逢て、一斗の酒、ともに酔はず。から山おろし、寒くもあるかな。

君、袖より一帖を出して示す。題して、『遇はざる記』と云ふ。是れ、君が、昨年十月八日韓廷事変の後、五箇月間の久しき、謫居的生活の中に得たる、島日記也。

なか〳〵に、国に尽し、甲斐ありて、ひとり小島《をじま》の、月を見るかな。

なに故に、小島《をじま》の月に、かこつやと、すぎゆく蜑ハ、問はむともせず。

ことわりハ、知れど涙ハ、せきあへず。泣くも浮世の、ならひとや見む。

『遇はざる記』ハ、右二首の歌を以て、筆を起せり。我れ先づ巻を掩て、読む能はず。あゝ今や、二月十一日の変あり。之を十月八日の事に比して、今昔の感、果して如何。相逢て相抱き、共に泣下るもの、知る人ぞ知らむ。

せめて只、酒をかぶりて、ぬるまだに、涙あらせじと、思ふばかりぞ。

仁川より、船便なし。船まつほど、あちらこちらと、飲みありくを、槐園、開港場に、『詩的』なるがある筈なしとて、諫めて止まず。

されバなり。君になさけの、糸もあらバ、このはなれ駒、つなぎとめてよ。

槐園つひに、諫めずなりぬ。いつまた渡り玉はむかと、さる女の問ふに、我ながら、我ことハ、測られぬなりとて。

船よべバ、から子おうとぞ、いらへける。人の浮瀬ハ、いかに渡らむ。

槐園傍にありて、よくあばれる駒なりと笑ふ。きのふ漢江の渡にて、

かゝる歌よめりとて示せバ、槐園苦笑し

て、いかなれバ、お互、かくハ厭世的に傾きしにやと云ふ。船やう〳〵到る。二人相携へて、またもいづこの島の、月をかながむらむ。

世に立たバ、罪うる身とや、なりもせむ。沖のそなれ松、なれと歌はむ。

墓

友人伊藤落葉の父君を悼む。

わりなしや、人の親さへ、さそひけむ。梅ちりがたの、春の夕かぜ。

いたづらに、我ハ死なじと、誰もいへど、名もなき墓の、多くこそあれ。

春雨

塗鞘《ぬりざや》の、中《なか》さへしめる、春雨に、太刀の刃口《はぐち》も、花の香ぞする。

此春、朝鮮より帰りきて、師の君に従ひ、諸友と同じく、花を上野に賞す。

知るや君、しばし嵐の、なかれとハ、花にも国を、祈るなりけり。

槐園の京城にあるに、猟銃を送りやるとて。

吼ゆといふ、虎こそ狩らめ。むら鳥の、さわぐ小鳥ハ、あさらずもがな。

上野山　三首

今もなほ、あはれなりけり。もみぢ葉の、血汐ながるる、黒門のあたり。

見えざりし、御寺《みてら》も見えて、上野山、あとさへのこす、木枯のかぜ。

みやこにハ、霜やおくらむ。上野山、鐘の音さえて、夜ハ明にけり。

幼き頃、元日の試筆に、妹の羽子板の上に。

つく羽子の、ひふみよいむな、なに事も、めでたき御代に、春ハ来にけり。

雑感十首の一

花の上を、吹きゆく風に、こと問はむ。つらきこころハ、誰にならへる。

落　花

吹く風を、うらむ色なく、散りにけり。花のこころハ、我も及ばず。

江原道の山中、韓僧某と別る。

夜の明くる、待ちて山路ハ、行けよかし。こよひハいたく、虎の吼ゆるに。

旅中の作

なびく夜霧の末はれて、
霜こそさゆれ駒の上。
路ハ松原十六里、
名もなき鳥の月に啼く。

韓官某と、江原道の山中に宿す。

山中たまたま相逢て、

ただ一笑す松の蔭。
まだ世に知らぬ子規、
今夜まづ聴く君と我。

比叡の麓にすみける秋。

山松に、すみのぼりたる、月見れバ、我も浮世ハ、恋しかりけり。

雑感十首の一

いざゆきて、そこに住まばや。山かげの、松のあらしハ、人をそしらず。

雪

山にある、人のたよりハ、絶えにけり。きのふもけふも、雪ハふるらむ。

宮 詞

後庭《こうてい》の、牡丹の葉のみに、なりはてて、けさハきこえぬ、玉沓《たまぐつ》の音。

蒲田途上

吹く笛の、音のみきこえて、牛の脊の、わらべハ見えぬ、夕がすみかな。

東都春晴

このあした、都大路ハ、雨はれて、花見車の、音きしるなり。

虫 声

虫の音ハ、おのづからなる、歌なれや、あはれとめでぬ、人なかるらむ。

海上月

いくたびか、まどかになりて、砕くらむ。鳴門の海の、秋の夜の月。

初めて、槐園と遇ふ。

この酒に、おのがこころを、語らばや。君より外に、きく人もなし。

無題

我どちの、歌のこころに、かなひたる、少女もあれや、いざ恋してむ。

伊藤落葉と飲む。

韓《から》の野山《のやま》の雨かぜに、
やつれやつれし旅ごろも、
夏のはじめに脱《ぬ》ぎかへて、
しばし都のかりずまひ。
せわしき中に身をおけバ、
詩ハおのづから下《くだ》りゆき、
愁ひのなかに日をふれバ、
人ハ見す〳〵老いむとす。
とても剣《つるぎ》ハ折るべきか、
たゞ物議のみ招くなり。

むしろ書巻ハなげうたむ、
つゆ経論をおぎなはず。
ひとり物思ふこのゆふべ、
うれしや君と逢ひにけり。
青葉の月に酒くみて、
いざ世の上をかたらはむ。

友を懐ふ。

ますら夫の、旅寝やいかに。この夕、千里《ちさと》をかけて、嵐ふくなり。

雑感十首の一

ほととぎす、暫しハしのべ。世の人の、心はかるも、をかしからずや。

北村透谷の三周忌に。

君逝きて、わが思ふ歌ハ、世に出でず。かくて三とせと、なりにけるかな。

二月十一日に起りし、京城の事変にハ、まことに、一驚を喫したりなど、人々のいふに。

折々に、おどろくことの、なかりせバ、何にこの世の、夢をさとらむ。

人に与ふ。

今もなほ、袖ハぬれけり。ほととぎす、なきてわかれし、村雨の空。

立見将軍の、台湾に赴かるるを送る。

むら雨の、露ちる椰子の、下かげに、鎧ほす夜や、涼しかるらむ。

島かげに、眠れるをのこ、召し出でて、今ひと度の、いくささせばや。

徳富蘇峰君の、外国に遊ぶを送る。

崐崙の、西にもゆかバ、いかばかり、世をおどろかす、君が歌あらむ。

槐園よく泣き、香坡よく笑ふ。

世をおもふ、心ハひとつ。太刀なでて、泣く友もあり、笑む友もあり。

明治廿七年五月、朝鮮問題のために、日清両国のこと、や、切迫せる折の歌に。

いたづらに、何をかいはむ。事ハただ、此太刀にあり。ただ此太刀に。

無　題

いかにせむ。さても野飼の、はなれ駒、手ならしかねつ。あるる心を。

摂津をすぎて、紀伊の友人を懐ふ。

天雲の、絶間にひと目、みつるかな。君とわかれし、紀伊の遠山。

官妓白梅を悼む。

われの初めて、京城に入りて、未だ一旬ならざるに、次の一詩を賦せしめたるものあり。

二八誰氏娘。人云姓是張。明瞬如有光。嬌靨似含香。一瞥万人狂。微顰千客傷。痩喜錦袿軽。暖嫌羅帯長。掩扇非取涼。背燭為羞粧。多涙眷々誠。無言脈々情。金鈿刻誰名。玉函贈何郎。三千里他郷。十五夜新盟。語異難通章。酒醒空断腸。偶自会玉堂。朝暮不得忘。

この『姓是張』なるものハ、城中の官妓名を白梅と呼ぶ。年十八、才色ともにすぐれ、多少の教育さへあるなど、謂ゆるこの国官妓中の尤物、その極めて、日本人びいきなるが如きハ、稀に見るところの者也。乙未の年、四月十五日の夜、われ某大臣の宴につらなりて、大酔立つ能はず。一妓あり、ひそかに、自己の輿に扶け載せ、送りてわが寓に至る。われの白梅と知りしハ、この夜ぞ初めなりし。そののち、われ屢々彼と会しぬ。彼や、ただ羞ぢらひてなまめかず。二人の中ハ、意気相投ずといふほどのことにして、聊かうきたる言葉だに挟まざりき。われの、稍ゝ、韓語に熟せむとして、朝鮮小説を読まむとするや、卑猥淫靡の書、君子の手にすべきものならずとし、その書を裂て、読ましめざりし者ハ、彼なりき。われの、剣を抜いて、一韓官を斬らむとせし時、身を以て、之を遮ぎり、徐ろに、錦帳の中に臥さしめて、酔気怒気、併せて去るの後、慇ろに、わが鬱勃の不平を、且つ慰め、且つ諫めたる者ハ、彼なりき。われの病で、褥にある一百余日、彼ハ、朝夕の祈禱に、余念なかりしと云ふ。彼れの鉄幹に対するなさけ、概ね此の如くなりき。嗚呼、彼れ病むで、今や亡し。そもや、香魂、いづれの処にかゆける。一本の酒を酹めて、彼が好きたりし、『日本の詩』を、その丘上の墓に歌ふも亦、わが志のみ。

太刀なでて、わが泣くさまを、おもしろと、歌ひし少女、いづちゆきけむ。

唐琴の、きよきしらべハ、耳にあれど、絶えつる絃ハ、如何につながむ。

鶴にのりて、笙ふく少女、誰《た》ぞと見れバ、恋ひしき魂《たま》の、夢にぞありける。

そことなく、梅が香ぞする。亡き魂の、行方ハ春の、風や知るらむ。

駒とめて、二人《ふたり》ながめし、花の木に、再び花ハ、咲きけるものを。

人の、乳児を喪ひたるに。

あゆめよと、教へし親に、さきだちて、死出の山坂、いかに越ゆらむ。

谷中の福相寺を訪ふ。

上人老いぬ我れ病みぬ、
世をかたらふも懶しや。
ただ相逢うて笑ふのみ、
興去れバまた別れ去る。

人に与ふ。

思はずバ、忘れはてても、ありぬべし。そしるも人の、なさけなるらむ。

京城に住みける秋。

秋かぜに、我ハ病めりと、天つ雁、とほきやまとの、人にかたるな。

髑髏（明治廿五年作）

霜に枯れふすゝき原、
されたるかうべ人や誰。
なにに美醜を分つべき、
いかで貴賤を争はむ。
是非愛憎も迷ひにて、
栄枯浮沈も夢なれや。
野寺の鐘の音ふけて、
さえたる空に月しろし。

堀口九万一の、清国に赴任するを送る。

ただ一騎、長城の下《もと》、駒立てて、かへりみしつつ、君ハ行くらむ。

廿七年五月、友人木村凌雲逝く。

世を捨てて、ゆく友もあり。ほととぎす、なく一こゑの、有明の空。

妓に与ふ。二首

なさけある、君にもあらバ、一たびハ、夢のなかにも、見えけむものを。
逢見てハ、世のならはしに、怨むらむ。人のなさけハ、いつはりにして。

一たび、朝鮮より帰りける時。

なかく\に、歌よむ旅も、つらかりき。高麗野《こまの》の嵐、百済野《くだらの》の雨。

二たび、朝鮮より帰りける時。

筆とりて、あらばあるべき、おのが身を、太刀にかへてと、何おもひけむ。

京城の槐園に寄す。

歌千首《うたせんしゅ》、かきて蔵《をさ》めし、から山を、また行くまでは、虎やもるらむ。

再び朝鮮より帰りきて、諸友と上野に飲める席上の作。

都の春に打そむき、
相見ざりしもはや二年《にねん》。
不平をやらむ旅にでて、
なかく\憂《うき》ぞ重ねける。
思へばけふの花に斟む、
この一杯もいのちぞや。
折れたる腰の錆び刀《がたな》、
支那の血汐の痕《あと》存し。
やつれし旅の薄ごろも、

韓《から》の風雨の色を見る。
さハいへ都の塵の坂、
人のこゝろの険《けは》しさに、
異境の旅をくらぶれバ、
苦しといふも興ハあり。
ふる里いでて此十とせ、
世わたる道のつたなさに、
あはれと問はむ人もなく、
不平ハ絶えぬ窮措大。
都をうしと思ふ時、
復も踏まばや高麗の山。
空ゆく雁よ待て暫し、
我もこころハ北に飛ぶ。

咸鏡道の紀行中に。

尾上にハ、いたくも虎の、吼ゆるかな。夕ハ風に、ならむとすらむ。

廿六年八月、槐園と共に、暑を松島に避けむとし、汽車、上野を発す。乗客の雑沓いはむ方なし。

あつさをバ、避けむ車の、なか〳〵に、都の夏を、載せて行くらむ。

同じ汽車中の作。

嵐ふく、那須の大野を、行く汽車に、おくれさきだつ、夕立の雨。

さよふけて、汽車ハ山路に、かかりけむ。夢ながら飛ぶ、蝉の一こゑ。

仙台市の人、上山静山の別業、南山閣に滞留すること、四十余日。一日、偶ま興いたり、槐園と連歌す。当時の新紙に録せるもの、外、今や存するものなし。

見し夢の、名残やいづこ。ほととぎす、　鉄
ただ一こゑの、あけがたの空。』　槐
雲ふきおろす、山おろしの風。　槐
ありあけの、月もあやふく、見ゆるかな。』　鉄
こゝろをあらふ、八重のしら浪。　槐
沖つ風、軒端の松に、吹き寄せて。』　鉄
むら雨の、はれ行く峰の、松の戸に、　鉄
涼しくのこる、日ぐらしのこゑ。』　槐
ひろせ川、ひと村雨の、雲はれて、　槐
入日もむせぶ、瀬々の岩浪。』　鉄

虹よりかへる、あまの釣舟。　槐

入日さす、空をあらひて、立つ汐の、』　鉄

雲にしられぬ、月を見るかな。　鉄

たゞ二人《ふたり》、高嶺の風に、枕して、』　槐

野田の玉川にて。

荻にくだくる、三日月の影。　槐

夕されバ、野田の玉川、浪こえて、　鉄

塩釜の途上

蚊やり火くらし。川づらの里。　鉄

行く水ハ、煙の下に、音たてて、　槐

塩釜神社に詣でて、槐園祝詞《のりと》をよむ。

袖ちかく、鳩ぞ立つなる。うれしくも、いのる心を、神やうけけむ。

松島五大堂の連歌。

八十島《やそしま》しろし。汐ざゐの風。　鉄

龍《たつ》も今、うかびや出でむ。月さえて、』　槐

朝日にぬれて、鶴《たづ》なきわたる。　槐

沖辺より、汐みちくれバ、島の名の、』　鉄

岩ほをあらふ、沖つしら浪。　鉄
ゑりつけし、仏もぬれて、島かげの、』　槐
沖の八十島、天《あま》がけり見む。　槐
松島や、鶴のつばさを、かるべくバ、』　鉄
松のみうかぶ、秋の海原。　鉄
夕ぎりに、沖の八十島、かげきえて、』　槐
秋をもよほす、雁金の峰。　鉄
松かぜの、雲井にひびく、涼しさに、』　槐
入相の鐘に、汐ぞみちくる。　槐
松島や、岸の御寺《みてら》の、夕まぐれ、』　鉄
八十島わたる、風を見るかな。　鉄
大空の、みどりになびく、松の色に、』　槐
あれし笘屋《とまや》も、うれしかりけり。　槐
やどりして、雄島のあまと、月見れバ、』　鉄
かかふりの、かけ緒の末に、露見えて、　鉄
月のまとゐハ、ふけにけるかな。』　槐

富山に登り、松島を観て、偶ま、神仙体の連歌成る。

まくらに近し。鶴の一こゑ。　槐
人の世に、ありと見えしハ、夢にして、』　鉄
雲の通ひ路、花ぞちりける。　鉄
龍《たつ》の背に、のりてしくれバ、紫の、』　槐
天の川、みぎはに立ちて、ひれふれバ、　槐
いつ色の橋と、なりにけるかな。』　鉄
鉢あらふ、露のしづくに、人の世ハ、　鉄
やがてもふらむ、夕立の雨。』　槐
天の羽衣、花の香ぞする。　槐
桂さく、木の下わたり、露ちりて、』　鉄
雲に分け入る、鶴の一むら。　鉄
薬とる、子らやのるらむ。紫の、』　槐
台《うてな》ハ月と、なりにけるかな。　槐
玉琴の、しらべもさえて、しろがねの、』　鉄

丹波に住みける秋。

山田にハ、走り穂見えつ。引板《ひだ》かけて、月見がてらに、鹿や追はまし。

偶題

あらたに引ける池水に、
魚の子かひて放ちしが、
世のうき川に栖みなれて、
釣の糸にや懲りぬらむ、
人だに見れバ藻の底に、
やがてのがれて影もなし。
かくて三とせを重ねしに、
一夜《いちや》くろ雲まひくだり、
山をうごかす大かぜに、
そふや雷雨《らいう》のすさまじさ。
あしたに出でて眺むれバ、
池ハさながら涸れはてて、
裂けたる庭の木も石も、
ただなまぐさし爪《つめ》の痕。

仙台紀行の中に。

入日さす、薄《すゝき》まじりの、小松原、夕かぜさむし。宿ハなくして。

秋　柳

うまや路の、川ぞひ柳、ひと葉こぼれ、ふた葉こぼれて、日ハ暮れにけり。

幼時『坂靄』といふ題を得て、か丶る歌もよみけり。

孔舎衛坂《くさゑざか》、ながすね彦が、射向ひし、矢じりのこして、降る霰かな。

凱旋祝捷会など、盛に行る丶頃。

ますら夫ハ、勝鬨あげて、かへりけり。筆のいさをハ、我にゆるせよ。

佐々木信綱君、『から山に、駒をひかへて、歌ひけむ、君が歌こそ、きかまほしけれ』と云ふ。返し。

知る人ハ、千とせの後と、思ひしを、あはれやさしき、君もありけり。

われ再び朝鮮より帰りて、東京に入る。亡命の韓客趙義淵君、共に手を把て、無事を祝し、未だ一言の半島談に及ぶなくして、『馬ハ無事なりや』と云ふ。馬とハ、趙君の愛馬にして、二月十一日の変後、余等同友の保管するところたり。即ち、左の一首を書き、意訳して見す。趙君、慨然として、当日の事、また説くに忍びずと云ふ。この歌の、別に諷するところあるに由る也。

千里《ちさと》ゆく、君がこ丶ろに、いかなれバ、足とき駒の、そはずやありけむ。

この後ハ、いかに身を処し給ふかなど、
人の問ふに。

されバとて、山に入るべき、身にもあらず。しばしハ歌に、また隠ればや。

歌よめバ、甲斐ある御代の、本意《ほい》なれや。やがても人の、そしるなりけり。

雑感十首の一

梅雨、感を書し、兼て、槐園の、朝鮮に
在るを懐ふ。

都に入るも幾たびぞ、
誰かあはれと我を見る。
五月《さつき》の空のはれやらず、
ひとり物思ふこの日頃。
美人妬みに堪へかねて、
よく千行の書をバ寄せ。
丈夫悲憤にあまりてハ、
ただ三尺の剣を撫す。
五年の旧稿火に附して、
我ハ小児の才を愧ぢ。

一篇の長詩世に出でて、
人ハ大家の名を誇る。
されバよ筆ハ抛ちて、
復も行かむか海の西。
全羅の港《みなと》田千町、
友と移住の計ハあり。

廿七年六月、日韓の事、益々逼りぬ。余、同人四五輩と謀り、将に京城に赴かむとし、旅装ほぼ調ふ。たまたま、海外旅行券を、官衙に請ふに及んで、余の兵籍、なほ予備に在り。遠く遊ぶを、許されず。しかも、予備兵の召集せられむハ、何れの日にあるかを、知らざる也。

千里《ちさと》ゆく、こころばかりハ、はやれども、ほだしはなれぬ、駒の身にして。

同年九月三十日、落合直文先生の、後備兵召集に応じて、出発し給ふを、送りまゐらせて、

書《ふみ》よまむ、師とばかりこそ、たのみしか。いくささへこそ、先だたれけれ。

天祐俠　二首

いなづまの、光も見えて、一むらの、横ぎる雲に、雷《かみ》なりわたる。
いづち吹く、山かぜならむ。夕立の、行方さだめぬ、雲の一むら。

天祐俠の一士、安達九郎の、朝鮮に赴く
を、送れる歌の中に

山けはし。駒の足おそし。行手にハ、竹の葉そよぎ、虎吼えむとす。

全羅道の紀行中に。

やよから子、はやも驢馬追へ。日ハ暮れて、夜霧ハ立ちぬ。野にも河にも。
大君の、まぐさに飼はむ、野ハ多し。物おもはるる、旅にもあるかな。
ゐながらに、人にといへる、詩をぞ思ふ。あはれこの山、あはれこの水。
人ハ知らず。から紅の、色にさく、花のみ国を、わすれざるらむ。
秋かぜに、驢馬なく声も、さびしきを、夕ハ雨と、なりにけるかな。

松都ハ、古の高麗の都なり。

十《じふ》二《に》宮《きう》、むかしの栄華、あともなし。夕かぜ寒く、驢馬一つ立つ。
応制《おうせい》の、詩を召すと見し、夢さめて、荒れし都に、秋の風きく。

長井行、飄乎として広島より、京城にいたる。
君、曾作あり。云く。『浮世をバ、そむくなら
ひの、なかりせバ、いづくを恋の、かくれが
にせむ』と。相見るうれしさに、南山亭席上。

しばしとて、またもや恋の、かくれがに、海をこえても、君ハ来ぬらむ。
いざさらバ、君にゆづらむ。わが歌に、まだ入らぬ山、まだ入らぬ水。

廿八年十二月、再び朝鮮に航するや、槐園と共に、身を商界に投ぜむとの念、切なり。万葉集二度まで浄写したる筆もて、大福帳つくるも亦、風流ならずと云はむやなどいふ。

世の中の、黄金のかぎり、身につけて、まだ見ぬ山を、皆あがなはむ。

末の世ハ、人の国さへ、売られけり。たふときものハ、黄金ならずや。

人に与ふ。

ふまれつる、草にも花ハ、さくものを、恨みはつべき、世と思ふらむ。

幼時『禁中郭公』といふ題詠に、かかる歌あり。

太刀とりて、とのゐの武士ハ、立ちにけり御階の上を、行くほととぎす。

黒　門

伏見縄手のたたかひに、
錦旗一たび出でてより、
順逆忽ち地をかへて、
賊といふ名もあさましや。
薩摩隼人にはかられし、
この耻いかで忍ぶべき。
悲憤にこれる腕撫して、

はやるハ旗下の八万騎。
死ぬるハ今と立てこもる、
雲の上野の夏木立、
四面に敵をひきうけて、
数度の戦闘《いくさ》ハつづけしも、
世の勢ひを如何にせむ、
皆ちり〴〵に成り果てつ。
嵐にもろき花すらも、
かぐはしき名ハ留むるを、
淋しき苔にますら夫の、
赤きこころも埋れて、
二十余年の今ここに、
のこるハ黒き門ひとつ。
風と雨とにさらされて、
裂けし扉《とびら》のここかしこ、
歴々弾丸《たま》の痕《あと》見えて、
むかしの苦戦しのばるる。

そをも哀れと立ち寄りて、
とぶらふ人ハいと稀れに、
静かに坐せる仏のみ、
人の浮世を笑ふべし。
あたりの花に幕うちて、
酒に妓楽《ぎがく》の音たかく、
夕に馬車を駆る人ハ、
それも隼人の子なるらむ。

朱 染 亭（武内少尉以下七士の戦死を歌へるもの廿七年十月の作）

松吹く山風黍摸つ雨、
さびしき異境《いけう》の秋の野に、
尽きぬなげきの詩をとどめ、
あらたに立てる墓碑《ぼひ》七つ。
将軍馬をバ下りつつ、
近く墓前によりそひて、
『あはれ故国にあらむにハ、

いかなる祭りもせむものを。
かなしやおなじ旅の空、
さるべき設けもなかりけり。
こころばかりの手向にと、
わがよむ文《ふみ》を饗《う》け玉へ。
「世にも稀なる忠勇義烈、
君ら七騎の斥候兵、
とほく不毛の地に入りて、
おもき務めを怠らず、
艱苦の中に身をゆだね、
混成旅団の我ために、
益ある敵のありさまを、
探り得たるも幾たびぞ。
成歓牙山のたたかひに、
京城《みやこ》を出でて南して、
後《あと》の憂ひのなかりしも、
まもる君らのあれバこそ。

牙山に勝ちて凱旋し、
兵士を休むるそのあひだ、
北の憂ひのなかりしも、
おなじく君等のあれバこそ。
思へバ〳〵あとの月、
恰もけふの朝ぼらけ、
京城《みやこ》はなるる七百里、
この里にまで進み来て、
前面はや皆敵なりと、
探りて知れる程もなく、
降りくる銃丸《たま》ハあめあられ、
すハや伏こそ起りたれ。
勇士死ぬるを惜まねど、
死ぬるをもとより貴《たふと》べり。
死ぬべき時に死ぬを得バ、
死ぬるもよしやいさましく。
死ぬべき時にあらずして、

死なむハいとこそ恨みなれ。
奮闘時をバ重ねしも、
彼れハ大衆われ無勢、
おもき務を身におひて、
あまた探りし偵察の、
その復命も為さずして、
その報告も遂げずして、
衆寡の勢ひすべもなく、
斃れし君等のみこゝろハ、
いかに悔しとおぼしけむ、
いかに恨みとおぼしけむ。
けふこゝすぎてこのあたり、
残る血汐のあと見れバ、
いとゞその日のしのばれて、
朱《あけ》に染むてふ里の名も、
あはれ悲しき名なりけり。
いかなる人のいつの世に、

かくと知りてかかくばかり、
悲しき里の名ハつけし。』
よみつつここに至りては、
しばし将軍声とだえ、
悲しき思ひハ一つにて、
三軍皆泣く忍び音に。
『さハいへ君らのいさましく、
おのが務めに斃れしハ
御邦の兵士のそのために、
めでたき鑑《かゞみ》をのこしけり。
いつの世までもいつの世も、
君らが誉れハ朽ちざらむ。
君らの仇なる彼敵ハ、
正義の仇なり道の仇、
天皇陛下の仇にして、
またわれ〳〵の民の仇。
義昌不肖の身ながらも、

彼らを討つにハ謀《はかり》あり。
君らの御霊《みたま》を慰めむ、
その日ハ近し待て暫し。』
なさけにあつき将軍の、
このあはれなる手向草、
聞くや墓下《ぼか》なる七勇士、
死にて栄ありなか〳〵に、
今ハ恨みもなかるらむ、
嬉れしと笑《ゑみ》をも含むらむ。
松吹く山風、黍撲つ雨、
さびしき異境《いけう》の秋の野に、
よしや屍ハうづむとも、
其名ハかんばし征清史《せいしんし》。

閨怨　五首

威海衛、つきし御艦《みふね》に、君ありと、ききしハ月の、初なりけむ。
西ふきて、雁のたよりハ、ききしかど、恋しき人ハ、音づれもなし。
かかる折り、昔の人も、夜もすがら、衣うちつつ、もり明しけむ。

二人《ふたり》して、めでつと見しハ、夢なれや。閨の戸しろき、有明の月。
わが夫《つま》の、衣ならずバ、如何にして、夜寒《よさむ》の秋の、月にうつべき。

将軍不誇（廿七年九月十九日作）

大勝利、大勝利、
快電夜《よる》いたる大本営。
みさぶらひ、とく燭《ともしび》をたてまつれ、
我君したしく見そなはす。』
御代《みよ》長月の十五日、
我軍四方《よも》より押よせつ、
敵を重囲の中《うち》にして、
はげしきいくさ打つづけ、
その日も暮れてそのよるの、
いざよひの月おつる頃、
平壌の城ハおとしけり。』
敵ハ二万ときこえしが、
たま〳〵のがれしその外ハ、
われの火力に打果し、

さてハきづけて捕へたり。
敵の兵器と兵糧の、
我手におちしも数知らず。
砲軍の将左宝貴も、
とりこと為せる中に在り。』
大勝利、大勝利、
千古未聞の大勝利、
この名誉なるたたかひの、
将軍ハ誰ぞ野津中将。』
将軍つとに徳高く、
己れを誇るさまもなし。
この勝利をバつたへたる、
飛電の末に書けるやう。
勇武なる、天皇陛下の御稜威《みいづ》なく、
忠義なる、将校士卒のあるなくバ、
臣の微力、いかでか奏せむ此大勝利。』

軍中月（廿七年九月十二日作）

平壌府、大同江、
野ハひろし、流れハ長し。
見れバ皆、幾日《いくか》もたたぬ新戦場。
すさまじきいくさと一と揉み程もなく、
清兵三万わしらせて、
秋ハ半となりにけり。
よしや今宵ハ勝利の祝ひ、
かねて三五の月の宴。』

旗の手に、秋風たかく吹きわたり、
幕の上に、夕露しろくおきわたす。
をり〳〵清く聞ゆるハ、
誰が玉章の雁ならむ。
ふる郷の、三笠の山ハ見えねども、
天の原、名におふ月の影あかし。
あはれ世ハ泰平二十年打つづき、
大宮人の袖にのみ、

やどさむ月と思ひしを、
槊《ほこ》とりてながむる今宵もありけりな。』
おもしろき今宵の祝ひ、
おもしろき今宵の月見、
我営の、将士十万いざもろとも、
飲めや謡へやこの一と夜。
故郷《ふるさと》人がはるばると、
真心こめておくりたる、
うまき伊丹《いたみ》の酒もあり。
肴にハ、こたびのいくさに斬りたりし、
血に染む髑髏五千級。』

従軍行（廿七年八月廿一日作）

大男児、死ぬべき時に死ぬを得バ、
捨つる命ハ惜しからず。
五十年、太平の夢をむさぼりて、
なにか空しく長らへむ。』

おもしろし、千載一遇このいくさ、
大男児、死ぬべき時こそ来りけれ。
けふきけバ、平壌のいくさも、勝てりとか。
長駆して、こたびハつかむ奉天府。』

なにゆゑに剣ハまなびし。
なにゆゑに書《ふみ》ハよみつる。
かかる時用ゐむためぞ。
かかる時死ぬべきためぞ。
いざさらバ、世に思ひおく事もなし。
我ハ唯だ行く戦場に。』

太　郎（某小学校長の依嘱によりて、廿七年八月の作）

君も君も、いざ列つくれ。
時間の鐘の鳴るまでハ、
いくさごととして遊ぶべし。』
我ととさまハ陸軍大尉、
予備とやらにてこの三とせ、

家にかへりておはせしを、
けさ何事のおこりしか、
母さま泣かせて行かれたり。』
ととさま都会《まち》へか土産にハ、
サーベル買うてと頼みしに、
よしや佳《よ》い児ぞおとなしく、
母さまもろとも留守せよと、
優《やさ》しき言葉のこしつゝ、
馬に一と鞭あて玉ふ。』
母さまハ、涙ながらにかけ出でて、
武士の妻、なにか未練を申すべき。
死なバ天晴切立てて、
死ぬべき時に死に玉へ。
生きバ勇士と歌はれて、
帰り玉へとのたまひぬ。
母さまの、そのお言葉も終らぬに、
早《はや》ととさまのみすがたハ、

鎮守の森にかくれたり。』
なぜととさまハいつになき、
よき服つけて行かれしと、
問へバ母さまほほゑみて、
太郎こそ、よきととさまを持ちにけれ。
この母も、よき良人《ひと》にこそ嫁《とつ》ぎたれ。
こたびのいくさの敵ハ支那、
さても御国の陸軍が、
ひろき世界の戦場に、
今ぞ名をなす初めなる。』
このおもしろきたたかひに、
けさ召集の命うけて、
出で立ち玉へるととさまの、
そのうれしさハ如何にぞや。
かく言ひて、聞かせ玉ひしその折の、
我うれしさも亦いかに。』
あはれいくさハおもしろし、

あはれいくさハおもしろし。
君も君もいざ列つくれ。
時間の鐘の鳴るまでハ、
いくさごととして遊ぶべし。

有栖川大将宮殿下の薨去を悼み奉る。

御門守《みかども》る、伴《とも》の八十雄《やそを》ハ、ありながら、親王《みこ》の行幸《みゆき》ハ、とまらざりけむ。

軍中月

ますらをの、行くべき道に、まどはねバ、心のこらぬ、ありあけの月。

凱旋門（廿八年五月作）

いつとゝさまハ帰ります、
帰りますぞと問ふものを、
帰りまさずと告げもせバ、
をさなき胸の裂けやせむ。
都の市の朝かぜに、
旗のかづ〳〵打なびき、
勝利をいはふ軍楽に、
花火の音もまじるなり。

きくに心のいさまれて、
人ハ見に行く凱旋門、
大尉の家のその妻ハ、
わざと我児を見にやらず。

里の柳（廿六年三月作）

はるかぜハ、ことしも同じく、吹きにけり。
里の川辺の、やなぎはら、
去年《こぞ》の姿に、かすみつつ。
うぐひすの、音《ね》にさそはれて、きて見れバ、
昔のはるの、こひしさに、
思はず袖の、しぼられて。
おぼろ夜の、そぞろありきに、ふたりづれ、
きてハあそびし、かの少女《をとめ》、
今何処にか、あるならむ。
ものまなぶ、おのがつかれを、なぐさめて、
そぞろありきを、勧めつつ、

兄上共にと、彼れハいふ。

うなづきて、さらバと立てバ、うちゑみて、
我におくれつ、さきだちつ、
従ふさまの、あいらしさ。

うちつれて、やなぎのかげに、やすらへバ、
彼ハ妙《たへ》なる、笛の音に、
我から歌を、あはすなり。

袖たれて、かろくあゆめる、かのさまハ、
風にふかるる、あをやぎの、
その姿にも、似たりしよ。

笛とりて、きよくしらぶる、かのこゑハ、
やなぎにうつる、うぐひすの、
その啼音《なくね》にも、似たりしよ。

去年今年《こぞことし》、はやひととせを、へだつれと、
春にハかはり、なきものを、

少女《をとめ》ハいづこに、あるならむ。
あをやぎハ、ふたたびもえぬ、うぐひすハ、
またもきなきぬ。なつかしき、
少女《をとめ》ばかりハ、かげもなし。

彼れハいま、さか木たむくる、おくつきに、
さびしく眠る、身となりぬ。
こひしき兄に、別れつつ。
愛する笛を、のこしつつ。

あはれまた、笛ふく呼吸《いき》も、もたざらむ。
歌きく耳も、なかるらむ。
柳のかげに、このはるも。
兄ハ訪ひきて、うたへると。

かなしさに、ひとりなげきて。たたずめバ、
草木も知るか、わがこころ。
ころものうへに、はら〳〵と、

やなぎの露ハ、こぼれけり。

廿五年の冬、富士川を下りて。

さよ千鳥、月にさわぎて、いにしへの、夢おどろかす、富士川のほとり。

人に与ふ

ありつるハ、夢とも思へ。うつつぞと、思はバなげき、いよよまさらむ。

雑感十首の一

我もまた、世を厭ふとや、人ハ見む。月と花との、歌のみにして。

雛　祭（廿六年三月作）

我をおきて、兄弟《はらから》とてハ、なきものを。
男児《をのこ》ひとりの、我をおきて、
少女子《をとめご》とてハ、なきものを。
いかなれバ、ひひなかざりて、ものすゑて、
いとうれしげに、わが母ハ、
けふの祭りを、いはふらむ。
ひなまつり、男児《をのこ》のすべき、わざならず。
めめしといひて、わが友ハ、

我身ひとりを、わらふなり。

かくいひて、問へる我子を、すわらせつ、
母なる人ハ、ねむごろに、
かたりぞ出づる、そのよしを。

この母ハ、猛《たけ》きそなたの、その外に、
やさしき少女《をとめ》を、生みたりき。
そなたのためにハ、姉にして。

その名をバ、花子とつけて、愛でけるが、
世にうつくしき、さまかたち、
まことたがはず、その名にも。

ひととせの、春をくはふる、たびごとに、
ひひなかざりて、ものすゑて、
花子のために、いはひつつ。

父うへハ、とく生ひ立てよ、生ひ立たバ、
良《よ》き師えらびて、書《ふみ》よませ、

物書かせむと、のたまひぬ。

母もまた、とく生ひ立てよ、生ひ立たバ、
　ひひなのごとき、髪ゆひて、
　　美《よ》き衣《きぬ》きせむと、ねがひたり。

乳児《ちご》ながら、親のこころや、知りつらむ。
　ひひなながめて、よろこびて、
　　ふくむ笑靨《ゑくぼ》の、あいらしさ。

なにごとぞ、夜半のあらしハ、さそひけり。
　名に負ふ花を、うらみてか、
　　つぼみながらの、その花を。

いひさして、あまる涙を、おさへつつ、
　しばし言葉も、とだえたる、
　　母のこころや、いかならむ。

四つといふ、春をむかへて、その春の、
　ひひな祭りも、よそに見て、

花子ハあたら、ちりゆきぬ。
ありし世を、思ひいでつつ、いまもなほ、
ひひなかざりて、ものすゑて、
母ハその子を、まつるなり。

韓謡十首

これもと、韓語を以て綴りたる、かの国の歌謡にして、かの国士人の酒間、つねに行るるもの、以て韓詩の一斑を窺ふに足らむか。戯れに、ここに其十首を訳出す。

(一) 春 思

なくうぐひすを梭《をさ》にして、
柳の糸に織り得たる、
春の錦を人問はバ、
われハ露けき袖二つ。

(二) 早 別

ひがしの窓のしらめるに、
起してなどか帰しけむ、
見れバまだ夜ハ明やらず、

しろきハ月の影なりき。
ながき山路を唯ひとり、
かへれる君やいかにぞと、
思へバ心も身にそはず、
思へバ心も身にそはず。

（三）恨　別

離別の二字を作りけむ、
蒼頡こそハ恨みなれ。
始皇書をバ焚きし時、
いかに逃れて世にのこり、
にくやこの二字今も猶、
いくその人を泣かすらむ。

（四）杜　鵑

荒れたる山のさびしきに、
いたくな啼きそ杜鵑《ほとゝぎす》。
昔ハさても恨むまじ、
すべてかへらぬ夢なれや。

などか今更血を吐きて、
人の袂をしぼらする。

（五）涙

注ぎて海に入りぬれバ、
いつまた山に帰り来む。
昔も今も逆《さか》のぼる、
水の流れハきかざるに。
ひとりうき身の涙のみ、
まづ腸をしぼりつつ、
胸のしがらみせきあげて、
はてハ目よりぞ瀧をなす。

（六）感古

むかしの海ハ涸れはてて、
真砂もつひに島をなし、
春の小草《をぐさ》ハあを〳〵と、
その島かげを飾るなり。
あかで一たび別れたる、

かの子ハ未だ帰らずや。

（七）慕屈原

楚江の水に棹さして、
釣する漁夫《ぎよふ》よ待てしばし。
むかしの人の忠魂ハ、
今なほ魚腹に残るべし。
烹るべき鼎ハありとても、
その魚のみハいかで烹む。

（八）失　題

斉も大国、楚も大国、
斉楚の中《なか》にはさまるる、
小《ちい》さき滕《とう》を如何にせむ。
さもあらバあれ諸共に、
君とつかへて今ハただ、
斉にも行けバ楚にも行く。

（九）失　題

蜘蛛《くも》ハすがたも愛なきに、

そのなすわざの憎きかな。
ふくれて見ゆる腹わたの、
糸ひきのべて網はりて、
花の木の間に来てあそぶ、
春の蝴蝶を捕ふらむ。

（十）失　題

山を出でゆく谷川よ、
ゆき易しとて何ほこる。
一たび海に注ぎなバ、
またと帰るハ難からむ。
山にハこよひ雲はれて、
かばかり月のてるものを、
いそぐ心をおちつけて、
しばしハここに憩はずや。

京城の某酒楼に飲める席上、戯れに、領事補堀口九万一と、俚歌の調に倣ひて之を賦し、妓に与へて絃に上さしめたるものの一。

雲のかよひ路、こころハかよふ。富士の高嶺に、人知れず。

鉄幹子（抄）

鉄幹子自序

われの詩集はわれの写真帖なり、みづから見て打笑まるゝ所なり、棄てがたき所なり、なつかしき所なり。

諸友、わがために明治三十年以後の旧作を輯めて鉄幹子と題し、ここに刻に上して世に公にす。既に写真帖なり、稚気いまだ去らず、狂態猶厭ふべきものあるは、当にその所なり。大方識者の嘲笑は、鉄幹子甘んじて之を受けむ。

国人の早熟なる、年三十四十にして気倦み精衰へざるハなし。方今の文壇、何ぞ若年寄の多きや。われ窃《ひそか》に憶へらく、七十八十にして一篇の大作を完成し得ば、以て自ら負ふ所に酬ゆるに足らんと。我国韻文の創始期にありて、疵瑕なきの作を誇るは、寧ろ滑稽に属せずや。

われハ畸形児と若年寄とを憐むの理由を知らざるなり。

岡山常磐木旅館に於て

晩翠を憶ふ （三十三年二月作）

十弐万年春すぎば
枯れたる骸骨《むくろ》に花ありや
神人《しんじん》は泣く眼なき鬼の
利慾のちまたに群れて行くを

ああ高いかな君が詩袖に秘めて
玉売る都の市に呼ばぬ
酒樽《さかだる》割りても剣の前に
雄心《をごころ》尽くると我は泣くに

さはいへ神の子情《じやう》ありて
しばらくここに人となる
乞ふ見よ釈迦は山を出で
基督十字の刑に就く
雪ある巌間《いはま》の月をめでて
梅花にやどれる霊にばかり

ひそかに醍醐の瓶《かめ》を斟んで
許さんは君慈悲にあらず
わが道いく種にみだれては
婆羅門人《ひと》を畸形《かたは》にす
君見ずや現代の小詩風
これ餓鬼のよる果実《このみ》なり
あさまし渠等《かれら》が恋と云ふや
汚れし血膿《ちうみ》を口にふくみ
われと興がりわれと笑《ゑ》みて
知らじな腐敗《くされ》の骨に入るを
ここに一人懊悩《なやみ》あり髪みだれ
無才《ぶさい》を悟り得て泣いて狂ふ
夕に飴屋《あめや》の笛をかりて
ため呼吸をあげて君に捧ぐ
みづから憐む疎狂眥《めじり》裂けて

霊に飢ゑ血に飢ゑ痩せて悶ゆ
大医王、君《きみ》、慈悲を垂れて
如何に衆妙の詩参千を説けよ

小根の行者世には倦めど
なにかは獅子の座君のいなまん
謂はずや五濁の末をまちて
大乗はじめて光輝《ひかり》ありと

ねがふところは君によりて
芸術《たくみ》の林に油そそぎ
鬼の領《りよう》ぜる地の上に
消えし理想の野火を揚げん

暮　鐘（三十三年六月作）

ゆふべお茶の水の橋に立つ
車多し人多し塵《た》多し
揚々《やう〳〵》たるは誰が子

戚々《せき〱》たるは誰《た》が子
一味の慈悲を神に責むな
聞けニコライの鐘人を咀ふ

哀情か恋情か富貴か名か
西に狂し東に奔《わし》り笑みつ泣きつ
ああ人の子の忙《せわ》しき
何れか行きて運命の
底しらぬ淵、罪悪の
黒き濁りに身をば投げぬ

世を挙げて盲《まう》す
見がたし古《いにしへ》の人
万巻の書も何の価《あたひ》ぞ
ただ蠹魚《しみ》の尿《ねう》に任す
有りや勇猛《いうまう》裸体《らたい》の子
能く道念《どうねん》の火を抱《いだ》き
千載の下《もと》とはに消えし

理想の火山に口火《くちび》かくる
これを思ひ彼を思へば心冷えて
悄《せう》たる我影涙おちぬ
仰ぐよ痩せし手額《がく》にあて、
明星かしこに独りあかき
我に珠玉の歌はなきも
翼あらばいで地を搏《う》つて
いなんを彼空《かのそら》あゝあゝ高し

舞妓君子（三十三年十一月作）

その一

韓《から》のみやこのつれづれに
こよひあひ見る酒のまへ
うまれはおなじ西京と
先づきけるこそ嬉しけれ。
いかなる親のこころより

千さとへだたるあら国へ
いとし愛娘《まなご》をわたらせて
何とてさする憂きつとめ。

十四十五ははつはなの
まだ恋しらぬあどなさを
ことば訛《なま》れるうかれをに
もてあそばる、是非なさよ。

その二

みづにのぞめるしら梅の
雪のはだへのけだかきに
つきをかけたる紅梅の
襟にあまれるにほひかな。

舞のすがたにふさはしき
はるの小室《をむろ》のはなあふぎ
唄のこころにかよひたる
あきの嵯峨野の裾摸様。

ゆたかにあぐるふり袖に
この世をつつむ風情みえ
かろくかざせる舞の手に
ほとけを招くちからあり。

その三

ふるさといでて我もまた
十とせあまりを旅のそら
はからず逢へる君ゆえに
よろづむかしの忍ばるる。

ともに憂身を語りなば
酔ひたる酒もさめぬべし。
しばし鼓の手をやめて
わがさかづきを受けよかし。

君がそだちし祇園なる
神のやしろの花の精
いつかあどなき頬に入りて
そのゑくぼとはなりにけむ。

その四

水におちたるむくろじの
くろめがちなるまなざしを
羽子《はご》のはねよりなほかろき
人のなさけにそそぐなよ。

雨にほころぶる海棠の
そのいぢらしきくち紅を
花の露よりなほもろき
人のこころにうつすなよ。

をとめの春のたのしさは
ただおびどめの蝶のゆめ
指なるたまにたれの名も
まだ見えぬこそさかりなれ。

人を恋ふる歌（三十年八月京城に於て作る）

妻をめとらば才たけて

顔うるはしくなさけある
友をえらばば書を読んで
六分の侠気四分の熱

恋のいのちをたづぬれば
名を惜むかなをとこゆゑ
友のなさけをたづぬれば
義のあるところ火をも踏む

くめやうま酒うたひめに
をとめの知らぬ意気地あり
簿記《ぼき》の筆とるわかものに
まことのをのこ君を見る

あゝわれコレッヂの奇才なく
バイロン、ハイネの熱なきも
石をいだきて野にうたふ
芭蕉のさびをよろこばず

人やわらはん業平《なりひら》が
小野の山ざと雪を分け
夢かと泣きて歯がみせし
むかしを慕ふむらごころ

見よ西北《にしきた》にバルガンの
それにも似たる国のさま
あやふからずや雲裂けて
天火《てんくわ》ひとたび降らん時

妻子《つまこ》をわすれ家をすて
義のため恥をしのぶとや
遠くのがれて腕を摩す
ガリバルヂイや今いかん

玉をかざれる大官《たいくわん》は
みな北道《ほくどう》の訛音《なまり》あり
慷慨《かうがい》よく飲む三南《さんなん》の

健児は散じて影もなし
四たび玄海の浪をこえ
韓《から》のみやこに来てみれば
秋の日かなし王城や
むかしにかはる雲の色

あゝわれ如何にふところの
剣《つるぎ》は鳴《なり》をしのぶとも
むせぶ涙を手にうけて
かなしき歌の無からんや

わが歌ごゑの高ければ
酒に狂ふと人は云へ
われに過ぎたる希望《のぞみ》をば
君ならではた誰か知る
「あやまらずやは真ごころを
君が詩いたくあらはなる

むねんなるかな燃ゆる血の
価すくなきすゑの世や
おのづからなる天地《あめつち》を
恋ふるなさけは洩すとも
人を罵り世をいかる
はげしき歌を秘めよかし

口をひらけば嫉みあり
筆をにぎれば譏りあり
友を諫めに泣かせても
猶ゆくべきや絞首台

おなじ憂ひの世にすめば
千里のそらも一つ家
おのが袂と云ふなかれ
やがて二人《ふたり》のなみだぞや」

はるばる寄せしますらをの

うれしき文《ふみ》を袖にして
けふ北漢の山のうへ
駒たてて見る日の出づる方《かた》

紀伊をさまよひて

おどろかす響つたへて世に出でん歌ゆゑこもる那智の神山
わが歌の反古《ほご》をも投げんこがらしに紅葉うづまく那智の大瀧《おほたき》
那智の山てる月さむき瀧壺にわが旅がたな洗ひみしかな
高野山《たかのやま》岩をも木をももをろがまん千年《ちとせ》のほとけ猶いますとよ
杉の葉にこがらし吹くもわびしきを猿なく谷は雲の下《した》なり
笹《さゝ》の葉の霜うちはらひ紀の山にわびねする身となりにける哉
うらやまし沖の船よぶ漁人《あま》の子よ我は喚ぶべき人なかりけり
青潮《あをじほ》の湧きて流るゝ紀の海に舞ひ立つ鷺のむれを見るかな

和歌山より大和へ志す路にて熱を病みて打臥しけるに合宿せる母らしきと二十一二ばかりなるとが、いとまめやかに介抱しくれて、立つべき日をさへ延しくれぬ。和歌山に籍かけてゐたるが、このたび自前《じまへ》とやらになりて奈良のかたへ移りゆくなりとぞ。世は鬼ばかりにもあらざりけり。

ほつれたる君がなさけの黒髪にまたも我世のほださるるかな

芋魁集

三十一年十二月浦塩斯徳にありて

またぎても踰ゆべき海の北のかた他人《ひと》の国あり浦塩斯徳《うらじほすとく》

西辺利亜《しべりあ》の朝北《あさきた》おろし海に入りて氷となりぬ浦塩斯徳

元山港にて某の為めに

左手《ひだりて》に血に染む頭顱《かうべ》七つ提《さ》げて酒のみをれば君召すと云ふ

朝鮮海にて漁業を見て作る。時に本国密偵の予を物色する頗る急なり。

あら汐をおのが家なる鯨さへ危し世には網といふもの

赤間関の藤本楼に飲みて

まことあはれ妾《わらは》は花よ君は水ながれて去年《こぞ》の影はかへらず

藤本生と東京の街上に飲む

顔をあげよおでん屋台《やたい》に夜《よる》立つ子《こ》寒しや我も酒のさめし後《のち》

題　画

うらうらと山の日かすむ苔の戸に白き雄鹿《をじか》の花啣《ふく》みくる

紀伊客中

たかのやま石楠《しやくなぎ》かをる有明にしだり尾しろき鳥のひと声

谷《や》中《なか》

新墓《にひばか》の卒都婆の上に鴉ゐて紅き梅ちる有明の月

韓国親王完平君の邸にて

燭《しよく》あかし楼蘭《ろうらん》の曲破《きよくは》になりて殿《との》の牡丹ぞうちゆらぎたる

再び藤本生と飲む

新坂《しんさか》の白馬《しろうま》うまし雪の日を一貫五百わが願ひ足る

京城元旦

元日や東門《とうもん》を出でて鶴を見る詩人顔玉《かほたま》の如し竹の冠《かんむり》す

木幡《こばた》街道にて

竹さむき伏見の山のうすづき夜ふる葉まじりに梅の花ちる

島田姿のよくもふさへる子のみまかりければ

花にしもかねてよそへる君ながら送らんものか青き苔のした

酔茗に復す

末の世に小生《それがし》ありとほこるべき我歌いまだ成らずもあるかな

高松に着きし時

青海《あをうみ》に春日かぎろひ絵のごとき高松の城桃の花さく

歌集大和錦を読みて

襤褸《つゞれ》なすこの歌巻《うたまき》にひとすぢのこがねの糸や竹の里人

志貴山中

うすれゆく杉間《すぎま》の月に梅ちりて奥の院さむし孤なくこゑ

神杉のこずゑゆらぎて山かぜに天狗くる夜の月ふけわたる

木屋街に宿して

更けし夜の火かげ花かげ霧に似て四条河原に犬のこゑする

大友生を訪ふ

君がすむかどはまよはず上根岸あかき桜のひともと咲く家

駒込に住みける時

山吹にこさめそぼふる垣根道くるまとどめて女もの問ふ

植木屋の因業爺《いんごふぢゝ》がまなむすめ二十五と云ふに猶雛をまつる

洛東僑居

梅の歌ありやと叩く友もなし独り雨に閉づ竹ふかき門《もん》

若尼《わかあま》の筆のすさびに泣かれけり世をすててのち花を惜む歌

丹波道中

苔あをき山の岨道《そばみち》雨はれて鳩なく朝を桃の花ちる
馬の脊に春日うらうらねむけさす峠の道はぼけの花ざかり

梅の花

二十日《はつか》あまりしろき梅さく山にねてあまたになりぬ人恋ふる歌
わが歌に君がなさけをにほはせてくらべてみばやしら梅の花
いつしかも鶴にまじりてくだりけり梅が香さむき月が瀬の山

無題

菜の花のにほへる里にひともとの紅きすももや妹が家のかど
白き羽のかりがねわたるここちして玉の琴柱《ことぢ》を見ればあはれなり
梅の雪ふかさ七尺おほかみのわたる尾上に風をきくかな
妙義の山太古《たいこ》の石ぞ我を噛ふ飛ぶに羽《はね》なし痩せたる男
任はてて帰る総督うらやまし人を殺して君が名なりぬ

袖の霜

父ぎみ、去年の秋より、周防国徳山なる兄君のもとに下りいませるか、春よりのおん病、この秋になりてあつしく成り給へり、とく下り来よとたよりあり。

ほだしある世につながれておもふまゝ親のやまひもとはれざりけり

八月十日、京に帰りて、十五日に一の兄君と打つれて下りぬ。おん病のけにや、いとも衰へたまへれど、おん心は例のたしかにおはします。されど、みとれる医師のいふをきけば、今宵にも危しとなり。

きりの葉のひと葉ちりける朝風に胸さわぎしやまことなりけん

十六日の夕つ方、すわらまほし、おこせよとあるに、後ろより抱きまつれば、ゐずまひ正しくしたまひて、辞世の歌五首ばかり詠み給ひて、臥し給へり。さて子等にもわかれの歌きかせよとのたまふに、一の兄君、なく〳〵も「もろともに仏の道をよろこびて後の世までも親子とや云はん」次の兄君も、うるみごゑになりて「親といひ子と云ふも世のかり名にて入我我入のさとりたのしも」ときこえ給へば、げにも楽しきちぎりかなと打笑み給ふ。我れも胸せまりて今は涙さへ出でず。

親といへばなほ人の世のわかれなり復あひがたき仏とぞ思ふ

その夜の十時すぎし頃、わが手をひしと執り給ひて「かわいや」とばかりのたまひしが、やがて気色次第にかはりて、夢ごこちにておはすめり。

あなかしこいまはの空も我のみや心の月のくまとなりけん

ひと言のいまはのきはのみなさけはわが千ことにもいはれざりけり

十七日の午前二時十分といふに、火を少しあかくせよとのたまへる程もなく、やす〳〵と眠り給ふやうにて果て給ひぬ。

ほほゑみてねたまふ見れば紫の雲のゆくてやのどけかるらむ
世の中に親なき人のさびしさをけふは我身になげかるゝかな
そこそとも魂の行方を知るべくばつるぎの山も踏みて行かばや
昼の午の刻すぎて、柩にをさめまつらんとて、法のころもを着せまつれり。
きせまつる法のまごろも弥陀たのむひとへと見れば嬉しかりけり
釘うちつけんとて、一の兄君、光明真言うちずんじつゝ、土砂加持をふりかけ給ふ。
みほとけのきよきひかりよ死出の山かちゆく人にさはりあらすな
この里の大成寺の上人より「心やゝ打とけたりしほどもなく帰らぬ旅に君はゆきけん」
と、よみておこせ給へり。返し、
知る人の世にあるほどを思ひ出にほほゑみてこそ親はいにけれ
十九日、はふむりの式はてゝ、荼毘しまつるほど、所の名をきけば、鬼がしらといふ。
あさましく周防の国の鬼といふ野辺のけぶりになりませるかな
ひと口に喰ひてやいにし谷の名を鬼ときくだに悲しかりけり
わすれてはおのがつけたる野辺の火をあはれとばかり払ひつるかな
遺稿のおん歌ををろがみて、
かたじけなやまひのとこに子を思ふとかきたまひしがあまたあるかな
この里の人々へ、さき〴〵、形見にとておくるべき短冊、きぬ、調度など、姉君の分

け給ふに、いまはのきはまで、み枕なる、ふとやかなる瓶に、萩の花どもいけさせて
めでたまひつゝ、「花といへば身の終るまでなぐさみぬ来ん世のかをりおもかげにして」
とよろこび給ひしことなど、思ひあはせて、
みまくらにめでたまひつる萩の花なれにも歌のかたみとらせむ
二十日の朝、おん遺骨をさゝげて、山陽鉄道をのぼる。
世にまさばともにみやじま吉備津よとうれしき瀛車の旅路ならまし
岡山をすぐるほど、窓より、操山のふもと、瓶井《みかゐ》のあたりを打みやるに、一とせ打つれて下りしことなど、さながらきのふのやうなり。
松かげに百首歌してともに見し瓶井《みかゐ》の月はいまもすむらむ
この国に名だたる臥龍の松は、一たび見たまひしことあり。
いたづらにねむるすがたの松にのみ千とせのよはひたがゆるしけん
はやも、五日の夜になりぬ。
かぞふればよゝをへだててあはんよもいつよとけふは悲しかりけり
をしへ子なりし愚庵禅師より、萩の花にそへて「もろともに見んと契りし」などとぶらひ給ふ。いと悲し。さはいへ、
ふるさとのもと原の小萩もとの身のほとけになりて見そなはすらん
また、禅師へ、父君より、海松《みる》の塩漬といふものおくり給ひけるに、その品の、とど

かぬさきに、なきかずに入り給ひしよしのたより、うけたまはりぬなど、かきそへ給へり。

ながみるのながきなげきにひかるべきものと知りてはおくらざりけん

二十九日、けふ三七日といふに、あらためて葬りの儀式す。みおくりを給ひし人々のなかに、宇田淵、近藤芳介、赤松祐以、毘尼薩台巌、猪熊夏樹、富岡百錬など、名だたる歌びとあまたあり。

うたびとの知れるかぎりに送られてかなしきけふもほほゑみまさむ

わが師のうしとは、相知らぬなかなりしかど、中国へ遊び給ひし帰るさに、立寄りてとぶらひ給へる、いとかたじけなし。

身にあまる教の親のみなさけはうみの親にも今かゝるかな

ひがしやま大谷の墓にをさめまつりぬ。

花もみぢにほふ土よりなれる山のひがしの山にいざねむりませ

しづまれる歌のみたまやまもるらむ尾上のさくら峰のもみぢ葉

赤松祐以翁「この世にはまたすまじとて与謝の海やあまの橋立よぢのぼりけん」とおこせ給へり。この翁とは、分きて睦じき歌がたきにて、共に奈良の葉の昔を慕ひ給へるなかなりけり。

世の歌のふたたびすたる折もあらば天の橋立またくだりませ

九月二日は亡き母の三とせの忌なり。けふ、み墓のいしぶみたてたり。
母まつる三とせの秋に父もまたまつる我身となりにけるかな
おもひきやさびしき山の岩かどに親のみ名をもゑりつけんとは
歌の中山清閑寺にこもりをるに、風ひきたるこゝちにて、山をも下らず、今は形見となれる青銅の鏡、水晶の珠数など、打見るも涙なり。
なき親のかたみと思へばいまさらに秋の風にもあてじとぞ思ふ
家にあるますみの鏡われならでうつさん人はなくなりにけり
世にのこる珠のかず〳〵くりかへしきよきみこゑを聴くよしもがな
はかなしとたとへし露は草の葉にまたおきかへる朝もありけり
かくてわれみはかの霜をはらひつゝ苔のたもとの朽ちもはてばや
この歌の中山に移りたまひしほど、我れへの文の中に「老はたゞわが子の上をいのるかなまことにかへせ歌の中山」と示し給ひしは、我歌の近き年ごろ、余りに突飛なるをあやぶみ給ひつるにこそと、今更にかたじけなければ、此み寺の壁に書きつけける。
わがために千とせの名をや祈りけん世をおどろかす歌の中山
世に筆とり給ふわざの人々、父が一生の履歴きかせよと云ひ送らるゝに、かねてその筋へきこえあげたる伝記のあらましをぬきがきしていらへす。
墨染ののりのたもとをいくたびも世をつつむとて裂きたまひけん

おほかたの歌にひとふしかはりしはほとけごゝろの多かりし夫れいもうとのもとより文のはしに「父ぎみにたもとひかれて拾ひてし嵯峨山もみぢ今かそむらむ」と見ゆ。いとあはれなれば、返し。

手をとりて着せまつるべき親はなし紅葉の錦こぞに似たれど

十月九日、み墓に詣でて、菊の花をたてまつる。今そなへたる柿の実を、やがて鴉のもちされるなん、とふ人もなかるべく、さき〴〵の世もおもはれて、いとかなしきや。

しら菊にいのりし千代もあだにして手向くる花となりにけるかな

新墓《にひはか》にからすおりゐてものぞ食む荒れなばいかに野らとなるらむ

（明治卅一年十月十七日記）

明星

罵らでわれもえあらず韓山《からやま》にあさ日の御旗力《ちから》なき見れば

いまははた日本男児《やまとをのこ》もたのまれず見殺しにする我党《わがとも》二人《ふたり》

（相知れりける安駉寿権鑅鎮二人の惨刑の事ありける時）

○

たくましき七尺をとこ召《めし》に洩れて口惜《くちを》し往かれず義和団討ちに

日の本に妻子《つまこ》をおきて国のため犠牲《にえ》となりたる杉山書記生

国々《くにぐ》のいくさぶねあつめ支那の子が夢おどろかす大砲《おほづゝ》小砲《をづゝ》
健児《たけを》らが太沽《たあく》の城の朝霧《あさもや》にはやく樹てたる日の大御旗《おほみはた》

○

酔ひざめの我におくると星を出でてゆふべ崑崙《こんろん》の雪をとる神
羽衣《はごろも》をうしほに濡《ひ》ぢて神ふたり珊瑚《さんご》の嶋に珊瑚《さんご》とり暮《くら》す
山百合の花をしとねに蛇《へび》一つ白きをだきて巌に眠る神《かみ》

○

あたらしき歌のすがたを開きたる子の信綱《のぶつな》を嬉しと思《おぼ》さん（佐々木弘綱翁の十年祭に）

○

はぢらひて湯槽《ゆぶね》を出づる妹のごと水に影さす白あやめの花

○

君ゆゑに痩せたるわれと告げもせば相見るをだに母はとがめん
世のかぎりふところにして泣きぬべき文をもせめてたまへとぞ思ふ
うつり香の去らぬ思へば古袷《ふるあはせ》むかしの人の憎くしもあらず
いくたびも染めて見つれど紅《くれなゐ》は我にふさはず色あせにけり
君が頬とわが頬とふれてつきしいき芙蓉の風のゆらぐと思ひし

○

懐ふことあるをば言はで山に入り秋の日摘むよ巌に生ふる蘭《らん》
山百合の花つみためて花ごとに人の名書きて瀧に流す夕《ゆふべ》

○

近江より玉繭《たままゆ》買ひにこし人もまじりて踊る秋の夜の月
いもうとにわざと君が手つながせて踊るこよひの胸さわぐかな

○

たそがれて家鴨《あひる》は塒《とや》をめぐりけりわれは家なし三十男

○

たけをらを南の支那にやりしかど甲斐なや終に劉坤一《りうこんいち》立たず
男手《おとこで》に袷衣《あはせ》の破れひとり縫ひて南の支那に秋の雲見る

○

くちわろき今の劉郎京《きやう》に入りて先づ罵るは何の博士ぞ
夕だちの雲にのりきて人の子に帰さ忘れし大町桂月

○

刺しちがへ死なんといひし我文のいらへはせずに唯よそに譏る

○

父死にて早も三とせを中《なか》の子は負債《おひめ》かさねて猶たはれ歌

いま一つのこれるきぬを酒に代へて売れとは鬼か否《いな》二世の夫《つま》

○

西へ移る星の一つを見つるかな葡萄かれがれに栗鼠なく夕

○

浜寺は又こんところ雁月は又あはん友さきくあれさらば

小屋ごとに豆の花這はせ牛飼ひてひろき牧野に聖書よまん願ひ（春雨へ）

君が詩を高く誦《ず》すれば神の世を逐はれ出でたる君も一人《ひとり》か（梟庵へ）

やせやせて雄心《をごころ》をどる君がうた素帛《さぎぬ》を裂きて血に染めて見む（夕月庵へ）

鐘に這《は》ふ白き小蛇《こへび》を見つるより洒骨が歌は蛇の気の多き

浜寺に合宿《あひやど》りしてひける風それよ洒骨がねざうわろきに

○

火を踏みて入りなむ後に我歌の焚けずしあらば君こころなほせ

○

五百里をはるばる上り京の市に買ひし玉琴道に砕けぬ

あたらしき琴の手しらん少女子を十とせ尋ねて歌は旧《ふ》りにけり

○

君が名を石につけむはかしこさにしばし芙蓉と呼びて見るかな（浜寺にて拾ひける石の名を

登美子の芙蓉とつけければ）

やさぶみに添へたる紅《べに》のひと花も花と思はず唯君と思ふ

蓮《はす》きりてよきかと君がもの問ひし月《つき》夜の歌をまた誦《ず》してみる（以上二首登美子へ返し）

○

つぶやきて君が手ふれし夕よりくしき響の鐘に起りぬ

○

おそろしき夜叉のすがたになるものかあざみくはへてふりかへる時

小扇《こあふぎ》にならべて書ける我れの名のあまりにやさし細筆《ほそふで》なれば

なぐさめの君が玉手によるべくばよろづの征矢《そや》もほほゑみて受けむ

くれなゐの袖口かみてほほゑみて千とせ祈るは世の常の恋

秀でたる歌よめといふ恋ならばわれは命《いのち》をかけずしもあらむ

あらず君ただ世の常の夢ならば松の風にもまぎれはつべし

つよき〳〵心といへど伏目《ふしめ》がちにおくれ毛ゆらぐ嗚呼君もをとめ

あめつちの神のねたみに奪はれん二人が歌ぞ絹に上すな

星の子のふたり別れて千とせへてたまたま逢へる今日にやはあらぬ

後の世も君と抱きて地に泣かんあまりに清し星の世の恋

○

荒海に千とせ沈みし鉄の矛《ほこ》人とあらはれて我れの歌あり
くろ雲を火焔《ほのほ》に焼きて魔の手より人の子かへす神わざの歌
わが歌の一つ欠けなば空にてもくしき光の星一つ消えむ

○

君なくば星の数にも成らん身の口紅さすよ芙蓉かざすよ
京《きやう》の紅《べに》は君にふさはず我が嚙みし小指《ゆび》の血をばいざ口にせよ（晶子の許へ）

○

妻が名はこの七村《なゝむら》に唄はれて男《をとこ》名はなし十とせ草苅る

○

秋かせに破裂弾《はれつだん》もち二人《ふたり》して入江の水に投げて已みしか
相逢はば翡翠《ひすゐ》に問へよわが植ゑし芽ばへの芙蓉何の色に咲く（以上二首安寧沫へ）

○

きけな君とばかりいひて涙ぐみて小扇かみし人のおもかげ
磯に立つ一人《ひとり》は声のうつくしきそれよその人うすき月夜に

○

芙蓉《ふよう》ともをとめごならばなづくべし汝《なれ》はをのこぞ古書《ふるふみ》に拠らむ（子の名を萃とつけて）
口なれぬわが守唄《もりうた》にすやすやと眠る児あはれ親《おや》とたのむか

秋かぜにおもかげ瘦せて我ながらあまりに悲し児をすかす唄

○

わが見たる秋の御神《みかみ》は男神《をかみ》なりもみぢかざして小き太刀佩《は》く

○

鉄南はふるき千とせの恋なるを男《をとこ》にしたる神のたはぶれ

二日酔のかしら痛きをさもなげにかわい成美《なるみ》が画《ゑ》のこと語る

○

ひんがしに愚かなる国ひとつありいくさに勝ちて侮りうけぬ

大君《おほきみ》の御民《みたみ》を死ににやる世なり他人《ひと》のひきゐるいくさのなかへ

創《て》を負ひて担架《たんか》のうへに子は笑《ゑ》みぬ嗚呼わざはひや人を殺す道

泣いて叫ぶ黄色無能《かうしよくむのう》、黄色無能、アジア久しく語る児の無き

○

おく霜をはらへばのこるくれなゐの血しほ手に染《そ》む山砲野砲《さんぱうやはう》

奪ひたる敵砲《てきはう》五十更《さら》にすゑて大野まもれば雪高う降る

○

一たびは北京を攻めし前の夜におもひすてたる恋にやはあらぬ

○

もゆる火も二人《ふたり》踏まんと思はずば君が笑顔《ゑがほ》をただ酒に見む

○

天龍《てんりう》のいたづら坊主ひとことのいともも云はでいづち往にけむ

逢ひながらこのかたくなの額髪《ひたひがみ》和尚《をしやう》も打たず我も問はざりき（峨山老師をいたむ）

○

世の歌をあざわらひしはきのふなり今は恋さへ君とわが手に

あめつちは狭きも何か白馬《はくば》飲んで酔ひ泣く歌を許さば足らむ（文士優遇論者に与ふ）

○

木がらしに笛ふく神の御子ふたり蔦《つた》のもみぢをたぐりて消えぬ

○

馬を下《お》りて酒のあたひを問ふなかれこの西部利亜《しべりあ》に老いん二人《ふたり》ぞ

○

夕川の蘆ちる水にこゐなくてさらに西する雁を見しかな

○

尼君と姫がうへ呼びて今日よりは文箱《ふばこ》のふさも真白くなりぬ

○

名をのらぬ男神《をがみ》戸に立ち弓矢もち何《な》ぞや我ため歌庫《うたぐら》まもる

おもへきみ霜をおぼゆる秋かぜに蘇士《すえず》をこえて更に西する

○

鉄幹が旅する銭《ぜに》にことかきて心にもあらぬ唱歌集売る

○

国々の旗手《はたて》のなかに日の御旗まじるを見れば雄たけびせらる

わかき子の王となのりて国ひとつ開く夢みぬ黄河《くわうが》の南

血に染みし軍の旗につゝまれて佐世保にかへる君がなきがら

敵中《てきなか》に馬をどらせて首七つ斬りし君が名世をおどろかす

鬨《とき》のこゑ城をゆすると見てあればまたも揚れり日の大御旗

鋸《のこぎり》に似たる血がたな天地にとどめて死なば悔ゆることもあらじ

明日知らぬ命すくへと書けるふみ日附は二日今日は十五日

国々の大砲《づゝ》小砲《づゝ》うちなめてわづか四十里すすみかねたる

御軍《みいくさ》はつひにきたらず城の火に女鬼《めおに》男鬼《をおに》の相抱き泣く

手さぐりに血に染む女鬼《めおに》火にやけし男鬼いだきて城に泣く夢

日の丸のあかき小旗を襟に縫ひ支那の子あまた糧《もの》たてまつる

天津《てんしん》の大城戸あけし鬼わざは露西亜にもあらず独逸にもあらず

城の戸に綿火薬《じやみつと》かけておどろかず燐寸《まち》すりし子は鷹森寅吉

日の本のさくらをとこは仏蘭西の薔薇《ばら》の優男《やさを》と銃《つゝ》なめて打つ

○

神風の五十鈴《いすゞ》の河に髪あらひ歌よみし子を見んよしもなし（栗本政子を悼みて）

この歌の佐渡につかん日海鳴りて夕立すべしいかづちが家（柄沢いかづち君に詠草を返す時）

こゝろざし歌にあひたるわが友は越後に一人《ひとり》大矢正修

うれしきは越後の山のしら雪を口にふくみて君がよめる歌（以上二首大矢正修君に訪はれて）

吾妹子《わぎもこ》にわが歌かかせ雨の夜に消えたる香を又つぎにけり（正修君の篆香閣に題す）

○

釈迦いにてこゝに三千載《みちとせ》釈迦の子は釈迦の屍を食ひものにする

もろ人に狗《いぬ》のかばねを拝まする大詐偽漢《おほたばかり》の大谷光瑩

大きなる京の見世《みせ》小屋釈迦牟尼のかばね見すると銭とる法師

○

わが恋を人にゆづりて鎌倉の禅師が許《もと》に飯たく男

都にてねがふところもありしかど松葉が谷《やつ》に雨の音きく

小鬢紅釵（さる人と共によめる）

われ

秋かぜに胸いたき子は一人ならず百二十里を今おとづれん

さる人

なにをまづたづねまつらむそれよ君みやこの姫はまさきくますや

われ

うれし〳〵われらはいまだ人の子なり相見るこよひ星もながれず

さる人

恋のほかに見るめものなき歌の子に人の道とく何のたはぶれ

われ

恋と名といづれおもきをまよひ初めぬ我年ここに二十八の秋

さる人

たかきのぞみもちしはきのふ人の日記《にき》に我歌ひとつのこらば足らむ

われ

手をあげて百のヂルクを罵らむそのとき人に白髪《しらが》生《お》ひざれ

さる人

神も呼ばじ今はながるる大川の水にまかせむさもあらばあれ

われ

あめつちに二人がくしき才もちてあへるを何か恋をいとはむ

さる人

のがれがたきゑにしと君よゆるさせな鬼神《おにがみ》来《く》とも御袖《みそで》放たじ

われ

ほほゑみて火をもふむべき二人なり神もたのむな世の人なみに

さる人

君にそひてのちの後まで文の上にかかんはあまりふさはぬ我名

○

地におちて大学に入らず聖書よまず世ゆゑ恋ゆゑうらぶれし男

亡国の音

（現代の非丈夫的和歌を罵る）

（一）

古人の言に云く『文章の世道に関せざるもの工なりと雖も何の益かあらむ』と、余は和歌に於ても常に此言を服膺《ふくよう》する者也。文に衰世の文乱世の文盛世の文あり、盛世の文は雄大華麗、衰世の文は萎靡繊弱、乱世の文は豪宕《がうたう》悲壮、各々その世の気風を表はして来る。王朝の文漫りに綺靡を喜び気魄精神一の丈夫らしきものなし、是衰世の文なればなり、鎌倉時代南北朝の文読み来つて知らず知らず腕を扼し涙を揮ふ、是れ乱世の文なればなり、奈良朝江戸時代の文華麗に富み、宛《さ》ながら台閣の臣盛装して朝するが如し、是れ盛世の文なればなり、古人また云く『萎靡繊弱の文は乱世を胚胎し、豪宕悲壮の文は盛世を胚胎す』と国家の盛と衰と文章の関つて力あるや此の如し、余は和歌に於ても、常に亦此理を信ずる者也。世に愚論を吐きて愧ぢざる者あり、云く

『道徳と文学とは全く別物なり云々』あゝ国を亡す者は必ず此類の愚論者より出でむ。

余は今代の歌を論難せむとするに当り、先づ一言以て彼れの多くを蔽ふべし、曰く『亡国の音』、聖世あへて不詳の語をなして憚からざるが如しと雖も蓋し已むを得ざる也。

（二六新報　二七、五、一〇）

（二）

廃娼論を為す者あり、禁酒論を為す者あり、而して一人のいまだ現代和歌排斥論を唱ふる者なきは如何、この言頗る極端に似て極端ならず。

酒色は人の肉体を毀傷して、その害や顕然見るを得べし、風流は人の精神を腐蝕してその害や冥々知るべからず、一は猶人身を亡ふに止まると雖も、一は直ちに国家を厄うす王朝の腐敗足利大内二氏の滅亡は実にその好適例。

人誰か酒色を愛せざるものぞ、而して、酒色の為に身を亡ぶを欲するあらむや、余や最も和歌を愛する者、和歌を以て国を亡すに忍びざる也。

酒色の害は酒色その者の害あるに非ず、人その節を失ふが故也、和歌の害また和歌その者の害あるに非ず、人その風を紊すが故也、而して和歌の風を紊し、和歌の毒を流す者現代の歌人より甚しきは莫し、読者余をして忌憚なく之を暴露せしめよ。

（二六新報　二七、五、一一）

大丈夫の一呼一吸は直ちに宇宙を呑吐し来る、既にこの大度量ありて宇宙を歌ふ宇宙即ち我歌也。

(三)

歌に師授といふものあり、師授は偶ま歌の形体を学ぶに必要なるのみ歌の精神に至りては我れ直ちに宇宙の自然と合す、何ぞ師授の諄々を待たむ、一呼一吸、宇宙を呑吐する度量の如きは師と雖も譲らざる也、此の如くにして大丈夫の歌は成る、この見識なきものは現代の歌人也、彼等は万事を古人に模倣する也、模倣の巧拙を争ふ也、模倣を以て一生を了らむとする也、試に彼等に向って歌を問はむか、『やまと歌は人のこゝろを種として』と言ふ古今集の序文その他古人の歌論は、直ちに彼等の口より鸚鵡的に繰り廻へさるべし、また、古今千載その他桂園一枝等に於ける古人の歌例は必ずや歌の模範として、彼等の口より素読的に説き出さるべし、之を要するに、彼等は唯古人あるを知るのみ宇宙自然の律呂は彼等の耳を打たざるや久し。

小丈夫は小丈夫なり、俄に大丈夫の量を養ふべからず、眼低く手卑しきものの古人を模するまた可なりと雖も、犬は纔《わづか》に犬を知りカヘルは纔にカヘルを知る。小丈夫つひに、大丈夫の歌を識別する能はず。彼等はおのづから、各々自己の量に合するものを求めて自ら古人の短処をのみ学び来る、万葉以下天下大歌人なし、たまたま歌聖をもつて称せらるゝ者あるも、短処は概ね長処に七倍する類のみ、彼等は此類を崇拝してその模倣し能はざらむことを恥づ、かの小詞人香川景樹を崇拝して「歌聖」の冠を捧ぐるが如きに至つてはその愚盲最も嗤ふべき也。

上を学ぶ者は漸くその中を得中を学ぶ者は漸くその下を得、その下を学ぶ者に至つては言ふに足らざる也、現代の歌人が古人を圧する程の傑作なきは勿論、景樹一輩にだも及ぶ能はざるものに蓋し下の下を学びて夫れすら猶得ざるもの、此の如くにして婦女子の歌は成る。

既に婦女子の歌たり、怒るもツマラヌことに怒り、笑ふもツマラヌことに笑ふ、泣くもツマラヌことに泣き、感ずるもツマラヌことに感ず、疑ふもツマラヌこと、願ふもツマラヌこと、女々しとも、女々し、弱しとも弱し、陣頭の大喝三軍を股慄せしむるもの何処にかある、帳中の一滴千載を泣しむるもの何処にかある、あゝ此の如くにして明治の大歌人たり。

余は彼等の尤も得意なる声に就いて、左に論難を試みんとす。

（二六新報　二七、五、一二）

(四)

○松島にてよめる（高崎正風氏作）

島づたひ舟こぎくればわが宿の庭にと思ふ松ばかりして

語調の流暢なるそれ或は世の俗事をおどろかすに足らむ、されど品格の野鄙構想の卑俗、あはれ誰かこを現代歌人の第一位に居る人の作とうべなはむ。

そも松島は天下山水の霊境、大丈夫往いてかの壮観に飽く、蕉翁の黙をまなびて一句の歌ふ所だになくば、さて已みなむ、もし仮にも歌ふ所あらむか、そは必や雄大壮観の句自然の風光と一致したるものを要す、この歌三四句全くそれと反せり。

松島の面白きは自然なるにあり、そを人為の箱庭に私せむと望むが如きは何たる心ぞや、思ふに作者は縁日の植木屋をヒヤカシたらむ、目にて松島を観たるならむ、目のみならむ、には猶可也、植木屋をヒヤカシたらむ心にて松島を歌ひたるならむ、松島の山水伯の不平知る可し、畢竟かゝることは双子縞の羽織きて腰に矢立さしたらむ市人俗物の喜ぶところ、洒洒落落たる丈夫の胸中を歌ひたるものにはあらざる也。

『枝ながら見よ』『やはり野におけ』試に是ら古人の作と比較し来れば、その品格一は高く一は鄙しく、その構想一は雅に一は俗也、かくも差等のいちじるしき所以は実に自然を愛すると人為を喜ぶとによる、作者は歌に注意すべきことの、独り形態たる句法語法の上のみに限らずして、その精神たる自然との一致に於て最も思考を要することを知らざるか。

○水上夏月（同）

あゆ児とぶさざれ石川月きよしかちわたりせむ橋はあれども

品格の野鄙構想の卑俗、この歌も亦然り、四五の句橋はあるにわざとかちわたりせむとは如何、水のきよき月のすめる鮎児のうれしげにあそべるみな自然のけしき、こを見て誰か心を動さざらむ、そを橋ながらめでむは普通の人情、ことに自然を愛する人のおこなひなるべきに、裾かかげ靴ぬぎすて脛もあらはにそこを渡りて清き水をにごしすめる月かげをくだき、鮎児のあそびをさまたげむとのぞむなどなにたる殺風景ぞや。

○冬風（小出粲氏作）

とくはしる車の上のむかひ風身をきるばかりなれる冬かな

冬の日人力車にのりたるさまげにかくのごときもあるなり、されどか丶ることを卑俗なりともせず、歌によみいでたる人のこ丶ろはいかに、そは歌に風韻のかくべからざるを知らざるならむ、風韻をよそにして歌よまむには、屑ひろひのすぎゆく郵便配達夫のはしる辻馬車のがたつくなどいづれかよき歌ならざらむ、『おさむ出てかへゆきすぎぬまに』とは歌の形態をたやすく説き示したるもの、歌の精神をさへさるものぞと心得たるは景樹の末弊におちいりたる也。

○柳春月（同）

青柳のえだうごかして見つるかなあまりしづけきおぼろ月夜に

いかに題詠の余弊として歌想に窮したりとはいへ、か丶る卑俗なることをなにとてよみいづるにいたれるならむ、歌の他の韻文にすぐれたる点は高尚なる雅致と優美なる風韻とにあり、野鄙なること俚俗なることどもをうたはむには狂歌あり、俳句あり、なほさまざまの下等文学もあらむ、歌よむもの丶尤もこころすべきはこの点也、さるにこの歌はいかにぞや、朧月夜のしづかなるをそのま丶にめでてこそ、おもしろかるべきに、柳の枝をゆりうごかして見つるなど何たる殺風景のかぎりにや、雅致いづれにかある。歌想歌品ともに野鄙にして、かの狂歌といふものとかはるところもなしあはれあはれ。（二六新報　二七、五、一三）

（五）

○蒼海雲低（植松有経氏作）

和田の原おびにも似たる遠山は雲のすそにぞ隠れはてたる

おび（帯）といふ詞を二におき、すそ（裾）といふ詞を四に据ゑ、さてシタリ顔なるに至りては『手弱女風』の真面目なりと云ふべし。

海を行く者常にこの種の景を看る、この種の景もとより足る也、而して作者は之を叙すべき適当の法を知らず、此の如き地口的の歌を作す憫むべし。

○庭梅（小出粲氏作）

くる人にめではやされて梅の花惜き枝をも折りてける哉

二句『はやされて』といふ詞づかひ先づ卑し、四句『惜しき枝をも折りてけるかな』あはれそも何たるケチンボーぞや『けるかな』は非常の愕きと感歎とを持てる詞なり、『移し植ゑし人はうべこそ老いにけれ松の木高くなりにけるかな』此の如くにしてはじめて『けるかな』の用法を得、ケチンボーの『けるかな』に至りては、今宗匠殿の真心げにさる者あるべしと雖も、下品なるも余りならずや、あはれ大丈夫の眼を汚すもの。

○池鴛鴦（黒川真頼氏作）

ひとつがひはなれぬ池の鴛鴦は鴨のむれにも紛れざりけり

『けり』は大丈夫の感歎なり、鴛鴦の鴨の群に紛れざる、さるツマラヌことにすら今の世の六尺男児は、感歎おかずして歌にさへ物し出づるなりけり、咄三つ児の思想、咄子供だまし。

（二六新報　二七、五、一五）

（六）

○新年作（福羽美静氏作）

明けて見ることしの窓の初日影かゝるもうれし早咲の梅

『明けて見る』口語そのまゝ也、韻致なき詞つかひは歌詞としては用ひがたきを知らぬなるべし『早咲の梅』歌詞としてはまた不熟なり、新年の朝日を早梅の上に見たる面白きは面白きも、作者の小力之を叙するに雅致ある句法を以てする能はず、故に此無味出放題の三十一字を作す也、殊に朝日を見るに『窓』と限りたるが如き、その規模何ぞ狭少なる。余嘗て云へることあり『軒端・垣根・庭の面・窓・是等を歌ふが為に彼等は歌人たる也』と、この語あへて酷評にあらず。一句『明けて見る』を年のアケテ見ると言ひ懸けたるが如きは以て婦女子を喜ばすに足る也。

○田家夕立（黒川真頼氏作）

庭にほす麦のさむしろたゝむまに打こぼれ来ぬ夕立の雨

『麦のさむしろ』と云ふことといまだきかぬ熟語也、麦のほしたる莚と云ふこゝろなるべけれさはきこえ難し、『たゝむま』と云ふこと俗語そのまゝ也、また俗意そのまゝなり、作者は『雨のふらむとする模様におそれて、慌ただしく麦のほしたる莚を打たゝみたる僅かの間に、はや夕立の雨こぼれ来ぬ』との意によみたるならむも、『たゝむま』と云ふ詞の正しきこゝろには時間の長短を限らざるを如何せむ、たゝむまの長くかゝるもあらむ短きもあらむ、そのたゝむまとのみ云ひて、短き時間のことゝするは即ち俗語のたゝむま也、俗意のたゝむま也、言語の雅俗を混交して、歌をよみ得べきならば歌ほど軽便なるものはなからむ、作者は口語と歌詞との区別をだに知らざる也。

○小楠公（本居豊穎氏作）

風さえしそのくすのきの小枝さへなきかずに入るあとの寒けさ

楠の枝までがなきかずに入るとは如何、正当なる語法上よくこの意を解する人ありや、余は能はざる也。

翻つて正当なる語法以外より考へ来れば、纔かにその意を窺ふことを得、云は是小楠公の死をいふもの也、而してその意を窺ふことを得る所以は正当なる語法然るにあらずして、吾々の習慣的感情上より纔に推知し得たるに外ならず。

蓋し作者の譬喩法を知らざる也、譬喩を以て起らむには全篇譬喩を以て了るべし、些の事実をも混すべからず、此歌『風さえしそのくすの木のさ枝さへ』といひ『あとの寒けさ』と云へるあたりは明に譬喩なりと雖も、『なきかずに入る』と云ふ一句の事実を交へたるがために此の如き曖昧不達意の歌をなせる也。

（二六新報　一七、五、一六）

（七）

○小楠公（黒田清綱氏作）

君がため散りし若木の花の香はその親木にもおくれざりけり

これも譬喩にて成れる歌なるが如きも、一句の『君がため』事実なるが故に、正当なる語法上君がために花の散ると云ふこと解し難し、語法も考へずして出放題によむ結果は皆かゝるカタハ歌をなす作者猛省すべし。

○夜落葉（小出粲氏作）

散積る木の葉を分けてよる行けばわが足音ものすごきかな

狐などのゴソ〳〵あるき行くさまにや、人の上のこと歌ひたるなりとならば作者ホン気の沙汰にあらざるべし。否、かゝるツマラヌことも、臆病めきたることもホン気になりて『かな』など感じ入るところ、即ち明治の大歌人たるところ也。

○嶺松年久（福羽美静氏作）

君が代の千代をしらべてその影もよはひも高し嶺の松か枝

『千代をしらべて』とは如何なることにや、作者は『松風の音が千代をしらべて』との心ならむも『松風の音』といふ詞この歌になし、カタハ歌の甚しきもの。又五句の『嶺』と云ふ詞おちつかず、庭とも改むべく浜とも岸とも改むべくはた九重の松とも大庭の松とも改むべし、作者みだりに出放題の歌をよまずチト句法に注意せよや。

○月（林甕臣氏作）

家の中にふかくさし入りて煌火もかげくらきまですめる月哉

こは平凡なる景色なり、作者はか丶る景色にすら『かな』と云ふ、『かな』の濫用も極れるかな、否『かな』の階級も卑しき哉。

（二六新報　二七、五、一七）

（八）

規模を問へば狭小、精神を論ずれば繊弱、而して品質卑俗、而して格律乱猥、余は此類の歌を挙げて痛罵百日するも尽きざる也。『廟廊皆婦女』国を危うする者は、大丈夫の元気衰へて女性之に克つに在り、今や上下挙つて此類の女性的和歌を崇拝す其害果して如何。

而して此他猶甚しきものがある、彼等歌人の多数は『恋歌』を排斥せない、排斥せざるは猶可なりと雖も、之を奨励する者あるに於ては沙汰の限と云ふべし。云く『恋歌』は歌の真髄、よむこと最も困難なる者、之をよむ易々たるに至つて、初めて歌を知り得たる也と、先づ授くるに百人一首伊勢物語等の情歌を以てす、之を久うして模倣的情歌は作らる、題は云く初恋、通書恋、逢恋、恨恋、甚しきに至りては思二人恋、比丘尼恋、思伯母恋など云ふ題さへあり、教ふる者学ぶ者老人青年互に座を交へて歌ふ、彼等は以て得々たる也、而して醜聞は往々妙齢歌人の間に起る。世に風俗を壊乱するものあらば、余は此『恋歌』を以て其の一に加ふるを躊躇せざるべし、読みて此に至る真個此道の知己たる者にあらざるも誰か袖もて眼を掩はざらむ、あゝ『亡国の音』われ妄りに罵る者あらず。

高崎正風先生、小出粲先生の如き、余に於て皆先輩たり、先輩としての敬礼は余の常に重んずる所、されどそは猶『私の情誼』に属す、『情』を以て『理』を没する能はず、歌学に正非を論ずるに当りては余の眼中既に先輩後進の階級なし、旗鼓堂々陣を対して相見ゆべきのみ、先生果して此道を愛し給はむには『無礼』を以て余を責め給はざるべき也、蓋し先生の如き其地位まさに明治の貫之たり、定家たり、而して其学派は景樹知紀を祖述すと称す、世は先生を模倣せらるゝが如し、模倣の毒は先生既に病めり、先生の毒は更に一世を病ましめんとす、否都鄙到る処謂ゆる『宮内省派』を模倣するタワケ者多きを見れば、先生の毒たる現に一世を病ましめつゝある也、『革新は進歩の一段階』先生の如き現代の歌人を代表する者黐ってその『自己』を省みられむことを望む。

余が『亡国の音』は蓋し此希望を以て成る。（完）

（二六新報　二七、五、一八）

与謝野晶子

みだれ髪

臙脂紫

夜の帳《ちやう》にささめき尽きし星の今を下界《げかい》の人の鬢のほつれよ
歌にきけな誰れ野の花に紅き否《いな》むおもむきあるかな春罪《はるつみ》もつ子
髪《かみ》五尺ときなば水にやはらかき少女《をとめ》ごころは秘めて放たじ
血ぞもゆるかさむひと夜の夢のやど春を行く人神おとしめな
椿それも梅もさなりき白かりきわが罪問はぬ色桃《いろもゝ》に見る
その子二十《はたち》櫛にながるる黒髪のおごりの春のうつくしきかな

堂の鐘のひくきゆふべを前髪の桃のつぼみに経《きやう》たまへ君
紫にもみうらにほふみだれ篋《ばこ》をかくしわづらふ宵の春の神
臙脂色《あんじいろ》は誰にかたらむ血のゆらぎ春のおもひのさかりの命《いのち》
紫の濃き虹説きしさかづきに映《うつ》る春の子眉毛《まゆげ》かぼそき
紺青《こんじやう》を絹にわが泣く春の暮やまぶきがさね友《とも》歌ねびぬ
まゐる酒に灯《ひ》あかき宵を歌たまへ女《をんな》はらから牡丹に名なき
海棠にえうなくときし紅《べに》すてて夕雨《ゆふさめ》みやる瞳《ひとみ》よたゆき
水にねし嵯峨の大堰《おほゐ》のひと夜神絽蚊帳《よがみろがや》の裾の歌ひめたまへ
春の国恋の御国のあさぼらけしるきは髪か梅花《ばいくわ》のあぶら
今はゆかむさらばと云ひし夜の神の御裾《みすそ》さはりてわが髪ぬれぬ
細きわがうなじにあまる御手《みて》のべてささへたまへな帰る夜の神
清水《きよみづ》へ祇園《ぎをん》をよぎる桜月夜《さくらづきよ》こよひ逢ふ人みなうつくしき
秋の神の御衣《みけし》より曳く白き虹ものおもふ子の額に消えぬ
経《きやう》はにがし春のゆふべを奥の院の二十五菩薩歌うけたまへ

山ごもりかくてあれなのみをしへよ紅《べに》つくるころ桃の花さかむ
とき髪に室《むろ》むつまじの百合のかをり消えをあやぶむ夜の淡紅色《よときいろ》よ
雲ぞ青き来し夏姫《なつひめ》が朝の髪うつくしいかな水に流るる
夜の神の朝のり帰る羊とらへちさき枕のしたにかくさむ
みぎはくる牛かひ男歌あれな秋のみづうみあまりさびしき
やは肌のあつき血汐にふれも見でさびしからずや道を説く君
許したまへあらずばこその今のわが身うすむらさきの酒うつくしき
わすれがたきとのみに趣味《しゆみ》をみとめませ説かじ紫その秋の花
人かへさず暮れむの春の宵ごこち小琴《をごと》にもたす乱れ乱れ髪
たまくらに鬢《びん》のひとすぢきれし音《ね》を小琴と聞きし春の夜の夢
春雨にぬれて君こし草の門《かど》よおもはれ顔の海棠の夕
小草《をぐさ》いひぬ『酔へる涙の色にさかむそれまで斯くて覚めざれな少女《をとめ》』
牧場いでて南にはしる水ながしさても緑の野にふさふ君
春よ老いな藤によりたる夜《よ》の舞殿《まひどの》ゐならぶ子らよ束の間《つかま》老いな

雨みゆるうき葉しら蓮《はす》絵師の君に傘まゐらする三尺の船

御相《みさう》いとどしたしみやすきなつかしき若葉木立《わかばだち》の中《なか》の盧遮那仏《るしやなぶつ》

さて責むな高きにのぼり君みずや紅《あけ》の涙の永劫《えうごふ》のあと

春雨にゆふべの宮《みや》をまよひ出でし小羊君《こひつじきみ》をのろはしの我れ

ゆあみする泉の底の小百合花《さゆりばな》二十《はたち》の夏をうつくしと見ぬ

みだれごこちまどひごこちぞ頻なる百合ふむ神に乳《ち》おほひあへず

くれなゐの薔薇《ばら》のかさねの唇に霊の香のなき歌のせますな

旅のやど水に端居《はしゐ》の僧の君をいみじと泣きぬ夏の夜の月

春の夜の闇《やみ》の中《なか》くるあまき風しばしかの子が髪に吹かざれ

水に飢ゑて森をさまよふ小羊のそのまなざしに似たらずや君

誰ぞ夕《ゆふべ》ひがし生駒《いこま》の山の上のまよひの雲にこの子うらなへ

悔いますなおさへし袖に折れし剣《つるぎ》つひの理想《おもひ》の花に刺《とげ》あらじ

額《ぬか》ごしに暁《あけ》の月みる加茂川の浅水色《あさみづいろ》のみだれ藻染《もぞめ》よ

御袖《みそで》くくりかへりますかの薄闇《うすやみ》の欄干《おばしま》夏の加茂川の神

なほ許せ御国遠くば夜《よ》の御神紅盃船《みかみべにざらふね》に送りまゐらせむ
狂ひの子われに焔《ほのほ》の翅《はね》かろき百三十里あわただしの旅
今ここにかへりみすればわがなさけ闇《やみ》をおそれぬめしひに似たり
うつくしき命を惜しと神のいひぬ願ひのそれは果してし今
わかき小指《をゆび》胡粉《ごふん》をとくにまどひあり夕ぐれ寒き木蓮の花
ゆるされし朝よそほひのしばらくを君に歌へな山の鶯
ふしませとその間《ま》さがりし春の宵衣桁《いかう》にかけし御袖かつぎぬ
みだれ髪を京の島田にかへし朝ふしてゐませの君ゆりおこす
しのび足に君を追ひゆく薄月夜《うすづきよ》右のたもとの文がらおもき
紫に小草《をぐさ》が上へ影おちぬ野の春かぜに髪けづる朝
絵日傘をかなたの岸の草になげわたる小川よ春の水ぬるき
しら壁へ歌ひとつ染めむねがひにて笠はあらざりき二百里の旅
嵯峨の君を歌に仮せなの朝のすさびすねし鏡のわが夏姿
ふさひ知らぬ新婦《にひびと》かざすしら萩に今宵の神のそと片笑《かたゑ》みし

ひと枝の野の梅をらば足りぬべしこれかりそめのかりそめの別れ
鶯は君が夢よともどきながら緑のとばりそとかかげ見る
紫の虹の滴《した》り花におちて成りしかひなの夢うたがふな
ほととぎす嵯峨へは一里京へ三里水の清瀧《きよたき》夜の明けやすき
紫《むらさき》の理想《りさう》の雲はちぎれ〳〵仰ぐわが空それはた消えぬ
乳ぶさおさへ神秘《しんぴ》のとばりそとけりぬここなる花の紅《くれなゐ》ぞ濃き
神の背《せな》にひろきながめをねがはずや今かたかたの袖こむらさき
とや心朝の小琴《をごと》の四つの緒のひとつを永久《とは》に神きりすてし
ひく袖に片笑《かたゑみ》もらす春ぞわかき朝のうしほの恋のたはぶれ
くれの春隣すむ画師《ゑし》うつくしき今朝《けさ》山吹に声わかかりし
郷人《さとびと》にとなり邸《やしき》のしら藤の花はとのみに問ひもかねたる
人にそひて樒《しきみ》ささぐるこもり妻《づま》母なる君を御墓《みはか》に泣きぬ
なにとなく君に待たるるここちして出でし花野の夕月夜かな
おばしまにおもひはてなき身をもたせ小萩をわたる秋の風見る

ゆあみして泉を出でしわがはだにふるるはつらき人の世のきぬ
売りし琴にむつびの曲《きよく》をのせしひびき逢魔《あふま》がどきの黒百合折れぬ
うすものの二尺のたもとすべりおちて蛍ながるる夜風《よかぜ》の青き
恋ならぬねざめたたずむ野のひろさ名なし小川のうつくしき夏
このおもひ何とならむのまどひもちしその昨日《きのふ》すらさびしかりし我れ
おりたちてうつつなき身の牡丹見ぬそぞろや夜《よる》を蝶のねにこし
その涙のごふゑにしは持たざりきさびしの水に見し二十日月《はつかづき》
水十里ゆふべの船をあだにやりて柳による子ぬかうつくしき（をとめ）
旅の身の大河《おほかは》ひとつまどはむや徐《しづ》かに日記《にき》の里の名けしぬ（旅びと）
小傘《をがさ》とりて朝の水くみ我とこそ穂麦《ほむぎ》あをあを小雨《こさめ》ふる里
おとに立ちて小川をのぞく乳母が小窓《こまど》小雨《こさめ》のなかに山吹のちる
恋か血か牡丹に尽きし春のおもひとのゐの宵のひとり歌なき
長き歌を牡丹にあれの宵の殿《おとど》妻となる身の我れぬけ出でし
春三月柱《みつきぢ》おかぬ琴に音たてぬふれしそぞろの宵の乱れ髪

いづこまで君は帰るとゆふべ野にわが袖ひきぬ翅《はね》ある童《わらは》

ゆふぐれの戸に倚り君がうたふ歌『うき里去りて往きて帰らじ』

さびしさに百二十里をそぞろ来ぬと云ふ人あらばあらば如何ならむ

君が歌に袖かみし子を誰と知る浪速の宿は秋寒かりき

その日より魂にわかれし我れむくろ美しと見ば人にとぶらへ

今の我に歌のありやを問ひますな柱《ぢ》なき繊絃《ほそいと》これ二十五絃《げん》

神のさだめ命のひびき終《つひ》の我世琴《こと》に斧《をの》うつ音ききたまへ

人ふたり無才《ぶさい》の二字を歌に笑みぬ恋《こひ》二万年《ねん》ながき短き

蓮の花船

漕ぎかへる夕船《ゆふぶね》おそき僧の君紅《ぐれ》蓮《れん》や多きしら蓮《はす》や多き

あづまやに水のおときく藤の夕はづしますなのひくき枕よ

御袖ならず御髪《みぐし》のたけときこえたり七尺いづれしら藤の花

夏花のすがたは細きくれなゐに真昼《まひる》いきむの恋よこの子よ

肩おちて経《きやう》にゆらぎのそぞろ髪をとめ有心者《うしんじや》春の雲こき

とき髪を若枝《わかえ》にからむ風の西よ二尺に足らぬうつくしき虹

うながされて汀《みぎは》の闇《やみ》に車おりぬほの紫の反橋《そりはし》の藤《ふぢ》

われとなく梭《をさ》の手とめし門《かど》の唄《うた》姉がゑまひの底はづかしき

ゆあがりのみじまひなりて姿見に笑みし昨日《きのふ》の無きにしもあらず

人まへを袂すべりしきぬでまり知らずと云ひてかかへてにげぬ

ひとつ篋《はこ》にひひなをさめて蓋《ふた》とぢて何となき息《いき》桃にはばかる

ほの見しは奈良のはづれの若葉宿《わかばやど》うすまゆずみのなつかしかりし

紅《あけ》に名の知らぬ花さく野の小道《こみち》いそぎたまふな小傘《をがさ》の一人《ひとり》

くだり船昨夜《よべ》月かげに歌そめし御堂《みだう》の壁も見えず見えずなりぬ

師の君の目を病みませる庵《いほ》の庭へうつしまゐらす白菊の花

文字ほそく君が歌ひとつ染めつけぬ玉虫《たまむし》ひめし小筥《こばこ》の蓋《ふた》に

ゆふぐれを籠へ鳥よぶいもうとの爪先《つまさき》ぬらす海棠の雨

ゆく春をえらびよしある絹袷衣《きぬあはせ》ねびのよそめを一人《ひとり》に問ひぬ

ぬしいはずとれなの筆の水の夕そよ墨足らぬ撫子《なでしこ》がさね

母よびてあかつき問ひし君といはれそむくる片頬柳にふれぬ

のろひ歌かきかさねたる反古《ほご》とりて黒き胡蝶をおさへぬるかな

額《ぬか》しろき聖よ見ずや夕ぐれを海棠に立つ春夢《はるゆめ》見《み》姿《すがた》

笛の音に法華経うつす手をとどめひそめし眉よまだうらわかき

白檀《びやくだん》のけむりこなたへ絶えずあふるにくき扇をうばひぬるかな

母なるが枕経《まくらぎやう》よむかたはらのちひさき足をうつくしと見き

わが歌に瞳《ひとみ》のいろをうるませしその君去りて十日たちにけり

かたみぞと風なつかしむ小扇のかなめあやふくなりにけるかな

春の川のりあひ舟のわかき子が昨夜《よべ》の泊《とまり》の唄《うた》ねたましき

泣かで急げやは手にはばき解くゐにしゐにし持つ子の夕を待たむ

燕なく朝をはばきの紐《ひも》ぞゆるき柳かすむやその家《や》のめぐり

小川われ村のはづれの柳かげに消えぬ姿を泣く子朝見《あさみ》し

鶯に朝寒からぬ京の山おち椿ふむ人むつまじき

道たま〱蓮月が庵のあとに出でぬ梅に相行く西の京の山
君が前に李青蓮説くこの子ならずよき墨なきを梅にかこつな
あるときはねたしと見たる友の髪に香の煙のはひかかるかな
わが春の二十姿《はたちすがた》と打ぞ見ぬ底くれなゐのうす色牡丹
春はただ盃にこそ注《つ》ぐべけれ智慧あり顔の木蓮や花
さはいへど君が昨日《きのふ》の恋がたりひだり枕の切なき夜半よ
人そぞろ宵の羽織の肩うらへかきしは歌か芙蓉といふ文字
琴の上に梅の実おつる宿の昼よちかき清水に歌ずする君
うたたねの君がかたへの旅づつみ恋の詩集の古きあたらしき
戸に倚りて菖蒲《あやめ》売《う》る子がひたひ髪にかかる薄靄《うすもや》にほひある朝
五月雨《さみだれ》もむかしに遠き山の庵通夜《つや》する人に卯の花いけぬ
四十八寺《ぢ》そのひと寺《てら》の鐘なりぬ今し江の北雨雲《あまぐも》ひくき
人の子にかせしは罪かわがかひな白きは神になどゆづるべき
ふりかへり許したまへの袖だたみ闇《やみ》くる風に春ときめきぬ

夕ふるはなさけの雨よ旅の君ちか道とはで宿とりたまへ
巌《いは》をはなれ谿《たに》をくだりて躑躅《つゝじ》をりて都の絵師と水に別れぬ
春の日を恋に誰れ倚るしら壁ぞ憂きは旅の子藤たそがるる
油《あぶら》のあと島田のかたと今日《けふ》知りし壁に李《すもゝ》の花ちりかかる
うなじ手にひくきささやき藤の朝をよしなやこの子行くは旅の君
まどひなくて経ずする我と見たまふか下品《げぼん》の仏《ほとけ》上品《じやうぼん》の仏《ほとけ》
ながしつる四つの笹舟《さゝぶね》紅梅を載せしがことにおくれて往きぬ
奥の室《ま》のうらめづらしき初声《うぶごゑ》に血の気のぼりし面《おも》まだ若き
人の歌をくちずさみつつ夕よる柱つめたき秋の雨かな
小百合さく小草がなかに君まてば野末にほひて虹あらはれぬ
かしこしといなみていひて我とこそその山坂を御手に倚らざりし
鳥辺野は御親の御墓あるところ清水坂《きよみづざか》に歌はなかりき
御親まつる墓のしら梅中《なか》に白く熊笹《くまざさ》小笹《をざさ》たそがれそめぬ
男《をとこ》きよし載するに僧のうらわかき月にくらしの蓮《はす》の花船《はなぶね》

経にわかき僧のみこゑの片明《かたあか》り月の蓮船《はすぶね》兄こぎかへる

浮葉きるとぬれし袂の紅《あけ》のしづく蓮《はす》にそそぎてなさけ教へむ

こころみにわかき唇ふれて見れば冷かなるよしら蓮の露

明くる夜の河はばひろき嵯峨の欄《らん》きぬ水色の二人《ふたり》の夏よ

藻の花のしろきを摘むと山みづに文がら濡《ひ》ぢぬうすものの袖

牛の子を木かげに立たせ絵にうつす君がゆかたに柿の花ちる

誰が筆に染めし扇ぞ去年《こぞ》までは白きをめでし君にやはあらぬ

おもざしの似たるにまたもまどひけりたはぶれますよ恋の神々《かみぐ》

五月雨に築土《ついぢ》くづれし鳥羽殿《とばどの》のいぬゐの池におもだかさきぬ

つばくらの羽《はね》にしたたる春雨をうけてなでむかわが朝寝髪

しら菊を折りてゐまひし朝すがた垣間みしつと人の書きこし

八つ口をむらさき緒もて我れとめじひかばあたへむ三尺の袖

春かぜに桜花ちる層塔《そうたふ》のゆふべを鳩の羽《は》に歌そめむ

憎からぬねたみもつ子とききし子の垣の山吹歌うて過ぎぬ

おばしまのその片袖ぞおもかりし鞍馬を西へ流れにし霞
ひとたびは神より更ににほひ高き朝をつつみし練《ねり》の下襲《したがさね》

白百合

月の夜の蓮のおばしま君うつくしうら葉の御歌《みうた》わすれはせずよ
たけの髪をとめ二人に月うすき今宵しら蓮色まどはずや
荷葉《はす》なかば誰にゆるすの上《かみ》の御句《みく》ぞ御袖《みそで》片取《かたと》るわかき師の君
おもひおもふ今のこころに分ち分かず君やしら萩われやしろ百合
いづれ君ふるさと遠き人の世ぞと御手はなちしは昨日《きのふ》の夕
三たりをば世にうらぶれしはらからとわれ先づ云ひぬ西の京の宿
今宵《こよひ》まくら神にゆづらぬやは手なりたがはせまさじ白百合の夢
夢にせめてせめてと思ひその神に小百合の露の歌ささやきぬ
次のまのあま戸そとくるわれをよびて秋の夜いかに長きみぢかき
友のあしのつめたかりきと旅の朝わかきわが師に心なくいひぬ

ひとまおきてをりをりもれし君がいきその夜しら梅だくと夢みし
いはず聴かずただうなづきて別れけりその日は六日二人《ふたり》と一人《ひとり》
もろ羽かはし掩ひしそれも甲斐なかりきうつくしの友西の京の秋
星となりて逢はむそれまで思ひ出でな一つふすまに聞きし秋の声
人の世に才秀でたるわが友の名の末かなし今日《けふ》秋くれぬ
星の子のあまりによわし袂あげて魔にも鬼にも勝《か》たむと云へな
百合の花わざと魔の手に折らせおきて拾ひてだかむ神のこころか
しろ百合はそれその人の高きおもひおもわは艶《にほ》ふ紅芙蓉《べにふよう》とこそ
さはいへどそのひと時よまばゆかりき夏の野しめし白百合の花
友は二十《はたち》ふたつこしたる我身なりふさはずあらじ恋と伝へむ
その血潮ふたりは吐かぬちぎりなりき春を山蓼《やまたで》たづねますな君
秋を三人《みたり》椎の実なげし鯉やいづこ池の朝かぜ手と手つめたき
かの空よ若狭は北よわれ載せて行く雲なきか西の京の山
ひと花はみづから渓にもとめきませ若狭の雪に堪へむ紅《くれなゐ》

『筆のあとに山居《やまゐ》のさまを知りたまへ』人への人の文さりげなき

京はもののつらきところと書きさして見おろしませる加茂の河しろき

恨みまつる湯におりしまの一人居《ひとりゐ》を歌なかりきの君へだてあり

秋の衾《ふすま》あしたわびし身うらめしきつめたきためし春の京に得ぬ

わすれては谿へおりますうしろ影ほそき御肩《みかた》に春の日よわき

京の鐘この日このとき我れあらずこの日このとき人と人を泣きぬ

琵琶の海山ごえ行かむいざと云ひし秋よ三人よ人ぞろなりし

京の水の深み見おろし秋を人の裂きし小指《をゆび》の血のあと寒き

山蓼のそれよりふかきくれなゐは梅よはばかれ神にとがおはむ

魔のまへに理想《おもひ》くだきしよわき子と友のゆふべをゆびさしますな

魔のわざを神のさだめと眼を閉ぢし友の片手の花あやぶみぬ

歌をかぞへその子この子にならふなのまだ寸《すん》ならぬ白百合の芽よ

はたち妻

露にさめて瞳《ひとみ》もたぐる野の色よ夢のただちの紫の虹
やれ壁にチチアンが名はつらかりき湧く酒がめを夕に秘めな
何となきただ一ひらの雲に見ぬみちびきさとし聖歌《せいか》のにほひ
神にそむきふたたびここに君と見ぬ別れの別れさいへ乱れじ
淵の水になげし聖書を又もひろひ空《そら》仰ぎ泣くわれまどひの子
聖書だく子人の御親《みおや》の墓に伏して弥勒《みろく》の名をば夕に喚びぬ
神ここに力をわびぬとき紅《べに》のにほひ興《きよう》がるめしひの少女《をとめ》
痩せにたれかひなもる血ぞ猶わかき罪を泣く子と神よ見ますな
おもはずや夢ねがはずや若人《わかうど》よもゆるくちびる君に映《うつ》らずや
君さらば巫山《ふざん》の春のひと夜妻《よづま》またの世までは忘れゐたまへ
あまきにがき味うたがひぬ我を見てわかきひじりの流しにし涙
歌に名は相問《あひと》はざりきさいへ一夜《ひとよ》ゑにしのほかの一夜とおぼすな

水の香をきぬにおほひぬわかき神草には見えぬ風のゆるぎよ
ゆく水のざれ言きかす神の笑まひ御歯《みは》あざやかに花の夜あけぬ
百合にやる天《あめ》の小蝶のみづいろの翅《はね》にしつけの糸をとる神
ひとつ血の胸くれなゐの春のいのちひれふすかをり神もとめよる
わがいだくおもかげ君はそこに見む春のゆふべの黄雲《きぐも》のちぎれ
むねの清水あふれてつひに濁りけり君も罪の子我も罪の子
うらわかき僧よびさます春の窓ふり袖ふれて経くづれきぬ
今日《けふ》を知らず智慧の小石は問はでありき星のおきてと別れにし朝
春にがき貝多羅葉《ばいたらえふ》の名をききて堂の夕日に友の世泣きぬ
ふた月を歌にただある三本樹《ぼんぎ》加茂川千鳥恋はなき子ぞ
わかき子が乳《ち、》の香まじる春雨に上羽《うはば》を染めむ白き鳩われ
夕ぐれを花にかくるる小狐のにこ毛にひびく北嵯峨の鐘
見しはそれ緑の夢のほそき夢ゆるせ旅人かたり草なき
胸と胸とおもひことなる松のかぜ友の頰を吹きぬ我頰を吹きぬ

野茨《のばら》をりて髪にもかざし手にもとり永き日野辺に君まちわびぬ
春を説くなその朝かぜにほころびし袂だく子に君こころなき
春をおなじ急瀬《はやせ》さばしる若鮎の釣緒《つりを》の細緒くれなゐならぬ
みなぞこにけぶる黒髪ぬしや誰れ緋鯉のせなに梅の花ちる
秋を人のよりし柱にとがめあり梅にことかるきぬぎぬの歌
京の山のこぞめしら梅人ふたりおなじ夢みし春と知りたまへ
なつかしの湯の香梅が香山の宿の板戸によりて人まちし闇
詞にも歌にもなさじわがおもひその日そのとき胸より胸に
歌にねて昨夜《よべ》梶の葉の作者見ぬうつくしかりき黒髪の色
下京《しもぎやう》や紅屋《べにや》が門《かど》をくぐりたる男かわゆし春の夜の月
枝折戸あり紅梅さけり水ゆけり立つ子われより笑みうつくしき
しら梅は袖に湯の香は下のきぬにかりそめながら君さらばさらば
二十《はた》とせの我世の幸《さち》はうすかりきせめて今見る夢やすかれな
二十とせのうすきいのちのひびきありと浪華の夏の歌に泣きし君

かつぐきぬにその間《ま》の床《とこ》の梅ぞにくき昔がたりを夢に寄する君

それ終に夢にはあらぬそら語り中《なか》のともしびいつ君きえし

君ゆくとその夕ぐれに二人して柱にそめし白萩の歌

なさけあせし文みて病みておとろへてかくても人を猶恋ひわたる

夜の神のあともとめよるしら綾の鬢の香朝の春雨の宿

その子ここに夕片《ゆふかた》笑《ゑ》みの二十《はたち》びと虹のはしらを説くに隠れぬ

このあした君があげたるみどり子のやがて得む恋うつくしかれな

恋の神にむくいまつりし今日の歌ゑにしの神はいつ受けまさむ

かくてなほあくがれますか真善美わが手の花はくれなゐよ君

くろ髪の千すぢの髪のみだれ髪かつおもひみだれおもひみだるる

そよ理想《りさう》おもひにうすき身なればか朝の露草《つゆくさ》人ねたかりし

とどめあへぬそぞろ心は人しらむくづれし牡丹さぎぬに紅き

『あらざりき』そは後《のち》の人のつぶやきし我には永久《とせ》のうつくしの夢

行く春の一絃《ひとを》一柱《ひとぢ》におもひありさいへ火《ほ》かげのわが髪ながき

のらす神あふぎ見するに瞼《まぶた》おもきわが世の闇の夢の小夜中《さよなか》
そのわかき羊は誰に似たるぞの瞳《ひとみ》の御色《みいろ》野は夕なりし
あえかなる白きうすものまなじりの火かげの栄《はえ》の咀《のろ》はしき君
紅梅にそぞろゆきたる京の山叔母の尼すむ寺は訪はざりし
くさぐさの色ある花によそはれし棺《ひつぎ》のなかの友うつくしき
五つとせは夢にあらずよみそなはせ春に色なき草ながき里
すげ笠にあるべき歌と強ひゆきぬ若葉よ薫《かを》れ生駒《いこま》葛城《かつらぎ》
裾たるる紫ひくき根なし雲牡丹が夢の真昼《まひる》しづけき
紫のわが世の恋のあさぼらけ諸手《もろで》のかをり追風《おひかぜ》ながき
このおもひ真昼の夢と誰か云ふ酒のかをりのなつかしき春
みどりなるは学びの宮とさす神にいらへまつらで摘む夕すみれ
そら鳴りの夜ごとのくせぞ狂《くる》ほしき汝《なれ》よ小琴《をごと》よ片袖かさむ（琴に）
ぬしえらばず胸にふれむの行く春の小琴とおぼせ眉やはき君（琴のいらへて）
去年《こぞ》ゆきし姉の名よびて夕ぐれの戸に立つ人をあはれと思ひぬ

十九《つづ》のわれすでに菫を白く見し水はやつれぬはかなかるべき

ひと年をこの子のすがた絹に成らず画の筆すてて詩にかへし君

白きちりぬ紅きくづれぬ床《ゆか》の牡丹五山《ざん》の僧の口おそろしき

今日の身に我をさそひし中《なか》の姉小町《こまち》のはてを祈れと去《い》にぬ

秋もろし春みじかしをまどひなく説く子ありなば我れ道きかむ

さそひ入れてさらばと我手はらひます御衣《みけし》のにほひ闇《やみ》やはらかき

病みてこもる山の御堂に春くれぬ今日《けふ》文ながき絵筆とる君

河ぞひの門《かど》小雨ふる柳はら二人《ふたり》の一人《ひとり》めす馬しろき

歌は斯くよ血ぞゆらぎしと語る友に笑まひを見せしさびしき思

とおもへばぞ垣をこえたる山ひつじとおもへばぞの花よわりなの

庭下駄に水をあやぶむ花あやめ鋏《はさみ》にたらぬ力をわびぬ

柳ぬれし今朝《けさ》門《かど》すぐる文づかひ青貝《あをがひ》ずりのその箱ほそき

『いまさらにそは春せまき御胸なり』われ眼をとぢて御手にすがりぬ

その友はもだえのはてに歌を見ぬわれを召す神きぬ薄黒き

そのなさけかけますな君罪の子が狂ひのはてを見むと云ひたまへ
いさめますか道ときますかさとしますか宿世のよそに血を召しませな
もろかりしはかなかりしと春のうた焚くにこの子の血ぞあまり若き
夏やせの我やねたみの二十妻《はたちづま》里居《さとゐ》の夏に京を説く君
こもり居に集《しう》の歌ぬくねたみ妻五月《さつき》のやどの二人《ふたり》うつくしき

舞姫

人に侍る大堰《おほゐ》の水のおばしまにわかきうれひの袂の長き
くれなゐの扇に惜しき涙なりき嵯峨のみぢか夜暁《あけ》寒かりし
朝を細き雨に小鼓《こつづみ》おほひゆくだんだら染の袖ながき君
人にそひて今日《けふ》京の子の歌をきく祇園清水《ぎをんきよみづ》春の山まろき
くれなゐの襟にはさめる舞扇《まひあふぎ》酔のすさびのあととめられな
桃われの前髪ゆへるくみ紐やときいろなるがことたらぬかな
浅黄地に扇ながしの都染《みやこぞめ》九尺のしごき袖よりも長き

四条橋《ばし》おしろいあつき舞姫のぬかささやかに撲つ夕あられ

さしかざす小傘《をがさ》に紅き揚羽蝶《あげばてふ》小褄とる手に雪ちりかかる

舞姫のかりね姿ようつくしき朝京《きやう》くだる春の川舟

紅梅に金糸のぬひの菊づくし五枚かさねし襟なつかしき

舞ぎぬの袂に声をおほひけりここのみ闇の春の廻廊《わたどの》

まこと人を打たれむものかふりあげし袂このまま夜をなに舞はむ

三たび四たびおなじしらべの京の四季おとどの君をつらしと思ひぬ

あでびとの御膝《みひざ》へおぞやおとしけり行幸源氏《みゆきげんじ》の巻絵《まきゑ》の小櫛《をぐし》

しろがねの舞の花櫛おもくしてかへす袂のままならぬかな

四とせまへ皷うつ手にそそがせし涙のぬしに逢はれむ我か

おほつづみ抱《か》へかねたるその頃よ美《よ》き衣《きぬ》きるをうれしと思ひし

われなれぬ千鳥なく夜の川かぜに皷拍子《つづみびやうし》をとりて行くまで

いもうとの琴には惜しきおぼろ夜よ京の子こひし皷のひと手

よそほひし京の子すゐて絹《きぬ》のべて絵の具とく夜を春の雨ふる

そのなさけ今日舞姫《まひひめ》に強《し》ひますか西の秀才《すさい》が眉よやつれし

春思

いとせめてもゆるがままにもえしめよ斯くぞ覚ゆる暮れて行く春

春みじかし何に不滅《ふめつ》の命ぞとちからある乳を手にさぐらせぬ

夜《よ》の室《むろ》に絵の具かぎよる懸想《けさう》の子太古の神に春似たらずや

そのはてにのこるは何と問ふな説くな友よ歌あれ終《つひ》の十字架

わかき子が胸の小琴の音《ね》を知るや旅ねの君よたまくらかさむ

松かげにまたも相見る君とわれゑにしの神をにくしとおぼすな

きのふをば千とせの前の世とも思ひ御手なほ肩に有りとも思ふ

歌は君酔ひのすさびと墨ひかばさても消ゆべしさても消ぬべし

神よとはにわかきまどひのあやまちとこの子の悔ゆる歌ききますな

湯あがりを御風《みかぜ》めすなのわが上衣《うはぎ》ゑんじむらさき人うつくしき

さればとておもにうすぎぬかつぎなれず春ゆるしませ中《なか》の小屛風

しら綾に鬢の香しみし夜着《よぎ》の襟そむるに歌のなきにしもあらず
夕ぐれの霧のまがひもさとしなりき消えしともしび神うつくしき
もゆる口になにを含まむぬれといひし人のをゆびの血は涸れはてぬ
人の子の恋をもとむる唇に毒ある蜜をわれぬらむ願ひ
ここに三とせ人の名を見ずその詩よまず過すはよわきよわき心なり
梅の渓の靄《もや》くれなゐの朝すがた山うつくしき我れうつくしき
ぬしや誰れねぶの木かげの釣床《つりどこ》の網《あみ》のめもるる水色のきぬ
歌に声のうつくしかりし旅人の行手の村の桃しろかれな
朝の雨につばさしめりし鶯を打たむの袖のさだすぎし君
御手づからの水にうがひしそれよ朝かりし紅筆《べにふで》歌かきてやまむ
春寒《はるさむ》のふた日を京の山ごもり梅にふさはぬわが髪の乱れ
歌筆を紅《べに》にかりたる尖凍《さきい》てぬ西のみやこの春さむき朝
春の宵をちひさく撞きて鐘を下りぬ二十七段堂のきざはし
手をひたし水は昔にかはらずとさけぶ子の恋われあやぶみぬ

病むわれにその子五つのをとなりつたなの笛をあはれと聞く夜
とおもひてぬひし春着の袖うらにうらみの歌は書かさせますな
かくて果つる我世さびしと泣くは誰ぞしろ桔梗さく伽藍《がらん》のうらに
人とわれおなじ十九のおもかげをうつせし水よ石津川の流れ
卯の花を小傘《をがさ》にそへて棲とりて五月雨わぶる村はづれかな
大御油《おほみあぶら》ひひなの殿《との》にまゐらするわが前髪に桃の花ちる
夏花に多くの恋をゆるせしを神悔い泣くか枯野ふく凮
道を云はず後を思はず名を問はずここに恋ひ恋ふ君と我と見る
魔に向ふつるぎの束《つか》をにぎるには細き五つの御指《みゆび》と吸ひぬ
消えむものか歌よむ人の夢とそはそは夢ならむさて消えむものか
恋と云はじそのまぼろしのあまき夢詩人《しじん》もありき画だくみもありき
君さけぶ道のひかりの遠《をち》を見ずやおなじ紅《あけ》なる靄《もや》たちのぼる
かたちの子春の子血の子ほのほの子いまを自在の翅《はね》なからずや
ふとそれより花に色なき春となりぬ疑ひの神まどはしの神

うしや我れさむるさだめの夢を永久《とは》にさめなと祈る人の子におちぬ

わかき子が髪のしづくの草に凝りて蝶とうまれしここ春の国

結願《けちぐわん》のゆふべの雨に花ぞ黒き五尺こちたき髪かるうなりぬ

罪おほき男こらせと肌きよく黒髪ながくつくられし我れ

そとぬけてその靄《もや》おちて人を見ず夕の鐘のかたへさびしき

春の小川うれしの夢に人遠き朝を絵の具の紅き流さむ

もろき虹の七いろ恋ふるちさき者よめでたからずや魔神《まがみ》の翼《つばさ》

酔に泣くをとめに見ませ春の神男の舌のなにかするどき

その酒の濃きあぢはひを歌ふべき身なり君なり春のおもひ子

花にそむきダビデの歌を誦せむにはあまりに若き我身とぞ思ふ

みかへりのそれはた更につらかりき闇におぼめく山吹垣根

ゆく水に柳に春ぞなつかしき思はれ人に外ならぬ我れ

その夜かの夜よわきためいきせまりし夜琴にかぞふる三とせは長き

きけな神恋はすみれの紫にゆふべの春の讃嘆《さんたん》のこゑ

病みませるうなじに繊《ほそ》きかひな捲きて熱にかわける御口《みくち》を吸はむ
天の川そひねの床のとばりごしに星のわかれをすかし見るかな
染めてよと君がみもとへおくりやりし扇かへらず風秋《あき》となりぬ
たまはりしうす紫の名なし草うすきゆかりを歎きつつ死なむ
うき身朝をはなれがたなの細柱《ほそばしら》たまはる梅の歌ことたらぬ
さおぼさずや宵の火かげの長き歌かたみに詞あまり多かりき
その歌を誦《ず》します声にさめし朝なでよの櫛の人はづかしき
明日《あす》を思ひ明日の今おもひ宿の戸に倚る子やよわき梅暮れそめぬ
金色《こんじき》の翅《はね》あるわらは躑躅《つつじ》くはへ小舟《をぶね》こぎくるうつくしき川
月こよひいたみの眉はてらさざるに琵琶だく人の年とひますな
恋をわれもろしと知りぬ別れかねおさへし袂風の吹きし時
星の世のむくのしらぎぬかばかりに染めしは誰のとがとおぼすぞ
わかき子のこがれよりしは鑿のにほひ美妙《みめう》の御相《みさう》けふ身にしみぬ
清し高しさはいへさびし白銀《しろがね》のしろきほのほと人の集《しう》見し（酔茗の君の詩集に）

雁《かり》よそよわがさびしきは南なりのこりの恋のよしなき朝夕《あさゆふ》

来し秋の何に似たるのわが命せましちひさし萩よ紫苑よ

柳あをき堤にいつか立つや我れ水はさばかり流とからず

幸《さち》おはせ羽やはらかき鳩とらへ罪ただしたる高き君たち

打ちますにしろがねの鞭うつくしき愚かよ泣くか名にうとき羊《ひつじ》

誰に似むのおもひ問はれし春ひねもすやは肌もゆる血のけに泣きぬ

庫裏《くり》の藤に春ゆく宵のものぐるひ御経《みきやう》のいのちうつつをかしき

春の虹ねりのくけ紐たぐります羞《はぢろ》ひ神《がみ》の暁《あけ》のかをりよ

室《むろ》の神に御肩《みかた》かけつつひれふしぬゑんじなればの宵の一襲《ひとかさね》

天《あめ》の才《さい》ここににほひの美しき春をゆふべに集《しう》ゆるさずや

消えて凝《こ》りて石と成らむの白桔梗《しろぎきやう》秋の野生《のおひ》の趣味《しゆみ》さて問ふな

歌の手に葡萄をぬすむ子の髪のやはらかいかな虹のあさあけ

そと秘めし春のゆふべのちさき夢はぐれさせつる十三絃よ

晶子歌抄

小扇

若くして小き扇のつまかげに隠れて見たる恋のあめつち
人恋しひるのかりねの夢恋し恋するひとに春雨ぞ降る
めしひなれば君よ誨へて往かしめよおどろ変じて百合となる路
君さらばわかき二十を石に寝て春のひかりを悲み給へ
わかき人水に蓮切る夜あけ舟京の几董《きとう》の句のけしきかな
いつの日か人と相見し京の山の湯の香に似たる沈丁花かな
さくら花ちる木のもとにわれ倚りぬよそ目やいかに哀れなるらん

をちかたの岡に伏目すはるの雲きて若き身と物語れかし
わがこころ何を追ふらん春の夜に瞳凝らせど闇のはてなし
その端にあやなく君が指ふれてみだれんとする春の黒髪
人知れずいねと追ひつる昨夜《よべ》の夢くさむらにゐてひなげしと咲く
驕慢もほこりも捨てて恋のため泣く日は我もたふとかりけれ
ほのぼのと湯の香に明けし春の山わが云ふことも靄となるらん
石津川ましろき砂《すな》にわが立てばなでしことしも人の見るらん
はてもなく菜の花つづく宵月夜《よひづくよ》母がうまれし国美くしき
京の北弥生《やよひ》にちかき荒《あ》れびより霰のなかに紅梅のちる
女なれば百合にうたがひ神に怖ぢ行くべき道をやうやくに行く
ゆきずりの丁子ゆかしやあけがたの夢に見に来ん山もとの家

毒草

こしかたやわれおのづから額くだる謂はばこの恋巨人のすがた

目に見るはまろき山はふ大文字洛外《らくぐわい》に来てかたはらに添ふ
このをとめ姿は羞ぢて君による夢は天《あめ》ゆく日もありぬべし
ねがはくば細眉《ほそまゆ》あげて身を讃むる節よき歌に浄まれこの世
わが胸は潮《うしほ》のたむろ火の家とあまりあらはに人恋ひ初めし
椿おちてけはひの水に凍《い》てぬると口疾《くちど》に告げぬあかつきの人
うつくしき花屋が妻のくろ髪とわが袖を吹く春の風かな
ああ聖母親なり子なり似てましと仰ぎ見つるも少女なりし日

恋ごろも

春曙抄《しゆんじよせう》に伊勢をかさねてかさ足らぬ枕はやがてくづれけるかな
海こひし潮の遠鳴りかぞへては少女となりし父母の家
二つなきなさけと未だ云はざるや我を例《ためし》に引くと聞くかな
鎌倉や御仏《みほとけ》なれど釈迦牟尼は美男におはす夏木立かな
ほととぎす治承寿永のおん国母《こくも》三十にして住みたまふ寺

わが恋は虹にもまして美くしきいなづまにこそ似よと願ひぬ

頰よすれば香る息はく石の獅子ふたつ栖むなる夏木立かな

手にとればかくやくと射る夏の日の王者の花のこがねひぐるま

誰が罪ぞ永劫《えうごう》くらきうづしほの中《なか》にさそひし玉と泣くひと

わが恋はいさなつく子か鮪《しび》釣りか沖の舟見てたそがれとなる

花に見よ王のごとくもただなかに男《を》は女《め》をつつむうるはしき蕋《しべ》

耳かして身ほろぶ歌と知りたまへ画ならばただに見てもあるべき

木のもとのちさき盥に水くみて兎あらふを見にきませ君

今日みちて今日たらひつつ今日死なん明日と昨日はわれに知らぬ名

あやにくに虫歯病む子とこもりゐぬ鼓きこゆる昼の山の湯

恋びとはをしへられつつ日記《にき》書きぬ百合にさめぬと絵蚊帳に寝つと

伯母いまだ髪もさかりになでしこをかざせる夏に汝れは生れぬ

われぼめす十方てらす光明のわれより出でん時を知るゆゑ

くれなゐの蒲団かさねし山駕籠に母と相乗る三吉野の路

金色のちひさき鳥のかたちして銀杏ちるなり夕日の岡に

紅梅やをんなあるじの零落にともなふ鳥の籠かけにけり

をとめにて朝々めでしかつらぎや高間の山の初夏の雲

兼好を語るあたひに伽羅たかん京の法師の麻の御《み》ころも

かくて世にけものとならで相逢ひぬ日てる星てる大空のもと

鬼が栖むひがしの国へ春いなん除目《ぢもく》に洩れし常陸ノ介と

廊《らう》ちかく鼓と寝ねしあだぶしもをかしかりけり春の夜なれば

舞姫

家七《なな》室《ま》霧にみなかす初秋を山の素湯《さゆ》めで来《こ》しやまろうど

船酔はいとわかやかにまろねしぬ旅あきうどと我とのなかに

白百合のしろき畑のうへわたる青鷺づれのをかしき夕

かざしたる牡丹火となり海燃えぬ思ひみだるる人の子の夢

木蓮の落花ひろひてみほとけの指とおもひぬ十二の智円

罪したまへめしひと知ると今日を書き明日は知らずと日記《にき》する人を

春雨やわがおち髪を巣にあみてそだちし雛の鶯の啼く

遠つあふみ大河《たいが》ながるる国なかば菜の花さきぬ富士をあなたに

たかき家《や》に君とのぼれば春の国河遠じろし朝の鐘鳴る

萌野《もえの》ゆきむらさき野ゆく京人《きやうびと》に霰ふるなりきさらぎの春

ゆるしたまへ二人を恋ふと君泣くや聖母にあらぬおのれの前に

春いにて夏きにけりと手ふるれば玉はしるなり二十五の絃

梅雨晴《つゆばれ》の日は若枝《わかえ》こえきらきらとおん髪にこそ青く照りたれ

二とせや小椅子のうへにただ一人笑みて坐《ゐ》るまで児は丈のびぬ

知恩院の鐘が覚まさぬ人さめぬ扇もとむるわが衣ずれに

初夏のわか葉のかげによき香する烟草をのむをよろこぶ君よ

春そよと風ふく朝はおん墓に桜ちらんとなつかしき父

思ひたまへ御胸《みむね》の島に糧《かて》足らずされど往《い》なれぬながされびとを

春の海いま遠《をち》かたの波かげにむつがたりする鰐鮫《わにざめ》おもふ

相人《さうにん》よ愛欲せちに面瘦せて美くしき子に好きことを云へ
牛つれて松明《たいまつ》したる山少女湖《うみ》ぞひゆけば家をしへけり
紀の国のいさな寄るなるをちかたのひねもす霞む海恋しけれ
化粧室《けはひや》のかがみに浪のうつるなり海の風めで窓あけし家
ふたたびは寝釈迦《ねじやか》に似たるみかたちを釘する箱に見ん日すら無き
牡丹うゑ君まつ家と金字《きんじ》して門に書きたる昼の夢かな
七つより袈裟かけならひ弓矢もて遊ばぬ人もいくさに死にぬ
森を行き靄のしづくにすみれぐさ花咲くものと思ひけるかな
春の夜の夢の御魂とわが魂と逢ふ家らしき野辺のひとつ家
花に寝て夢多く見ん若人の君はいくさに死にけるかな
行く春の藤の花より雨降りぬ石に死にたる紅羽《べには》の蝶に
よき朝に君を見たりきよき宵におん手とりしと童泣《わらはな》きする
わが肩にいとやごとなき腕《かひな》おちやがて捲かれて消《け》し春の夢
君に似しさなりかしこき二心《にしん》こそ月を生みけめ日をつくりけめ

恋人は恨み思へどそひぶしの寝物語もなつかしくする

百草《ももくさ》の花に見るかな語部《かたりべ》も伝へずありしいにしへのこと

思はれぬ人のすさびは夜の二時にくろ髪梳きぬ山ほととぎす

夢の華

おそろしき恋ざめごころ何を見るわが眼とらへん牢舎《ひとや》は無きや

今日も猶うらわか草の牧を恋ひ駒は野ごころ忘れかねつも

二寸ほど高かる人と桜の実耳環にとりし庭おもひ居ぬ

いななきぬ秋今きたる風ふきぬ神のつくりししろがねの馬

雲ゆきてさくらの上に塔描《か》けよ恋しき国をおもかげに見ん

地はひとつ大白蓮《だいびやくれん》の花と見ぬ雪の中《なか》より日ののぼる時

長き夜にいくたび見たる夢のぬし七世《ななよ》の後の君とこそ思へ

君まさず葛葉《くずは》ひろごる家なればひと草むらど風の寝にこし

恋人は現身後生《げんしんごしやう》よしあしも分たず知らず君をこそたのめ

なほ人はとけず気遠《けどほ》しいかづちの音も降れかし二尺の中《なか》に

何と云ふみなつかしさぞ君見れば近おとりして恋ひまさるかな

君ならずいくたびすなる変心のわれを憎まん愛よのろひよ

木曾少女胸いそがしくさわぐとて云《い》ひぬ機織る杼《ひ》とも梭《をさ》とも

ゆるし給へ蛇の窟《むろや》の鍵《かぎ》えんとしたまふ故に愚かと思ひぬ

天地のいみじき大事《だいじ》一人《いちにん》のわたくしごととかけて思はず

六月の強雨《がうう》ぞはしる平原《へいげん》のさまにも海の夜はあけにけり

かたはらに自ら知らぬひろき野のありて隠るるまぼろしの人

わすれめや大並蔵《おほなみぐら》のかたかげの火の見に遠く海を見し家

二三片《べん》御寝《ぎよしん》の床《とこ》にそよ風の来《こ》しと申しぬやまざくら花

百合をるる雨は暴雨《ばうう》と云ひつべき赤城の山の八月の路

性骨《しやうこつ》のつたなさゆゑにはづかしき憂きことあまた見ると思ひぬ

語りきと日記《にき》に書くだにはづかしき言葉ずくなの人にも逢ひぬ

うらめしとふたたび云はぬ口がため強ひ給ふ夜の春の雨かな

野《の》風俗《ふうぞく》男のやうに煙草のむ少女のむれとありて雲見る
ふるさとや霞のなかの岡崎は小家つづきとなりにけるかな
椿ちる島のをとめの水くみ場信天翁はなぶられて居ぬ
後の日も恋はなつかし才の火はたのみたまふな思出も無し
しら刃もて刺さんと云ひぬ恋ふと云ふただ言千たび聞きにける子に
素足して踏まんと云ひぬ病める人しろき落花の夕ぐれの庭
よろこびは憂《うれひ》きはまる身にひとし二とせ三とせ高照る日見ず
六《む》年《とせ》へぬかしこき人にいさめられおろかなる世にどよまれながら
末の世に双《さう》なき人と逢ひそめし悪因縁を美くしむかな
谷を行きこだまよろこぶちさき子か思ふとわれにのたまふ君は
春雨の家のひと室は三人の人《ひと》香《が》なつかししめやかにして
戸をくれば厨の水にありあけのうす月さしぬ山ざくら花
ものおほくぬすむ隙ある内心をにくみぬ人と別れえぬ日に
髪ちらす風とわすれてはなれ洲に蘆の葉ふくを遠く思ひぬ

名なし草蚕子《かふこ》の繭に似る花を春雨ぬらし暮れにけるかな
しのび音に歌もうたひぬその夕あひ見ける日よけふに似ぬかな
河すすきここに寝ねばや秋の人水あふれなば君ととられん
春の日や兵船《ひやうせん》つづくうなばらの一方に見るむらさきの島
相見ける後の五とせ見ざりける前の千とせを思ひ出づる日

常夏

遠方《をちかた》の雷《いかづち》ゆゑにたましひの消ゆてふ人をいだきたまひぬ
河がらす水はむ赤き大牛《おほうし》をうつくしむごと飛びかふ夕
ふと思ふ十とせの昔海見れば足のよろめく少女《をとめ》なりし日
老《おい》よ奪《と》れ焔のあとのもえがらのひそかにいぶるあさまし人《びと》を
あかつきの煙の中に水の音するかたさしぬうつくしき指
むらさきの蝶夜の夢にとびかひぬふるさとにちる藤の見えけん
ただ中に夜明《よあけ》の家の大いらか黄金《きん》の色する海の原かな

あざまずや小さき二人の母と呼ぶ本意《ほい》とげ人のおとろへやうを

金《かね》の盞《さら》母の供料《くれう》にいささかの飯《いひ》とりまつる日をや思ひし

貝の葉のかろき心をありそ海《み》の千びきの岩とたのみぬわれは

たらちねは王命を得て爪とらん日をも思ひてあたへける琴

冬きたる赤城の山のいただきの雲おひおとす木がらしの風

椿ちるべに椿ちるつばきちる細き雨ふりうぐひす啼けば

ちれる百合星となるべく斎《ゆま》はるや女にならひ水を浴ぶるや

十三の絃ひきすますよろこびに君もいのちも忘れけるかな

みくだもの瓜に塩してもてまゐる廊に野馬《やば》なく上つ毛の宿

泣寝してやがてそのまま命絶えやさしき人のからと云はれん

雨のふる石崩道《いしくえみち》に聞きしよりけものと思ふ山ほととぎす

春の海わかめの色のさざ波にしろき月うく夕となりぬ

生れたる新らしき日にあらずして忘れて得たる新らしき時

われ忘るわすれて胸に誰れあらんああ無辺際《むへんざい》胸に人無し

ただ昨日ふかく思ひしとばかりの外のあたひはわが知らぬこと

朝の雲いざよふもとにしきしまの天子の花の山ざくら咲く

縁とぼし仏おもへば慈安寺のふとばら和尚目に見などして

壬生に住むいづなつかひか美くしきまこと空言《そらごと》いひたまふかな

人妻は七とせ八とせいとま無み一字もつけずわがおもふこと

まなく散る白の牡丹の花びらにうもれて死ぬる手とり覚《さま》しぬ

雨の日はわれを見にこず傘さして朝がほつめど葵をつめど

梅雨《つゆ》さりぬまづはなだ草初夏の瞳をあげてよろこびを云ふ

ふるさとを恋ふるそれよりややあつき涙ながれきその初めの日

歌よむと外法《げはふ》づかひを忌むごとく云ひける兄のけふもこひしき

しらしらと涙のつたふ頬《ほ》をうつし鏡はありぬ春の夕に

思ふ人ある身は悲し雲わきて尽くる色なき大ぞらのもと

かぎりなく艶に聞けよとおぼろ夜を細目に戸あけもの云ひし声

高き屋にのぼる月夜のはだ寒み髪の上より羅をさらに着ぬ

牡丹こそ咲かば諸王にまゐらせめ誰に着せましわが恋ごろも

若き人競ひ馬しぬ羽《はね》あるに御《ぎよ》して来《きた》るは一人なれども

半生は半死にひとしはた半ば君に思はれあらんにひとし

わが病む日八十《やそ》まがつびの神います家と思へり君の歎けば

石竹《せきちく》の花のやうなる灯を見よと男を呼びぬ露台《ろたい》の少女

小雨降る赤城平《あかぎだびら》の百合の花撫子《なでしこ》まじり著莪《しやが》まじり咲く

数しらず思ひつらねて在りながらこと三つばかり憂しとし告げぬ

二十三人をまねびてそら笑《ゑ》みす男のすなるいつはりも云ふ

人ならずわれさへ弄《ろう》すこの心きたなきものと明日は泣くべき

疾く過ぎん惜しきよはひを悲しみて香は焚けども衣《きぬ》きよそへど

春の月恋しき人の重げやと云ふなる上の衣ぬぎて見ぬ

おん胸の寸土《すんど》を賜へ花うゑてめでんと云ふに外ならねども

捨て書きす恋しうらめしうし辛《つら》し命死ぬべしまた見ざるべし

その日さへ過当《くわたう》のことば賜はりし日とただ思ふ覚めたる女

けざやかに夏草の花養へる温室《むろ》の十五にかへまし君を

たたずめばあわただしげに水の音砂をはしりぬ有明月夜

茅花《つばな》咲く野をなつかしみ夢に見ぬ君が飼ひける四つ白《じろ》の馬

二三人何をしのびに泣くことかわがくろ髪の裾にかくれて

火に入らん思ひは烈し人を焼くほのほは強しいづれなりけん

麗色《れいしよく》の二なきをそしりおん位高きをあざみたのみける才

春待つと云ひをさめたる杵歌《きねうた》にさざめく庭のむれに雪ふる

仁和寺のついぢのもとの青よもぎ生ふやと君は問ひ給ふかな

なつかしきものをいつはり次次に草の名までも云ひつづけけり

瀧にぬれ朝日夕日に美くしく額《ぬか》てる山の石にならばや

加茂川の石みなぬるるむつかしと人を呼ぶなり夏の日の雨

春の雨指に野芹のにほひする人もまじれるよきまとゐかな

いのち死なぬ神のむすめは知らねどもこの世に長くちぎりこしかな

風狂《ふうきやう》のいと大いなる神人《しんじん》のはた偉なるをも超えにきわれら

胸は泣くこれは無尽《むじん》に人ひとり思ふ力のなきわびしさに

うすものを着るとき君はしら花の一重の罌粟と云ひ給ふかな

古琴《ふるごと》の絃《いと》を煮る香に面そむけ泣きぬ三十路にちかきよはひを

美くしさ恋のごとしと見てほめぬほろびやすかる磁のうつはもの

水ちかき瑯玕《らうかん》の家そのまろき柱をおもひおんひざに倚る

世はなりぬ龍女《りゆうによ》が梭の音もひびき山より海のなつかしき日と

佐保姫

あさましく雨のやうにも花おちぬわがつまづきし一もと椿

思ふ子は魚の族《やから》かとらへんとすればさまよく鰭ふりて逃ぐ

七日して滅びし恋の中《なか》にさへうれしきことも悲しみも見ゆ

一尺をすすむあひだに七生《しちしやう》の力をあつめわれありしかな

黒きものすべてうとましかくは云へあげつらふにはあらず御髪《みぐし》を

ほのかにもかねて心にありし絵のもの云ひにこし夜とおもひぬ

むかし人楫《ほた》くべながら云ふごときすなほなること二つ三つ云ふ
わざはひかたふときことか知らねども我は心を野晒しにする
この時のうらめづらしきときめきは初恋の日になべて劣らず
海に居てはやちの風に耳なれし岩はねむれりいかづちのもと
家に居てさびしき人は八ちまたの人中《ひとなか》行きて涙わすれぬ
今の世の美くしさをばその日までふつふつわれは知らざりしかな
おどけたる一寸法師舞ひ出でよ秋の夕のてのひらの上
大和なる若草山の山の精来てうたたねのわれに衣《きぬ》かく
くろ髪をないがしろにもし給ひぬ御経《みきやう》そらんじ夜を一人寝て
二十四のわが見る古往今来はすこしたがへり恋人のため
うき指にうす墨ちりぬ思ふこと恨むことなど書きやめて寝ん
たをやめは面がはりせず死ぬ毒と云ふ薬見て心まよひぬ
初夏のゆふべの雲を一つとり君が館《やかた》は塗られたるかな
寒きこと女はきらふことわりの奥のおくまできかせ給ふな

水無月のあつき日中《ひなか》の大寺の屋根よりおちぬ土のかたまり
あなかしこ楊貴妃のごと斬られんと思ひたちしは十五の少女
あはれにもたちまち敗るかく云ふは一たび君にかちえし少女
しら鳥の裔《すゑ》とおもへる少女子と獅子の息子とねよげにぞ寝《ぬ》る
あかあかと柑子《かうじ》のいくつかかりたり深雪の崖《がけ》の一もとの木に
恋人の逢ふがみじかき夜となりぬ茴香《うゐきやう》の花たちばなの花
いもうとに人のささやく声などをききつつ宵は板敷に寝《ぬ》る
左にて小刀《こがたな》つかひ木の実など彫りける兄とはやく別れき
わらふ時身も世もあらず海に似し大声《おほごゑ》あぐる人とおもひき
先きに恋ひ先きにおとろへ先きに死ぬ女の道にたがはじとする
桐のちる秋のごとくにさやかなる音は立てねど髪おちてゆく
一はしの布につつむを覚えけり米《よね》としら菜とから鮭をわれ
よきことにしたがふ時とあしかるに付くこころよき差別《けぢめ》わかずも
君がため菜摘み米とぎ冬の日は井縄の白く凍りつる家

ゆく春の夜をもてはやす男たち何ごとか云ひ琵琶叩きけり
友きたり恋をほこりぬ打見てはさばかりわれの神さびたるや
元朝や馬に乗りたるここちしてわれは都の日本橋ゆく
逆しまに山より水のあふれこし驚きをしてわれはいだかる
鎌倉や由比が浜辺の松も聞け君とわれとは相おもふ人
君が髪思ひの外に長《た》くと云ふましてこころを何と知りきや
すぐれたる人を恋するいちじろきことに死なんと思ひたちにき
朝霧の中《なか》をこし子はもの云はず手にうすいろの花おきて去《い》ぬ
人すつるわれと思はずこの人に今重き罪申しおこなふ
病む人の終りの床に云ふごとき懺悔をすすむ盛りのわれに
いと若きことばをもてし云ふことはすべて聞かんと云ひしならねど
うごきなき五百《ゆ》づ巌むらとおもひしは螺《さざえ》の殻のあさましき床《とこ》
三尺のたななし小舟大洋《おほわだ》におのれ浮沈《ふちん》す人あづからず
恋をしていたづらになる命より髪のおつるは惜しくこそあれ

夕風や煠のやうなる生きもののかはほり飛べる東大寺かな

いつの日か憎しと云ひしわがことば忘れずに居ぬたのもし人は

みづからの恋の消ゆるをあやしまぬ君は御空《みそら》の夕雲男《ゆふぐもをとこ》

撥《ばち》に似るもの胸に来てかきたたきかきみだすこそくるしかりけれ

三十路人《みそぢびと》泉の神の素肌にもいまだいくらも劣らざりけり

この船の泊《とまり》さだめて錨してわれは真紅《しんく》の帆をおろしけり

よき人は悲しみ淡《あは》しわがどちは死と涙をば並べておもふ

かなしさに枕も呼ばずわが寝《ぬ》れば畳のぬれつ初秋の昼

ゆきかへり八幡筋のかがみやの鏡に帯をうつす子なりし

秋立つやけいとうの花二三本まじる草生《くさふ》に蛇うつおきな

春泥集

楽みはつねに変ると云ふ如く桃いろのきぬ上《うは》じろみつつ

海底《うなぞこ》に目を開く魚とあさましく身をば譬へて夜の寝ね難し

秋くれば腹立つことも苦しきも少し鎮《しづ》まるうつし世ながら

あかつきの竹の色こそめでたけれ水の中《なか》なる髪に似たれば

数しらぬわれの心のきざはしをはた二つ三つ彼れや登りし

張交《はりま》ぜの障子のもとに帳つけしするがやの子に思はれし人

男をも灰のなかより拾ひつる釘のたぐひに思ひなすこと

美くしさ足《た》らざることを禍《わざはひ》と思へる母のいつきてしわれ

きくことは円く足らへど云ふことは多く狂《くる》ほしわが心から

われの云ふ悲しきことと世の人の悲むことと少しことなる

なほ少し忘れずにゐることなどを口ばしるより優しきは無し

たちばなの林《はやし》のなかにこほこほと柱けづりぬ初夏の人

はかなかるうつし世人《よびと》の一人《ひとり》をば何にもわれはかへじと思へる

一尺の中《なか》を氷の風かよひへだたれること千里《せんり》のごとし

いつしかとこすもす咲きぬ草《くさ》のなか細雨《さいう》の中のともしびのごと

わが胸はうつろなれどもその中《なか》にいとこころよき水のながるる

浅草寺御堂《せんさうじみだう》に拝むかきつばたきざはし下《くだ》るそのかきつばた

わが門《かど》を夜中《よなか》に開《あ》くる翁《おきな》云ふ若ざかりこそいとめでたけれ

飽く知らず稲葉《いなば》のかぜを大寺《おほてら》の堂《だう》に登りて食らへる男

十二まで男姿《をとこすがた》をしてありしわれとは君に知らせずもがな

わがよはひ盛りになれどいまだかの源氏の君の訪ひまさぬかな

春の夜は明方《あけがた》近くなりにけり浅川《あさかは》の水しろがねを展ぶ

わがはした梯子《はしご》の段《だん》の半ばより鋏《はさみ》おとせし春の昼かな

人まへにわれら面《おもて》の色かはる煩はしさは無き日となりぬ

みじか夜のしのめ近き大路《おほぢ》ゆく靴の音こそなまめかしけれ

ほとほとも他事《たじ》に埋もれありしこと流星《りうせい》のごと思ひ出しかな

憂きときに泣きて思ふは死にあらず世の人並にそのかみのこと

泣きまどひうすき情《なさけ》をうらむ子にわれを頼めと云ひくらす人

こし方《かた》はいとしも暗しその中《なか》に紅き灯もてるわが二十《はたち》の日

あぢきなき小胆者《せうたんもの》となりはてぬ君が妻ともならばなるべく

夏の夜は馬車して君に逢ひにきぬ無官の人のむすめなれども
わが指を麦魚《めだか》にらみぬ水草《みづくさ》の花のしろきを二つ三つ摘めば
楽しげに子らに交りてくだものの紅き皮むく世のつねの妻
少女子《をとめご》は何のそなへもなきものを矢の如しげく文たまふかな
事つひに此処にいたると啜り泣《な》くとらはれ人《びと》もあはれなるかな
春の日のかたちはいまだ変らずて衰へがたの悲しみを知る
秋の雨たまたま今日は何ものもまじへず君のこころと語る
見も知らぬ鳥来て住める如くにもおのれ此頃心《このごろこころ》をぞおもふ
あらかじめ思はぬことに共に泣くかるはずみこそうれしかりけれ
よそ人がおとろへしなど無礼《なめげ》なること云ふばかり痩せて妬《ねた》みぬ
わが頼む男の心うごくより寂しきは無し目には見えねど
いかづちをとりて男になげうたん力なき身と定められにし
王《わう》ならぬ男の前にひざまづくはづかしき日のめぐりこしかな
いにしへのこと云ひつづけいつまでも変らぬさまの睦言《むつごと》もしぬ

夏の花みな水晶にならんとすかはたれどきの夕立の中《なか》
翡翠《ひすゐ》なるかんざし震《ふる》ひ砂におつ由比が浜辺の悲しき話
ほのかにも親ききつけて君がこと云ひくだすこそ苦しかりけれ
われを見て老ゆとそしるはあはれにも若き日もたぬやからならまし
たをや女は面《おも》がはりせず死ぬ毒と云ふ薬見て心まよひぬ
夏の川荒きけものの歯《は》のごときかぶらを洗ふ里男かな
山の蔦頭《かしら》にまきて岩つたふ人はをりふし水かがみしぬ
鋭《と》からずとはがねの黒き鋏《はさみ》をばうちなげきつつ絹切るわれは
うすぐらき鉄格子より熊の子が桃いろの足いだす雪の日
やごとなき母か老いざる麗人《れいじん》かはかるべからず後の日のわれ
昔より泣かしめずして狂はしむ近づき来るそこばくの人
巡礼かはた琴弾《ことひき》かかにかくに流れてありく旅に出でまし
大鏡ひとつある間に初秋のあかつきの風しのび来りぬ

青海波

よしあしは後ろの岸の人に問へわれは颶風《ぐふう》に乗りて遊べり
黄なる蝶我をめぐりてつと去りぬもののみ書くを憂しと見にけん
寛弘《くわんこう》の女房達《にようばうたち》に値《あた》ひすとしばしば聞けばそれもうとまし
かき抱きともに玉とも変るべき不思議は無きか此子死なさじ
病むを見て子に謙《へりくだ》る親ごころ懺悔《ざんげ》のごとき涙ながるる
代れるか親の受くべき禍《わざはひ》に我児は病みて清く痩せゆく
飽くをもて恋の終りと思ひしにこの寂しさも恋のつづきぞ
われ昔さびしき事を恋と云ひ楽しき事を死ぞと思ひし
なにの木か小枝《こえだ》がちなる影おとす寒き月夜の街の敷石《しきいし》
わが逢はん男の数を語れよとたはぶれつれば相人《さうにん》は逃ぐ
かたはらへやはらかに倚りもの思ふこのおもむきの中《なか》に死ぬべき
わが宿世《すぐせ》浮木《うきぎ》に身をばくくられて捨てられにけん流れ来にけん

若き日は尽きんとぞする平らなる野のにはかにも海に入《たひ》るごと
水草《みづくさ》に風の吹く時緋目高《ひめだか》は焼けたる釘のここちして散る
棕梠《しゆろ》の葉のみづから高き悲しさよ小草《をぐさ》の知らぬ風にはためく
鱶《ふか》などの暑き干潟《ひがた》にのこされて死を待つばかり寝ぐるしき床《とこ》
千葉の海干潟の砂につばくらの影して遠き山の霽《は》れゆく
日のささぬ蔭《かげ》にわが子を寝さすれば足の方より昼も蚊の鳴く
椿踏む思《おも》へるところある如く太《ふと》き音たておつる憎さに
こほろぎは床下《ゆかした》に来て啼く時にちち恋しなどおどけごと云ふ
自《みづか》らを淡き黄色《きいろ》にかはりゆく秋の草とも思ひなすかな
七つの子かたはらに来てわが歌をすこしづつ読む春の夕ぐれ
ことごとく因縁和合《いんねんわがふ》なしつると思へる家もときに寂しき
祈らくは豊宇気《とようけ》の神貧しかる我等が子にも糧《かて》を足らしめ
海こえて君さびしくも遊ぶらん逐《お》はるる如く逃《のが》るる如く
はかなしや天女《てんによ》の髪も秋くれば落つと云ふなりわがひとり言

花引きて一たび嗅げばおとろへぬ少女ごころの月見草かな
かなしくもわが子の指にはさみたる蝶の羽より白き粉のちる
今ひとたびわれを忘るる日は無きや親のいさめし恋の如くに
われは猶博士の庫《くら》の書《ふみ》よりも己れを愛でて黒髪を梳く
湯槽《ゆぶね》にてわが枕するたたむきは望《もち》の月夜も及《およ》ばぬものを
夢いまだ多きが如し春の湯にうつりて匂ふ我のまなざし
錫《すず》となり銀《しろがね》となりうす赤きあかざの原を水のながるる
この白き胸を自《みづか》ら刺《さ》し通す狂乱の日のありやあらずや
芍薬の花より艶《えん》にあかばみぬ雨のはれ行く刀根の川口
無くもがな世の亡ぶ日も気のふれし母をわが子の目に映《うつ》す日も
湯槽《ゆぶね》をば水晶宮《すゐしやうきゆう》になぞらへぬありて恥なき身の清らさに
かたはらに睡蓮咲くと誰云ふや湯槽《ゆぶね》に浮ぶわれの円肩《まろがた》
秋の夜の灯《ほ》かげに一人もの縫へば小き虫のここちこそすれ
指をもて潤《ひろ》き空にや書きすてんこの国の人忌むと云ふなり

いづこへか逃れんとして逃れ得ぬ重《おも》きここちに大空を見る
悲しとは足らへる際《きは》に云ふことぞ与《あづか》り知《し》らじ目の外《ほか》の人
彼の人を暫くわれの憎みしは暫くわれや恋したりけん
十界に百界にまだ知らぬこと一つあるごとし身ごもりしより
不可思議は天《てん》に二日《にじつ》のあるよりもわが体《たい》に鳴る三つの心臓
この度《たび》は命あやふし母を焼く迦具土《かぐつち》ふたりわが胎《たい》にゐる
生きてまた帰らじとするわがくるま刑場《けいぢやう》に似る病院の門《もん》
己が身をあとなく子等に食《は》まれ去る虫にひとしき終り近づく
男をば罵る彼等《かれら》子を生まずいのちを賭《か》けず暇《いとま》あるかな
大雪《おほゆき》に枕するごと生きながら岩に入るごとしろき病室
悪龍《あくりよう》となりて苦《くるし》み猪《ゐ》となりて啼かずば人の生み難きかな
親と子の戦ふはじめ悲しくも新しき世の生るるはじめ
蛇の子に胎《たい》を裂かるる蛇の母そを冷たくも「時《とき》」の見つむる
その母の骨《ほね》ことごとく砕かるる苛責《かしやく》の中《なか》に健《たけ》き児の啼く

あはれなる半死の母と息せざる児と横たはる薄暗き床《とこ》

虚無《きよむ》を生む死を生むかかる大事をも夢とうつつの境《さかひ》にて聞く

死の海の黒める水へさかしまに落つるわが児の白きまぼろし

よわき児は力およばず胎に死ぬ母と戦ひ姉とたたかひ

産屋《うぶや》なるわがまくらべにしろく立つ大逆囚《だいぎやくしう》の十二の柩《ひつぎ》

血に染める小き双手《もろて》に死にし児がねむたき母の目の皮を剝《は》ぐ

間《ま》を置きて荒く鼓弓を擦る如くうつろの胎《たい》の更に痛みぬ

ひんがしの国のならひに死ぬことを誉むるは悲し誉めざれば悪《あ》し

（以下輓歌七首）

勇ましき佐久間大尉《さくまたいゐ》とその部下は海国《うみぐに》の子にたがはずて死ぬ

海底《うなぞこ》の水の明りにしたためし永き別れのますら男《を》の文《ふみ》

うなぞこに死は今せまる夜《よ》の零時船の武夫《もののふ》ころも湿《うるほ》ふ

大君《おほきみ》の御名《みな》は呼べどもあな苦し沈みし船に悪しき瓦斯吸ふ

いたましき艇長《ていちやう》の文《ふみ》ますら男《を》のむくろ載せたる船あがりきぬ

海に入り帰りこぬ人十四人《じふよにん》いまも悲しきもののふの道

みづからを山の湯ぶねに朝くだる白き雲かと驚きぬわれ
前髪を焔のごとくちぢらせぬ恋にかかはる執着のため
わが起居《たちゐ》涙がちにてあることも旅なる人の皆知れること
おのれこそ旅ごこちすれ一人居《ゐ》る昼のはかなさ夜のあぢきなさ
ただ一目《ひとめ》君見んことをいのちにて日の行くことを急ぐなりけり
あな恋しうち捨てられし恨みなどものの数にもあらぬものから
風のごとすと去る君に死ぬべしと慄《ふる》へて云ひぬ夢のさめぎは
草の庭まへに見ながら飯《いひ》を食ふ男おもひぬ逢ひにこぬ時
わが太郎色鉛筆《いろえんぴつ》のみじかきを二《ふた》つ三《み》つ持ち雪を見るかな
あめつちの中《なか》にただよふ悲しみをわがものとして親しむ夕
小き手を横に目にあて泣く時はわが児なれども清しうつくし
生れ来て一万日《いちまんにち》の日を見つつなほ自《みづか》らをたのみかねつも
少女子の遺羽子《やりはご》のおと大空の照る日の神も佐保姫《さほひめ》も聴く
いまはしく指のきたなき彼の座頭変化《ざとうへんげ》のごとし曲弾《きよくびき》をする

腕《たたむき》をみづから枕《ま》きて雪山《せつざん》の流れと聞くもここちよきかな
大空にあそぶが如く折々に虚無《きよむ》に羽搏《はう》てば猛《たけ》きかなわれ

夏より秋へ

琴の音に巨鐘《きよしよう》のおとのうちまじるこの怪しさも胸のひびきぞ
人の世の掟《おきて》の上のよきこともはたそれならぬよきこともせん
恋と云《い》ふ紅《あか》き下著の上に著るおらんだ染のもの好《ずき》の夢
御心《みこころ》に突き入りし日の思ひ出のなにぞ今日さへ潑剌《はつらつ》とする
臆病か蛇かくさりか知らねどもまつはる故に涙こぼるる
もの哀れ知れる心は日のうちに春のかぜ吹く秋の風ふく
わが息《いき》の虚空《こくう》に散るも嬉しけれ年の明けたる一日二日《いちじつふつか》
手弱女《たをやめ》がましろに匂ふ手を上げて賞むべき春となりにけらしな
紅梅に地獄絵《ぢごくゑ》のごと赤黒く入日のさせばいきどほろしき
三月の柳を折りてあまりにも物をかくさぬ風流男《みやびを》を打つ

地をまろぶ落葉《おちば》にまじりらうたしや山より来る鳥の足音
かにかくに我身や人と異れるこの華やかさこの寂しさよ
夜となればをはりの近さ知ると云《い》ひ朝は若さを見よとわれ云ふ
わが見し日恋にやらはれ来《こ》しと云ふ乞食《かたゐ》に君は過ぎざりしかな
恋と云ふ欲のみ生きて自《みづか》らと云ふたのもしきものは死に行く
与へずば奪はんかくと叫びたる荒き力もゆるむ日のきぬ
酒なるか劇毒《げきどく》なるかみづからを生《しやう》ある限り吸はまほしけれ
うるさしや小鳥の話あかずする客人《まらうど》早く鳥となれかし
ほのじろき李《すもも》の花に降る雨も見て心燃ゆ人を恋ふれば
大空の日の光よりたふとしと片恋をだに思へるものを
いつよりか我やわが身をうとみけんかく思ふ時涙こぼるる
人間のうつくしさをば自《みづか》らによりて思ひし日も薄《うす》れ去る
死ぬ夢と刺《さ》したる夢と逢ふ夢とこれことごとく君に関《かかは》る
あとさきに嶋田に結《ゆ》へる人と我れ雨の後なる水たまり越ゆ

いささかのゆかりなきこと身を嚙みぬこれを妬みと云ふや云はずや
思ふこと半夜にいたり忘れんと道理《だうり》のままの眠りに就きぬ
恋ならぬ交《まじは》り深しこのことばいと哀れにも初めて思ふ
廊《らう》などのあまり長きを歩むとき尼のここちす春のくれがた
われさびし有情《うじやう》のものの相《あひ》よりて生くる世界の中《うち》に居ながら
自《みづか》らをめでざるまでに到《いた》りぬとわれ見え透きしいつはりも云ふ
あめつちのうす墨の色春来れば塵も余さず朱に変りゆく
わが見つる十七八の正月《しやうぐわつ》をよきこととして問ひ給ふかな
ものほしへ帆を見に出でし七八歳《ななやつ》の男すがたの我を思ひぬ
夕ぐもは恋のやまひをする人のうはごとに似てうつくしきかな
五月雨《さつきあめ》かびのにほひのする床《ゆか》に水のおと聞くふるさとの家
一人《いちにん》のわれを貫き人の世と天《あめ》とは通《つう》ずおもしろきかな
俯伏《うつぶ》して閨に物書くすさびごととして憎からず黒髪の人
大いなる湿《しめ》れる都かく思《おも》ふ春《はる》のゆふべのわが胸《むね》のうち

閨出であかつき近きわたつみの潮の音を聞く円柱《まろばしら》かな
春と恋力づけよと若き日のわがたましひに目くばせぞする
わが小指《をゆび》琴をたたきて歌ふらく紫摩黄金《しまわうごん》の春とこそなれ
いとくらき夢とおぼえてあやしけれ鏡の中《なか》のやつれし女
この人を知りて多くの日を経つること忘れんと思ひ立ちにき
大いなる濁れる川を赤き帆の船上りきぬ病める夜の夢
みづからの明方よりのおもひごと知れりと語るさくら草かな
やみがたき苦と楽みを一にしてある生涯《しやうがい》のあわただしけれ
罌粟《けし》咲きぬさびしき白と火の色とならべてわれを悲しくぞする
夏来ればすべて目を開《あ》く鏡見て人に勝《まさ》るとするもこれより
わが皐月《さつき》今年《ことし》児のため縫ひおろす白き衣《ころも》のここちよきかな
ほととぎす半夜《はんや》を寝ねぬわが癖のこの頃となり人に知られぬ
おかれしは泉のもとか火の中か外《よそ》よりわれの見まく欲しけれ
春の雨障子あくればわが部屋の煙草のけぶり散りまじるかな

唯の日もいけにへ者の死ぬ時に云ふべきことを思へる人ぞ

ここちよくわれよりものの流るるを恋の日に知り春の日に知る

うつくしき言葉断たずば耳貸さん鸚鵡かあらず傍《かたへ》の男

来《こ》し方《かた》のなげき未来のおそれごと皆持ちながら今をよろこぶ

身を曲げてうすくらがりの縁に居ぬ懺悔など云ふこともしてまし

恋すれば日に三度《みたび》死に三度《みたび》生《い》くこのおもむきのあわただしさよ

けふの世に歩み入りける日の初めかすかに見ゆるひなげしの花

草踏みて草履のしめるここちさへ嬉しき夏となりにけるかな

われをみてあなめでたやと云ふもあり物を知れるや物を知らぬや

秋風の吹く暮れ方にちぎれ飛ぶ雲とならまし君をわすれて

客人《まろうど》のわかき男のわらひ声《ごゑ》まじるもよしや初秋のかぜ

快く諸悪《しよあく》の渦《うづ》の鳴るを聞け我をば問ふは海を問ふなり

二つほど夏のころもを重ね著て秋来《あきく》と語るうれしきここち

わが好む小形の箱の三つ四つを恋しき人ともてあそぶ夜

夕《ゆふべ》の日はてなき磯の砂染めて悲しき風の波よりぞ吹く
やすみなきあらしの中《なか》に棲む鳥とおのれをおもふ君とあること
君は憂し千里の遠《をち》に居ながらにわれを放たず耳にもの云ふ
わが泣けば露西亜少女《ロシヤをとめ》来て肩なでぬアリヨル号の白き船室
シベリヤに流されて行く囚人の中の乙女《をとめ》が著たるくれなゐ
三千里わが恋人のかたはらに柳の絮《わた》の散る日にきたる
下に住む西班牙《スペイン》の子がピアノをば叩けば起きてくろ髪を梳く
ああ皐月仏蘭西の野は火の色す君も雛罌粟《コクリコ》われも雛罌粟
（以下七首仏蘭西西南部のツウル市にて）
雛罌粟と矢車草とそよかぜと田舎少女のしろき紗の帽
君とわれロアルの橋を渡るとき白楊の香の川風ぞ吹く
美くしき西班牙女《エスパニヨル》よとあな無礼人《なめげ》の妻をばかく呼ぶは誰
あえかなる踊子きたりわがまへに杯をあぐ灯の海の底
「ひたむきに左に走れ御者」と呼ぶ夫人の声も山の夜に好し

月さしぬロアルの河の水上《みなかみ》の夫人《マダム》ピニヨレが石の山荘

歌うたひ舞ふ少女をば壁石にわななきうつす蠟の燭かな

ましろなる孔雀の少女卓に来て君と物云ふ憎しめでたし

ひんがしのはなれ小島《をじま》に子をおきて泣く女ゆゑさむき船かな

何れぞや我がかたはらに子の無きと子のかたはらに母のあらぬと

星あまた旅の女をとりかこみ寒き息しぬ船をくだれば

僧俗のさだかに見えず讃美歌す大英国の君王の寺

黒毛帽金糸《くろげばうきんし》の紐に頤《あご》くくるわかき近衛《このゑ》に物言ひてまし

恋するや遠き国をば思へるやこのたそがれの睡蓮の花

恋するにむつかしきこと何あらん三千里さへ一人にて来《こ》し

わが思ひいとせまぐるしふるさとを離れず君と子等をはなれず

室《ま》の中に君が匂ひのただよふと酔ひ痴《し》れをれば夕となりぬ

初夏の野にひと日居ぬ君とわれ緑と黄金《きん》にかくまはれつつ

ありふれし恋ざめよりも哀れなり街の祭のあくる日の路

普請場のかこひに貼れるお納戸の広告絵などさむき朝かな

秋風は凱旋門をわらひにか泣きにか来る八つの辻より

かへりみぬシヤン・セリゼエのうづだかき並木の持てる葡萄色《えびいろ》の秋

手のひらに小雨かかると云ふことにしら玉の歯を見せてわらひぬ

唯だあるは黄金《きん》の王座と水晶の曇れる器《うつは》旅びとのわれ　（以下四首フォンテンブロウにて）

いにしへの君王《くんなう》の閨金色のまくらにかよふ秋の初かぜ

うるはしきアンリイ四世の踊場にふたり三人《みたり》の低き靴音

王宮のゴブラン織を秋の風吹けば異国の旅びとも泣く

欧羅巴《ユウロプ》の光の中《なか》を行きながら飽くこと知らで泣く女われ

子をすてて君に来りしその日より物狂ほしくなりにけるかな

わが船の著くよろこびに父母のよみがへり来《こ》ばうれしからまし

ふるさとの和泉の山を内海《うちうみ》の霧の中よりのぞくあけがた

四十日《よそか》ほど寝くたれ髪の我がありしうす水色の船室を出づ

あはれにも心もとなき遠方《をちかた》にいのちをおける汝《な》が母かへる

わかれ来し港《こ》の朝のけしきなど片はし語り涙ながるる
阿子《あこ》と云ふ草やはらかに生ひしげる園生にまろび泣寝すわれは
子を思ひ一人かへるとほめられぬ苦しきことを賞め給ふかな
今さらに我れくやしくも七人《ななたり》の子の母として品《しな》のさだまる
ああおのれ末のこの世にふさはざる火の恋をして短命に死ぬ

さくら草

紺青《こんじやう》のわがかきつばた夕ぐれを深く苦しくいたましくする
なつかしくわが閨ほどにひろごりて牡丹の花の咲ける庭かな
面白や傷のある木もその傷をまろくつつみて冬に逆らふ
自らにふさはしとして男より捨てられん日を夢みけるかな
明日にのみこがるる人は自らを今日越えて行く踏みにじり行く
ありとある悲みごとの味《あぢはひ》の皆見ゆるかなわがすなる恋
自らを罵ることとわれぼめの中《なか》にわづかに身を置ける人

悲しみと甘き味とを分きかねて皆恋と云ひ尊くぞせし
秋の昼甘しと身さへ慄ふべき木の実の欲しとふと思ふかな
秋かぜをおもふままにもなすごとき水道橋の旗ふり男
小鳥きて少女のやうに身を洗ふ木かげの秋の水だまりかな
一人居て幽暗の世の鬼かとも身の思はれぬしら梅の花
木も花も水も見えざりいろいろの顔のみ見する病める身の夢
病てふ冬を過ぐさん春の日よ花さく夏よわれを忘るな
渓あひの湯槽《ゆぶね》に聞けば大馬の駆歩のひびきを立つる夕風
わが二十《はたち》町娘にてありし日のおもかげつくる水引の花
みづからを四月尽きたる春のごと美くしくはたかなしくぞ見る
大きなる石蕗《つは》の葉ほどの雨降るとうつらうつらに思ふあけがた

朱葉集

唯だひと日長く語りしそればかり人間の世はまた後も無し

女には懺悔を聞きて更に得る病ありとは知らざりしかな
たぐひなき思はれ人と世に知られ時にはわれもさもやと見しを
懺悔して心にものの消え去ると思ふ幼き人にもあるかな
君のみが恋人なりとわれ云はる長き懺悔を聞けるしるしに
思はれて来《こ》しと云ふにも違《たが》ひたり思はれざりと云ふも違へり
さばかりにはづかしめられ侮られおとしめられて後《のち》懺悔きく
いにしへの帝王達も攀ぢにける路糸のごと山を匍ふかな
撫子の花にてありしここちしぬかの四五人の友と居しこと
小き子らお伽話の神のごと云ふうれしさよ貝がらやれば
蔵の屋根汗もにじみてうち並び海に風なしかなしふるさと
心など手にとり上げて眺めなばいかに涙のながれんわれは
なやましやきちがひつくる風ならん茴香《うゐきやう》に吹き牡丹に吹くは
身を海に投げんとしたるおもひでの何としたるやここちよく湧く
君は君おのれはおのれ君が見し初恋人もまたその如し

香木《かうぼく》の朽ちし香ひを立つるなり黒き茸《きのこ》も白ききのこも

空樽《あきだる》の中《なか》より出でし大やんま雲に入るとき夕風ぞ吹く

白き雲遠方《をちかた》ならで此処へこよ汝れも倚れかし橋のてすりに

ある男夜ふけて家に帰りしと書けば長しや桐壺よりも

ただ髪の一尺ばかり長かりき思はれしことわれに優らず

三言《みこと》ほど責めたるのちに階上へ漂ふごとく一人こしかな

源氏をば十二三にて読みしのち思はれじとぞ見つれ男を

とけ合はぬ絵の具のごとき雲ありて春の夕はものの思はる

（以下二首巴里にて明治天皇の崩御を悲みて）

さばかりのめでたき帝《みかど》いましける世もこの日よりいにしへとなる

五六人よその都に語ることあはれなりけり諒闇のひと

舞ごろも

夕ぐれの障子のそとに松鳴れば今朝わかれこし東京恋し　（以下二首茅が崎にて）

わが子等を鳥のたぐひに思ひつつこの砂山に来れよと待つ
ふさがれて流れざる水わが胸に百とせばかりあるここちする
みづからの病むことをのみ思ふ日は心安しと君に洩せし　（以下六首病床にて）
死ぬことを温泉に行き浸るごと思ふと子等に告げて笑ひぬ
死ぬことも夢のやうなることながら重ぐるしけれ恋に比べて
近き日に命の尽くと云ふことをいとおほらかに思へりわれは
風となり雲となりはた水となる自在を得べきわがいく日後《かのち》
なげくこと多かりしかど死ぬきはに子を思ふことよろづにまさる
身の中にアマリリスより紅き花咲かせて二人相見しものを
ひきがへる大事の前に片足をうしろに延べて時を窺ふ
物思ふわれに少しの関《かか》はりも無きさまするがめでたし夏は
たかだかと噴水盤を持ち上ぐるましろき童《わらは》すずしや夕
わが部屋に脚長《あしなが》の蚊の来て舞へる皐月の昼に物をこそ思へ
（以下五首飛行機に乗れる木村徳田両中尉の殉難を弔ひて）

あなと云ふ一瞬に来ぬ虚無の虚無奈落の奈落しらぬわざはひ
地に聞けばいと恐ろしきことながらかの天《あめ》近く笑みてかみさる
現身《うつそみ》のくだけて散るを飛行機のはがねの骨とひとしく語る
吾妹子と春の朝《あした》に立ちわかれ空の真昼の十二時に死ぬ
青空をかたみのはしと大らかに親も見たまへ妻も見たまへ

晶子新集

憎むにも妨げ多きここちしぬわりなき恋をしたるものかな
軽くわれ人と人との呼びかはすものと思ひし恋に今泣く
百とせに代へて悔いざる今日の日と思へる時のやや過ぎぬらし
大空は唯だ瑠璃色の壺として見る時にさへいみじきものを
人間は幸あれど或時は夜などかすかに泣かれこそすれ
恋すれば人の心を朝夕にはかるうつはとおちぶれぬわれ
後ろより来しとも前にありきとも知らぬ不思議の哀へに逢ふ

見て思ひ見ねば忘るる生物《いきもの》をとりことなして守るなりけり
鬼の面狐の面を被てあそぶ子等を廊下に吹く秋のかぜ
ふつつかに羽風鳴らすと人間の飛行《ひぎやう》を鳥も蝶も思へり
その昔逢ひつる憂さにつゆばかり似るもののなきもの足らぬかな
憎き時なつかしき時思ふかな彼またわれにことならじとぞ
もの云へば否と答へん口つきの椿の花もあはれとぞ思ふ
赤つちの椰子の実ほどのかたまりの四五日ありぬ春の門ぐち
生れたる八十《やそか》日ばかりにわが涙見て泣きし子が十五にて病む
鐘鳴りぬ神か仏かゆふ雲かかぜかそれらに君変り行く（以下四首上田敏博士を悼みて）
たぐひなく惜しと悲しきことを云ふわが言葉など飽き足らぬかな
あなかなしいみじく清きおん娘柩の前に香ひねります
わが住める天地のはし崩れ初めいかがすべきと悲めるなり
めでたしと自ら思ふ時にのみ身の健《たけ》しかし人は知らねど
はやりかに夏の風めくもの言ひをし給ふ時に覚ゆ生きがひ

秋の風兎か熊のやうにして起き上る子のつけひもを吹く

火の鳥

後の世を無しとする身もこの世にてまたあり得ざる幻を描《か》く

花一つ胸にひらきて自らを滅ぼすばかり高き香を吐く

みづからは半人半馬降るものは珊瑚の雨と碧瑠璃の雨

天人の一瞬《ひとまたたき》の間なるべしわすれはててん年ごろのこと

君とゐて愁やうやく生じたるその思出もなつかしきかな

卯月より皐月に移るおもむきを二十歳《はたち》ばかりの人は知らじな

飛ぶ車空より来しと春の日に袖振り帰る子をば思ひし

遠近《をちこち》の水のおとより夏の夜のしろく明けたる山の家かな

夕月を銀の匙かと見ておもふわが脣も知るもののごと

巴里にて虫啼かぬ夜をわびしやと思ひしことを病みておもへる

誰れ見ても恨解けしと云ひに来るをかしき夏の夕ぐれの風

長持の蓋《ふた》の上にてもの読めば倉の窓より秋かぜぞ吹く
わが愁ひ夕となればひろがりぬ日を憚れるものの如くに
母われに白きうすもの与へたる夏より知りぬ人にまさると

太陽と薔薇

みづからの寄辺なきこと太陽に似ると歎けば人咎めけり
若き日は安げなきこそをかしけれ銀河のもとに夜を明すなど
なのりそを波の中より拾ふなり身にかかはりのあるもののごと
あてやかに朽木の洞を出づるなり黒漆《こくしつ》の虫朱の甲の虫
鶏頭は憤怒の王に似たれども水にうつしてみづからを愛づ
まばらなる星を涼しと語らひぬノオトルダムの前の広場に
水の音烈しくなりて日の暮るる山のならはし秋のならはし
温室の花おく棚にしのび来て恋のごと死ぬ春の雪かな
風のごと流れ去るべき人の身にふさはぬことを数知らずする

空もいと近きところと見なされて雪の降る日はなつかしきかな

草の夢

劫初よりつくりいとなむ殿堂にわれも黄金の釘一つ打つ
王宮の氈《かも》を踏むより身の派手にわが思はるる落椿かな
何事か知らず篝火《かがり》の燃えに燃え宿の主人《あるじ》に叱らるる馬
雲湧けばただちに雨すゆとり無き若きこころの初秋の空
愁ひつつわれと豆相の温泉をめぐるに似たり鳩いろの雲
紫陽花が地に頭をば垂れたればさもせまほしくなりぬ雨の日
朝とるは少し反《そ》りたる長き櫛セエヌの橋の思はるる櫛
越の国かかる幾重の山なみの何処を裂きてわれ来りけん
霧まよふ信濃の渓を立ち出でて北海に来ぬ秋かぜとわれ
ほととぎすわれは五更の山の湯に恋の涙を洗はんとする
椿咲く島のはなしを常にしぬさま悪しき炉を憎むあまりに

いさり火は身も世も無げに瞬きぬ陸は海より悲しきものを
よそにして思ひしよりも冷たけれ沙丘の上に一人坐れば
網乾しぬ梅蘭芳《メイランファン》の軽羅より畏きものをもてなすやうに
その日より波いく返りかへりけん過去も未来も知りがたきかな
蔓草のごと知らぬ間に丈のびて子の帰りなば悲しからまし
美くしき伊豆の小島に船をやるわれ自らを覗くここちに
青雲の深くかさなるところぞと島に上ればつばき花咲く
雲ほども進まぬ馬車にわが乗りて伊豆の沼田を巡る春かな
御空よりわれを認めし星落ちぬ人の恋ほどためらはずして

流星の道

青春の唯だ一日ののちとして死につくこともやすく思はる
月出でぬ川にむかへる岩根湯の廊にはだかの人あまた立ち
東京をすこしくもれる夕月のあかりに覗くあまつかりがね

天国をもとめずやすく船がたの棺に眠る女王の木乃伊《みいら》
流星がさけびしほどのかすかなる鋭きこゑの奥山の鳥
あしがらの山ふところに流れ入る鉛の質の夕ぐれの雲
人の身にあるまじきまでたわわなる薔薇と思へどわが心地する
机なるしろき陶器《すゑもの》このなかへ落葉何しに身をおきにけん
とこしへに同じ枝には住みがたき身となりぬらし落葉と落葉
くれなゐはひとしけれども落日に比べて重き柿の葉の落つ
あはれにも瘠せし木の葉のかたはらへ濡れて桜の葉の落ちにけり
桐の葉は鼠の尾とも見ゆる尾を清らに上げて土にいこへる
冬が穿く沓かと見れば嘴《はし》太きからすなりけり落葉の林
地の上の落葉ゆたかになりぬなど見てあり老いし太陽なれば
鼓より笛のはやしにうつりたる霰ののちの初春のあめ
手綱よく締めよ左に馬おけと馬子の訓へをわれも湯に読む
山に居て港に来れば海と云ふ低き世界もうつくしきかな

瑠璃光

栄華など見も知らざるにおぼつかな捨てんと神に子の誓ふかな
われもまた天主に子をば奉る物思ひする人に似るなと
わりなくも尼君達の歌声に涙流しぬ子の死ねるごと
御堂なるもの皆いみじ仏蘭西の彼の長老のやまと言葉も
奥山の毒うつ木とて女郎花萩桔梗よりあてなるが立つ
わが思ひ及ばぬ山の起き伏しを甲斐と信濃の中に眺むる
うぐひすや富士の西湖の青くして百歳の人わが船を漕ぐ
川口の湖上の雨に傘させば息づまりきぬ恋の如くに
そこばくの隔りをおき見る水の色は雲より寂しかりけれ
人の世を浮かべる雲といひなすはなまめかしかる教へなるかな
金閣寺北山殿《きたやまどの》の林泉にいつしのびより咲ける野薔薇ぞ
こちたかる丹塗の箱の後ろより蟷螂いでぬ役者のやうに

勢ひにつかで花咲く野の百合は野の百合君は我れに従へ

語らへば夕のそらに月出でぬかるたの王の横顔をして

ひなげしと遠く異る身となりぬ松戸の丘に倚りて思へば

花園は女の遊ぶところとてわれをまねばぬ一草もなし

夏の日の未《ひつじ》の刻《こく》も涼しけれ繻子の芝草縞萱の帯

ひなげしは夢の中にて身を散らすわれは夢をば失ひて散る

天地崩《く》ゆ生命《いのち》を惜む心だに今しばしにて忘れはつべし　（以下七首震災の頃）

道行くは目ざすところのある如しうづくまる身のあはれならまし

この夜半に生き残りたる数さぐる怪しき風の人間を吹く

月もまた危き中を逃れたる一人と見えぬ都焼くる夜

誰れ見ても親はらからのここちすれ地震《なゐ》をさまりて朝に至れば

空にのみ規律のこりて日の沈み廃墟の上に月上りきぬ

露深き草の中にて粥たうぶ地震に死なざるいみじき我が子

湯の街の暗き湯小屋に夕顔の湯浴みてあらばをかしからまし

末の子も病しつるが七日してわが枕辺にめでたくも泣く（病める頃）

かくもわれ低き机によりながら恋をしながら死にて行かまし

甲斐の雨真白く打たで河原をばうす紫にぼかす寂しさ（以下三首上野原に遊びて）

水ぐるまいと華やかに夕立の中にめぐりてうぐひすぞ啼く

わが車月の光と横雨をこもごも浴びぬ山国を行き

忘れてはいかなる国の都ともわきまへ難し銀座の春も

東京の廃墟を裾に引きたればうれひに氷る富士の山かな

紫の女の襟のなかにまでしみとほりくる廃墟の寒さ

天龍の大河の芽をば見て過ぎぬ諏訪の岡谷《をかや》の町のはづれに（以下信濃の旅にて）

惑へる灯三昧にある灯もありて水は山よりなまめかしけれ

湖をおほふばかりの灯かげある山の人皆世をたのしめり

心の遠景

深山鳥あしたの虫の音に混り鳴ける方より君帰りきぬ

山の馬つなぐうしろをくぐるには惜しき我身と思ひけるかな
信濃川鷗もとより侮らず千里《せんり》の羽をつくろひて飛ぶ　(以下新潟にて)
北方《ほつぱう》の海より来たる悲しみを防げる町のはての沙丘《さきう》か
夕月を浴びて舞子の上りくる丘の旗亭のおもしろきかな
日の本は六十余州越女《えつぢよ》の美中にすぐれて風流まさる
新潟の七十二橋大海のうへに思へばあはれはかなし　(以下大黒丸にて)
近づきぬ承久の院二十にてうつりましつる大海の佐渡
近き世のコルシカの子の王すらも嶋に捨てしは恋しきものを
三日《みか》ののち佐渡を離れて帰るべき身のはばかららる真野のみささぎ　(以下四首佐渡にて)
野撫子浜なでしこと異れり都のいろの真野のなでしこ
潮《しほ》寄れば千畳敷もひと組の踊の場のみ残して濡るる
岩青し月の国なる渚ぞと船寄せたらばをかしからまし
過ぎ去れば昨日の遠し今日もまた夢の話となりぬべきかな
冬の夜に流るる星の白き尾はすこし久しく光りたるかな

巴里なる人は何とも云はば云へクリシイの辻なつかしきかな
二夜三夜ツウルの荘に寝《ぬ》るほどに盛りとなりしコクリコの花
ふるさとに続くみちとも思ふかなロアルの川の石橋の上
碧瑠璃の川の姿すいにしへの奥の太守《たいしゆ》の青根の浴槽《ゆぶね》　（以下三首青根温泉にて）
男なる烏帽子川音青麻山《あをそやま》女身《によしん》にかなふわすれずの山
青根なる大湯の中に我が倚るは昔伊達衆《だてしゆ》の倚りし石段
人の世を楽しむことに我が力少し足らずと歎かるるかな
人間の世は楽しみて生きぬべきところの如しよそに思へば
うぐひすが口動かしてありし夢語れば子等がまねぶ口つき
定朝《ぢやうてう》の御仏のごと黄金を再び胸に塗るよしもがな　（以下二首宇治にて）
胸にあり平等院の須弥壇の螺鈿のあとにくらぶべきこと
恋ごろも皮ごろもより重ければ素肌の上に一つのみ著る
ファウストが悪魔の手より得し薬われは許され神よりぞ受く
寂しやと思ひて越ゆる山の水あまたたびして灯の見え初めぬ　（以下大垂水にて）

飯田町信濃に向ふ汽車ありて虚空に鳴りぬ木枯しの音

絶えて葉の無き柳をばわが前へ何こらしめに並べたりけん　（以下二首諏訪にて）

上諏訪に今日塩尻に車やる恋もいくさもするならねども

いてふの葉とみに少くなりぬるも寂しき夢のここちこそすれ

すすきの穂かりそめと云ふおもむきに山を真白くつつむ秋かな

この人はあはれ六根清浄にして言葉のみつつしまぬかな

こちたかる魂《たましひ》などは無けれども夢見てありぬ春の野の雪

天上の夢のつづきを見る如き野辺の雪解《ゆきげ》の水だまりかな

わりなけれ野方の村の友の来て霜を語れば霜踏ままほし

夢よりもまぼろしは濃くそれよりも少しまされり仮りの恋びと

一いろの枯野の草となりにけり思ひ出ぐさもわすれな草も

白樺は皮をはがれて寒げなり大名牟遅《おほなむち》来ていたはり給へ

隣なるしろき椿の不思議をば解くすべ知らぬ紅椿かな

光無きものものめでたし黄昏の青磁のいろの群山を見よ

かがり火の燃えつつ三つの獅子舞へり津軽の秋の大農の家　（以下二首津軽にて）
田楽《でんがく》の笛ひゆうと鳴り深山に獅子の入るなる夕月夜かな
夜明くれば雑草の身にかへりゆく月見草かな鳥舎《とや》のかたはら

深林の香

宵毎に湯殿のくちへ七八歳《ななやっ》のわれを送りし星に逢ふかな
山の霧人の目に見ぬ大いなるものを追へると悲しかりけり
ひと夜寐て越の温泉に行くと云ふ若人と聞く山の雨かな
片山津まだ灯ともさずおぼつかな安宅の関をさすにあらねど
初嶋も都の方も曇る日の伊豆の温泉に散るさくらかな
花かをり海のむらさき暮れて行く夕に人は浴《ゆあ》みこそすれ
連翹のしだり尾ながしあけぼのの風を踏みたる身がまへにして
谷谷《やつやつ》の煙霞の端に過ぎぬなり春ははかなき鎌倉の海
皐月よし野山の若葉ひかり満ち末も終りも無き世のやうに

人来り花の外には松ばかり立つとおもひし山寺に舞ふ
むさし野に都の灯をば見るよりもやや近き灯を川の隔つる
船入りぬ利根の潮来の加藤洲の椿のなかに巣もあるやうに
百羽ほど覆面をして近づけるすずめを見たり急行列車
為朝の鬼のやつこのするやうに嶋の瓜などまゐるものかな
八丈の底土《そこと》の浜に瓜食みて知りぬ配所のこころ安さも
保元に嶋の王をば見し以来得しはさびしき五百の流人《るにん》
八丈の嶋にをはりてふるさとを見ざりし人の塚石の苔
流人帖紺紙に書ける金泥の経ほど娑婆をいとはしめてき
子が乗れるはしけ傾く八百よろづ神まさばとて安かるべしや

緑階春雨

軽井沢五歩十歩してかへりみぬ後ろに残る昔ならねど　（以下軽井沢にて）
二更なり越後がよひの汽車の行くあたりの空の赤ばめる山

山の人浅間の灰に傘くれぬ草より勝る身のごとしわれ
われ立ちて海の若さに逢ひなまし阿波の鳴門の観潮の台　（阿波詠草）
なほいまだ人に隠れてゐたまふやむら山見えて白峰あらず　（讃岐詠草）
風立てば錦の如しをさまれば螺鈿《らでん》のごとし一本ざくら
霧積《きりづみ》の泡盛草《あわもりさう》のおもかげの見ゆれどすでにうら枯れぬらん

冬柏亭集

山の星榛の裸の木にかかり白藤のごと垂れて咲くかな　（以下伊香保にて）
温泉の湯ぐちの熱に劣りたる山の火鉢よ炭つげば尽く
霞立ち海の大嶋見がたけれ鯨ならねばとどまらめども　（以下熱海より箱根に通ひて）
箱王が荒法師にはならずして十八歳《じふはつさい》のはかを置くやま
山ざくら牧の役所のくちに立ち物云ひ入るる九人《ここのたり》かな　（以下三里塚に遊びて）
山ざくら静かなれどもなほ歌舞の国に隣りて咲くここちする
四方《しはう》より桜のしろき光さす総《ふさ》の御牧《みまき》のあさぼらけかな

梢より桜の散るをたとふれば芝生に及ぶうすものの幕
下総の印旛の沼に添ふ駅へ汽車の入る時ちるさくらかな
波よけの帆布《ほぬの》の下にうかがへば草みどりしぬ島の元村《もとむら》　（以下大島遊草）
かたくなに島を守るとたつ波をいかに鎮めて寄らん艀舟《はしけ》ぞ
口取《くちとり》に駱駝こたへていななけり胡《こ》の男ぞと思へるならん
六尺の鮪《まぐろ》の箱に釘するはなにならねども胸さわぐかな
船人は煙雨《えんう》を押すが如く漕ぎ波浮みなとやの傘一つ乗る
佐野浜の風のなかにて僕《しもべ》告ぐ利島《としま》のまへに龍巻おこる
わが轎《けう》をととひ負ひし駱駝出で港に啼かば哀れならまし
紫の一いろの富士日落つれど七宝《しつぽう》のごと雲ならぶそら　（以下三津遊草）
月昇りはた雲に入る山房《さんばう》に来らんとして止みたる如く

山のしづく

ふつつかに雲の峰ほど大きなる渓の岩より雫降るかな　（以下川原湯温泉にて）

山の川白く濁りて走る善しはやぶる神によこしまもなし
吾妻《あがつま》の八場《やんば》の橋に見る時は水も音ある雲とこそおもへ
楼のもと杉のかしらと並べるは湯沢の宿《しゆく》の三百戸ほど　（以下二首湯沢温泉にて）
北海へ越の雪解のにごり川おもむく音を聞く湯沢かな
たひらかに紋のみ波の描けるなり灘の入江の満潮《みちしほ》の時
静かなり若葉の樟の緑の火燃ゆる音などあらばあるべし

草と月光

阿蘇の神この日は霧を御姿にしたまふ如し猛《たけ》かる霧よ　（以下阿蘇にて）
阿蘇の霧獅子歩み入る如くして来れば震ひぬ甘酒の茶屋
山荘に眺めて伊豆の二郡のみいただく月のここちこそすれ　（伊豆にて）
ひよ鳥がついばむ柑子悲しけれ心肝《こころぎも》などあるならねども　（以下蓬が平の真珠庵を訪ひて）
山荘の若き夫人の櫛笥《くしげ》にもあるべかりける伊豆の初島
無残《むざん》にも鉛のごとし初島を朝のひかりのかへりみぬかな

湖の岸をつつめる落葉松に伏して覗ける秋のともしび　（以下六首裾野に遊ぶ）
たそがれて後に怪しく白らけ行く富士の麓の山中の湖《うみ》
船浮かず雲のみ波に触れて行く甲斐の奥なる山のみづうみ
山松が湖水と雲を抑へたる窓のうちにて旅ごろも解く
悲しくも雲の万里をゆきかふにならふよしなき人の別れぞ
立ち別れ岬に見ればわが友の船瘦せて行くここちこそすれ
鷺の巣よかかるもの我れも捨て雲に帰らん時の近づく
鎌倉の薄《すすき》の山の夕かぜに逢ひてふためく軽羅のころも
江の島に秋の灯点《とも》りかたつ方《かた》鎌倉山にいなづまぞする
もり刺さん勇魚《いさな》の十が一ほどの小舟を荒き海の雨突く
北斗の座三分は見えず伊豆の山十一月の銀河ながるる
時を経ぬ天城の鹿を座に敷きて下田通ひの車行く見て
横穴は何に掘れるぞ山荘のあるじ云へらくわが酒を置く

白桜集

疎花

正忠《まさただ》が宿酔を得し酒の名も忘るる友となりにけるかな
友を皆渡り鳥とは思はねど同じ夕に見る三人かな
正忠《まさただ》を恋の猛者《もさ》ぞと友の云ふ戒むることそのかすごと
紅梅は枝より枝に飛び移る遊びもすべきここちこそすれ

鎌倉

土器《かはらけ》へ雪解《ゆきげ》の水の落つるほど神巫《はふり》の給ふ正月の御酒《みき》
鎌倉の幕府なきのち正月にもろ人まゐる鶴が岡かな

熱海

拝殿の百歩の地にて末の世は油煙《ゆえん》を上ぐる甘栗《あまぐり》の鍋

寝園

雨暗し棄てたる靴のここちして嶋傷ましく海に在るかな

筆硯煙草を子等は棺に入る名のりがたかり我れを愛できと

睡げにも目を閉ぢたりし後なれば醒むべき君に云ふこと積る

万物の栄枯を知らぬ身のやうにわれ一人をば歎かれぞする

亡き人の古き消息人見せぬ多少は恋にわたりたる文

越より出羽へ

われ一人寺泊より流されん身となるもよし君生きたらば（以下寺泊にて）

良寛が字に似る雨と見てあればよさのひろしと云ふ仮名も書く

白樺抄

君がためまたも信濃に山岳《さんがく》の寿をうらやみて起き臥しぞする

高山の雲を吸ふこと他の草に過ぎて怪しくなれる獅子独活《ししうど》

露華数種

おぼろにも冷たき雨に濡れながら初島のありいはば奥津城

いかならん今も君をば山荘の大燭台の照らし出ださば

星

冬の夜の星君なりき一つをば云ふにはあらずことごとく皆
星は皆子安の貝に変るとも君の帰らば嬉しからまし

満耳潮音

忽ちに明治三十四五年の世の帰り来て不覚《ふかく》にも泣く　（蒲原有明先生に逢ふ）
ゆるやかに落花舞ふなり静岡の浮月《ふげつ》の池は紫にして

白梅

休みなくこの一とせを悲しみて我が業報の終るにあらず
白梅も冬柏院もおのれをも抱き給へる御仏ならん
かまくらの梅の咲く日に名香《みやうかう》を今は仏の君が為め焚く

晩春行

危さの我れに劣らぬ木の残り一本松が島の名となる
小島立ち三つに切りたる外海の青貝色に晴れし朝かな

霧閣雲窓章

草花《さうくわ》など子の採りにこん武庫山の路に涙を流さずもがな　（以下六甲山にて）

大阪の煙霞《えんか》およばず中空に金剛山のうかぶ初夏
狭霧より灘住吉の灯を求めもとめがたきは求めざるかな
君に似ず命《いのち》のあれば武庫の山梯雲荘の炉にもわれ倚る
朝の霧鹿の皮よりやはらかに家を包むと知りつつぞ寝《ぬ》る
鞍馬寺木の芽を添へて賜はりぬ朝がれひにも夕がれひにも　（以下鞍馬にて）
貫主《くわんす》の室《ま》沙門簀の子にうづくまり大樹の枝に小雀女《こがらめ》の鳴く
君のなほありと自ら欺きて鞍馬にあるは罪障ならん
一度は汽笛のやうに悲しみを吹かしめよとも願ふ初夏

仏燈に近く

如意輪の常燈として禅師置く清《しん》の旗艦の丁氏のランプ　（鉄舟寺にて）
姥懐山七月八日涼しくて雨気の籠めたるうばのふところ　（以下奥山方広寺にて）
西すれば三河に入るがごと長く北は木曾路に入る如き廊
大禅師合掌をして受けたまふ粥座《ひつざ》に我れも加はれるかな　（粥座は朝食）
迎ふべき居士の宿所を襷して浄めたまへる方広寺衆

名を聞きて王朝の貴女ときめきし引佐細江も気賀の町裏（以下浜名湖にて）

さわやかに水はるかなり遠江浜名の湖《うみ》の夏の夕ぐれ

初めより湖上に見れば弦月も斜めに歩むものならぬかな

中部山岳抄

連山は年月経ても欠くるものあらずと一人歎げかるるかな（白保根温泉にて）

常念よ久しく何を念ずるぞ無《む》は有《う》に変ることなきものを

初秋や仄かに中部山岳の浮べる空のなつかしきかな

秋景軽井沢

多磨の野の幽室《いうしつ》に君横たはりわれは信濃を悲みて行く

信濃にて旅の初めの覚悟には戻る涙の零れこそすれ

色づきて今は一草一木《いつさういちぼく》も蔑《なみ》すべからず北の信州

もみぢしぬ北の信濃の亡き人の曾遊の林、高原、峠

今あらば君が片頰も染めぬべく山荘の炉の火の燃ゆる時

房州にはるけく見ても君ありき近く仰げどかひなし浅間

その広葉頬はしとも云ふやうに落とせる朴も悲きならん

羽衣抄

大いなる駿河の上を春の日が緩く行くこそめでたかりけれ　(日本平にて)
長閑《のどか》なり衆生済度の誓ひなどもたぬ仏にならんとすらん　(鉄舟寺にて)

江山雪賦

我が旅の寂しきこともいにしへもわれは云はねど踏む雪の泣く　(長岡に遊びて)

病む

いづくへか帰る日近きここちしてこの世のもののなつかしきころ

千曲川

段《きだ》の田は羅馬《ロオマ》が残す桟敷などものの数にもあらずめでたし

江楼夢

伊豆の宿十年前のこと多く云ふ番頭も岸打つ波も

五月雨抄

霧うごき蛍となりてさまよへり山頂の灯も川岸の灯も

白龍を名に負へれども目に見るは女の文の一行の瀧
山の瀧水おしろいの色をして若葉をくぐる雨のあくる日
瀧茶屋の木の下闇にあぢきなく潮のごとき渓の音聞く
山路来て衣更へつつ思へるはなにがし瀧の白繻子の帯

南豆詠草

今井浜君を見がたし思へらく冥府《よみ》に追ふともまたあらざらん
奈良朝に伊豆を遠流《をんる》の国とせしいはれを思ふうす月のもと
武が浜一時にして月滅《めつ》し海の雨降る我が世のやうに

続湯ケ原抄

山山は陰にある時美くしく一木一木は然らざるかな
我が重き病ののちの七月も暑気にやつれず思ひに疲る

山国を行く

咲く時をたがへし山の新しき黄萱《きすげ》は折りて我が室に置く
花草の山を行きつつ他事《たじ》ながら君が柩の思はれぞする

火の事のありて古りたる衣《ころも》著け一茶《いつさ》の住みし土ぐらの秋

島島を行く

亡き人の興がりしことして遊ぶ岩つたふなど恐しけれど
海人少女《あまをとめ》海馬《かいば》めかしき若人も足附の湯に月仰ぐらん

早潮晩潮

夕の灯一つ一つが我が友の去りつることを云ふけしきする

雪と春水

この頃は病の休むひまありて哀れを多く知る時まさる
めでたくも箱根の夜半の空にあり梅花《ばいくわ》の星と白蘭《びやくらん》の星
箱根行く有明の月限りある光なれども水にさしつつ

沙上の夢

山の鐘君にゆかりの人撞きてそののち寒し禅堂のうち
鎌倉の寺梅白しわがために紅かりぬとも悲しきものを
鵠沼はひろく豊かに松林伏し春の海下にとどろく

鵠沼の花もあらざる満目の松の間にうぐひすぞ啼く

花のある風景

天地のさかひを緩《ゆる》く合せたり海の霞と山ざくら花
暗き夜の龍門峡の水の音百尺うへに悲しみて聞く

野州花

ありとある白樺の木の飛ぶやうに雲の動ける男体の山
歌が浜霧密にして危しと船を人云ひ鳴く千鳥かな
霧の夜に灯の屛風をば橋本屋大阪屋など立つる山かな

比企の渓

鳥よりも大きなる蛾に変るべき心をもてる栗の花かな

天城の道

この外に天城の道のあらざれば我れいにしへを負ひつつぞ行く
水亭は清き円石いくつ据う御仏などの来ても坐すべく
眉白き長者の相《さう》もうつつには見がたき君となりにけるかな （秋骨先生を悲しむ）

秋風

羽変へする孔雀な見そと園丁の云ふなりわれも籠りてあらん

裏山を刈る萩も刈る大鎌の五尺の柄とる人現れて

伊香保遊草

十月に見るわれもかううら悲し無期《むご》に残らん血の痕のごと

いにしへの中仙道《なかせんだう》のうら道の榛名の奥の榛原《はりはら》の道

時雨降る越後ざかひの山の消え吾嬬《あがつま》の山その次ぎに消え

初めより命と云へる悩ましきものを持たざる霧の消え行く

奥上州

紅葉して何れの山も自らを恃むけしきの美くしきかな

極月海景

少女子の二つの指に弾くべし日曜の夜の伊豆の湯の星

積陰開かず

依水荘ほととぎすをば君と聞き落花に歎き今霜に病む

白華抄

網倉の隅の古網人ならば寂しからまし我がたぐひかは
雪白き富士に向ひて薬飲む延寿の術を知るやうにわれ

残花行

書《ふみ》に見き妻を失ひ身の病みて公信卿の有馬に行くと
鞍馬山歌の石とは知りながら君仮初めに住むここちする
上人と故人の歌の碑と我れと心の通ふ春の夕ぐれ

病を依水荘に養ふ

都留郡巌の村の古岩に据ゑたる家の秋のはつ風
或る時は霧を拭ひて見まほしき桂の川と思はるるかな
山の花それとはかなき言づてを貞子に託す多磨のおくつき
友帰り金剛峰寺の西門の入日にわれをよそへずもがな
正月に知れる限りの唱歌せし信濃の童女秋も来よかし

詩篇

つみびと

わかきをよびてつみ人と
君よび給ふつみ人が
五つのゆびはふるる緒に
ものの音《ね》をひくちからあり

とけては朝のみづうみに
むらさきながすわが髪や
みだれてもゆるくちびるは
ここにまた見る花のいろ

君よ火かげにすかし見よ
君がぬかづく神いづこ
寺に古りたるしらかべの
声なき画《ゑ》とは何れぞや

かくもいみじきつみ人の
ふるさとこそは君しるや
はたまた美《よき》をつみ人と
名づくる国へつれこしや誰

君死にたまふことなかれ

旅順口包囲軍の中に在る弟を歎きて

あゝをとうとよ、君を泣く、
君死にたまふことなかれ、
末に生れし君なれば

親のなさけはまさりしも、
親は刃《やいば》をにぎらせて
人を殺せとをしへしや、
人を殺して死ねよとて
二十四までをそだてしや。

堺《さかひ》の街のあきびとの
旧家をほこるあるじにて
親の名を継ぐ君なれば、
君死にたまふことなかれ、
旅順の城はほろぶとも、
ほろびずとても、何事ぞ、
君は知らじな、あきびとの
家のおきてに無かりけり。

君死にたまふことなかれ、
すめらみことは、戦ひに

おほみづからは出でまさね、
かたみに人の血を流し、
獣《けもの》の道に死ねよとは、
死ぬるを人のほまれとは、
大みこゝろの深ければ
もとよりいかで思《おぼ》されむ。

あゝをとうとよ、戦ひに
君死にたまふことなかれ、
すぎにし秋を父ぎみに
おくれたまへる母ぎみは、
なげきの中に、いたましく
わが子を召され、家を守《も》り、
安《やす》しと聞ける大御代も
母のしら髪《が》はまさりぬる。
暖簾《のれん》のかげに伏して泣く

あえかにわかき新妻を、
君わするるや、思へるや、
十月《とつき》も添はでわかれたる
少女ごころを思ひみよ、
この世ひとりの君ならで
あゝまた誰をたのむべき、
君死にたまふことなかれ。

親の家

目にこそ浮べ、ふるさとの
堺の街の角の家
帳場づくゑと、水いろの
電気のほやのかがやきと、
店のあちこち積み箱の
かげに居睡る二三人。

この時黒き暖簾《のれん》より
衣《きぬ》ずれもせぬ忍び足
かいま見すなる中《なか》の間《ま》の
なでしこ色の帯のぬし、
あなうら若きわが影は
そとのみ消えて奥《あう》寄りぬ

ほとつく息はいと苦し、
はたいと熱し、さはいへど
ふた親いますわが家を
捨てむとすなる前の宵
しづかに更くる刻々の
時計の音ぞ凍りたる。

一番頭と父母と
茶ばなしするを安しと見、
こなたの隅にわが影は

親をすつると恋すると
繋き思をする我を
あはれと歎き涙しぬ。

よよとし泣けば鈴《ベル》鳴りぬ、
電話の室のくらがりに
つとわが影は馳せ入りて
茶の間を見つゝ受話器とる。
すてむとすなるふるさとの
和泉なまりの聞きをさめ。

人の声とは聞きしかど、
ただわがための忘れぬ日
楽しき日のみ作るとて、
なにの用とも誰ぞとも
知らず終りき。明日の日は
長久《とは》に帰らぬ親の家。

男の胸

名工のきたへし刀
一尺に満たぬ短き
するどさをわれは思ひぬ。
ある時は異国人《とつくにびと》の
三角の尖《さき》ある刀《めす》を
われ得まくせちに願ひぬ。
いと憎き男の胸に
鋭《と》き白刃あてなむ刹那、
たらたらとわが袖にさへ、
指にさへ、ちるべき紅き
血を思ひ、われほくそゑみ、
こころよく身さへ震《ふる》ふよ。
その時か、憎き男の
云ひがたき心ゆるさめ。
しかは云へ、突かむとすなる

その胸に夜としなれば
額《ぬか》あてていとうら安《やす》の
夢に入る人もわれなり。
男はた、いとしとばかり
その胸にわれかき抱き
眠ることいまだ忘れず
その胸を今日は貸さずと
たはぶれに云ふことあらば、
われいかにわびしからまし。

山の動く日

山の動く日来《きた》る、
かく云へど人われを信ぜじ。
山は姑《しばら》く眠りしのみ、
その昔彼等皆火に燃えて動きしものを。
されど、そは信ぜずともよし、

人よ、あゝ、唯これを信ぜよ、
すべて眠りし女今ぞ目覚めて動くなる。

剃刀

青く、且つ白く、
剃刀《かみそり》の刃のこころよきかな。
暑き草いきれにきりぎりす啼《な》き、
ハモニカを近所の下宿にて吹くは懶《ものう》けれども、
わが油じみし櫛笥《くしげ》の底をかき探れば、
陸奥紙《みちのくがみ》に包まれし細身の剃刀こそ出づるなれ。

女

「鞭《むち》を忘るな」と
ヅアラツストラは云ひけり。
女こそ牛なれ、また羊なれ、

附け足して我ぞ云はまし、

「野に放てよ。」

我　歌

わが歌の短ければ、
言葉を省くと人おもへり。
わが歌に省くべきもの無し、
また何を附け足さん。
わが心は魚《うを》ならねば鰓《えら》を有《も》たず、
ただ一息《ひといき》にこそ一切を歌ふなれ。

読　後

晶子、ヅアラツストラを一日一夜に読み終り、
その暁、ほつれし髪を掻上げて呟《つぶや》きぬ、
『辞《ことば》の過ぎたるかな』と。

しかも、晶子の動悸は羅《うすもの》を透して慄《ふる》へ、
その全身の汗は産《さん》の夜《よ》の如くなりき。

さて十日《とをか》経たり。
晶子は青ざめて胃弱の人の如く、
この十日、良人《をっと》と多く語らず、我子等を抱かず。
晶子の幻に見るは、ヅアラツストラの
黒き巨像の上げたる右の手なり。

或国

堅苦しく、うはべの律儀を喜ぶ国、
しかも、かるはづみなる移り気の国、
支那人ほどの根気なくて、浅く利己主義なる国、
阿米利加《アメリカ》の富なくて阿米利加化する国、
疑惑と戦慄とを感ぜざる国、
男みな脊を屈《かが》めて宿命論者となり行く国、

めでたく、うら安く万万歳の国。

アウギュストの一撃

二歳《ふたつ》になる可愛いアウギュストよ、
おまへのために書いて置く、
おまへが今日はじめて
おまへの母の頰《ほ》を打つたことを。
それはおまへの命の
他に勝たうとする力が——
純粋な征服の力が
怒りの形と
痙攣の発作とになつて
電火のやうに閃《ひら》めいたのだよ。
おまへは何も意識して居なかつたであらう、
そして直ぐに忘れてしまつたであらう、
けれど母は驚いた、

またしみじみと嬉しかつた。
おまへは、他日、一人の男として、
昂然とみづから立つことが出来る、
清く雄々しく立つことが出来る、
また思ひ切り人と自然を愛することが出来る、
(征服の力の中枢は愛である、)
また疑惑と、苦痛と、死と、
嫉妬と、卑劣と、嘲罵と、
圧制と、曲学と、因襲と、
暴富と、人爵とに打克《か》つことが出来る。
それだ、その純粋な一撃だ、
それがおまへの生涯の全部だ。
わたしはおまへの掌《てのひら》が
獅子の児のやうに打つた
鋭い一撃の痛さの下《もと》で
かう云ふ白金の予感を覚えて嬉しかつた。
そして同時に、おまへと共通の力が

母自身にも潜んで居るのを感じて、
わたしはおまへの打つた頰《ほ》も
打たない頰までも熱くなつた。
おまへは何も意識して居なかつたであらう、
そして直ぐに忘れてしまつたであらう、
けれど、おまへが大人になつて、
思想する時にも、働く時にも、
恋する時にも、戦ふ時にも、
これを取り出してお読み。
二歳《ふたつ》になる可愛いいアウギュストよ、
おまへのために書いて置く、
おまへが今日はじめて
おまへの母の頰を打つたことを。

猶、かはいいアウギュストよ、
おまへは母の胎に居て
欧羅巴《ヨウロツパ》を観てあるいたんだよ。

母と一所《いつしよ》にしたその旅の記憶を
おまへの成人するにつれて
おまへの睿智《えいち》が思ひ出すであらう。
ミケル・アンゼロやロダンのしたことも、
ナポレオンやパスツウルのしたことも、
それだ、その純粋な一撃だ、
その猛猛しい恍惚の一撃だ。

（一九一四年十一月二十日）

駄獣の群

あはれ、此国の
怖るべく且つ醜き
議会の心理を知らずして、
衆議院の建物を見上ぐる勿れ。
禍《わざはひ》なるかな、
此処に入る者は悉《ことごと》く変性す。

たとへば悪貨の多き国に入れば
大英国の金貨も
七日《なぬか》にて鑢《やすり》に削り取られ
其正しき目方を減ずる如く、
一たび此門を跨《また》げば、
良心と、徳と、
理性との平衡《へいかう》を失はずして、
人は此処に在り難し。
見よ、此処は最も無智なる、
最も敗徳なる、
はた最も卑劣無作法なる
野人本位を以て
人の価値を
最も粗悪に平均する処なり。
此処に在る者は
民衆を代表せずして
私党を樹《た》て、

人類の愛を思はずして
動物的利己を計り、
公論の代りに
私語と怒号と罵声とを交換す。
此処にして彼等の勝つは
固《もと》より正義にも、聡明にも、
大胆にも、雄弁にもあらず、
唯だ彼等互に
阿附《あふ》し、模倣し、
妥協し、屈従して、
政権と黄金とを荷ふ
多数の駄獣《だじう》と
みづから変性するにあり。
彼等を選挙したるは誰か、
彼等を寛容しつつあるは誰か。
此国の憲法は
彼等を逐《お》ふ力無し、

まして選挙権なき
われわれ大多数の
貧しき平民の力にては……
かくしつつ、年毎《としごと》に、
われわれの正義と愛、
われわれの血と汗、
われわれの自由と幸福は
最も臭く醜き
彼等駄獣の群に
寝藁《ねわら》の如く踏みにじらる………

三等局集配人　（押韻）

わたしは貧しき生れ、
小学を出て、今年十八。
田舎の局に雇はれ、
一日に五ケ村を受持ち、

集配をして身は疲れ、

暮れて帰れば、母と子と
さびしい膳のさし向ひ、
蜆《しじみ》の汁で、そそくさと
済ませば、何の話も無い。
たのしみは湯へ行くこと。

湯で聞けば、百姓の兄《あに》さ、
皆読んで来て善くする、
大衆文学の噂。
わたくしは唯だ知つてゐる、
その円本を配る重さ。

湯が両方の足に沁む。
垢と土とで濁された
底でしばらく其れを揉む。

ああ此足が明日もまた
桑の間の路を踏む。

この月も二十日《はつか》になる。
すこしの楽も無い、
もう大きな雑誌が来る。
やりきれない、やりきれない、
休めば日給が引かれる。

小説家がうらやましい、
菊池寛も人なれ、
こんな稼業は知るまい。
わたしは人の端くれ、
一日八十銭の集配。

ひらきぶみ

君
事なく着きし電報はすぐ打たせ候ひしかど、この文は二日おくれ候。光《ひかる》おばあ様を見覚え居り候筈なく、あたり皆顔知らぬ人々のみなれば、私の膝はなれず、ともすればおとうさんおとうさんと申して帰りたがりむづかり候に、わが里ながら父なくなりて弟留守にては気をおかれ、筆親み難かりしをおゆるし下されたく候。
こちら母思ひしよりはやつれ居給はず、君が斯く帰し給ひしみなさけを大喜び致し、皆の者に誇りをり候。おせいさんは少しならず思ひくづをれ候すがたしるく、わかき人をおきて出でし旅順の弟の、たび〳〵帰りて慰めくれと申しこし候は、母よりも第一にこの新妻の上と、私見るから涙さしぐみ候。弟、私へはあのやうにしげ〳〵申し参りしに、宅へはこの人へも母へも余り文おくらぬ様子に候。思へば弟の心ひとしほあはれに候て。

おん礼を忘れ候。あの晩あの雨に品川まで送らせまつり、お帰りの時刻には吹きぶり一層加り候やうなりしに、殊にうすら寒き夜を、どうして渋谷まで着き給ひし事かと案じ〳〵致し候ひし。窓にお顔見せてプラットホームに立ち居給ひし父様の俄に見えず成り給ひしに、光不安な不思議な顔して外のみ眺め、気を替へさせむと末《すゑ》さま〴〵すかし候へど、金ととの話も水ぐるまの唱歌も耳にとめず、この小き児の胸知らぬ汽車は瞬く内に平沼へ着き候時、そこの人ごみの中にも父さま居給ふやと、ガラス戸あけよと指さしして戸に頭つけ候に、そとに立ち居し西洋婦人の若きが認めて、帽に花多き顔つと映し、物云ひかけてそやし候思ひがけなさに、危く下に落つる計りに泣きころげ来り候。その駭《おどろ》きに父さまの事は忘れたらしく候へば、箱根へかゝり候まで泣きいぢれて、よう寐て居り候秀《しげる》を起しなど致し候へば、又去年の旅のやうに虫を出だし候てはと、呑まさぬ筈の私の乳啣ませ、やつとの事に寐かせ候ひしに、近江のはづれまで不覚に眠り候て、案ぜしよりは二人の児は楽に候ひしが、私は末と三人を護りて少しもまどろまれず、大阪に着きて迎への者の姿見てほつと安心致し候時、身も心も海に流れ候人のやうに疲れを一時に覚え候。

車中にて何心なく太陽を読み候に、君はもう今頃御知りなされしなるべし、桂月様の御評のりをり候に驚き候。私風情のなま〳〵に作り候物にまでお眼お通し下され候こと、忝きよりは先づ耻しさに顔紅くなり候。勿体なきことに存じ候。さは云へ出征致し候弟、一人の弟の留守見舞に百三十里を帰りて、母なだめたし弟の嫁ちからづけたしとのみに都を離れ候身には、この御評一も二もなく服しかね候。あれは歌に候。私が弟への手紙のはしに書きつけやり候歌、なになれば悪ろく候にや。物堅き家の両この国に生れ候私は、私等は、この国を愛で候こと誰にか劣り候べき。御上の御用に自分親は私に何をか教へ候ひし。堺の街にて亡き父ほど天子様を思ひ、御上の御用に自分を忘れし商家のあるじは無かりしに候。弟が宅へは手紙ださぬ心づよさにも、亡き父のおもかげ思はれ候。まして九つより栄華や源氏手にのみ致し候少女は、大きく成りてもます〳〵王朝の御代なつかしく、下様《しもざま》の下司ばり候ことのみ綴り候今時の読物をあさましと思ひ候ほどなれば、平民新聞とやらの人達の御議論などひと言ききて身ぶるひ致し候。さればとて少女と申す者誰も戦争《いくさ》ぎらひに候。御国のために止むを得ぬ事と承りて、さらばこのいくさ勝てと祈り、勝ちて早く済めと祈り、はた今の久しきわびずまひに、春以来君にめりやすのしやつ一枚買ひまゐらせたきも我慢して頂き居り候程のなかより、私等が及ぶだけのことをこのいくさにどれほど致しをり候か、人様に申すべきに候はねど、村の者ぞ知り居り候べき。提灯行列のためのみには君ことわり給ひつれど、その他のことはこの和泉の家の恤兵《じゆつぺい》の百金にも当り候はずや。馬車きらびやかに御者馬丁に先き追はせて、赤十字社への路に、うちの末が致してもよき程の手わざ、聞えはおどろしき繃帯巻を、立派な令夫人がなされ候やうのおん真似は、あなかしこ私などの知らぬこと願はぬことながら、私の、私共のこの国びととしての務は、精一杯致しをり候積り、先日××様仰せられ候、筆とりてひとかどのこと論ずる仲間ほど世の中の義捐など云ふ事に冷かなりと候ひし嘲りは、私ひそかにわれらに係はりなきやうの心地致しても聞き居り候ひき。

君知ろしめす如し、弟は召されて勇ましく彼地へ参り候、万一の時の後の事などもけなげに申して行き候。此頃新聞に見え候勇士々々が勇士に候はば、私のいとしき弟も疑なき勇士にて候べし。さりながら亡き父は、末の男の子に、なさけ知らぬけものの如き人に成れ、人を殺せ、死ぬるやうなる所へ行くを好めとは教へず候ひき。学校に入り歌俳句も作り候を許され候わが弟は、あのやうにしげ〳〵妻のこと母のこと身ごもり候児のこと、君と私との事ども案じこし候。かやうに人間の心もち候弟に、女の私、今の戦争唱歌にあり候やうのこと歌はれ候べきや。

私が「君死に給ふこと勿れ」と歌ひ候こと、桂月様太相危険なる思想と仰せられ候へど、当節のやうに死ねよ〳〵と申し候こと、又なにごとにも忠君愛国などの文字や、畏おほき教育御勅語などを引きて論ずることの流行は、この方却て危険と申すものに候はずや。私よくは存ぜぬことながら、私の好きな王朝の書きもの今に残り居り候なかには、かやうに人を死ねと申すことも、畏おほく勿体なきことかまはずに書きちらしたる文章も見あたらぬやう心得候、いくさのこと多く書きたる源平時代の御本にも、さやうのことはあるまじく、いかがや。

歌は歌に候。歌よみならひ候からには、私どうぞ後の人に笑はれぬ、まことの心を歌ひおきたく候。まことの心うたはぬ歌に、何のねうちか候べき。まことの歌や文や作らぬ人に、何の見どころか候べき。長き〳〵年月《としつき》の後まで動かぬかはらぬまことのなさけ、まことの道理に私あこがれ候心もち居るかと思ひ候。この心を歌にて述べ候ことは、桂月様お許し下されたく候。桂月様は弟御様おありなさらぬかも存ぜず候へど、弟御様は無くとも、新橋渋谷などの汽車の出で候ところに、軍隊の立ち候日、一時間お立ちなされ候はば、見送の親兄弟や友達親類が、行く子の手を握り候て、口々に「無事で帰れ、気を附けよ」と申し、大ごゑに「万歳」とも申し候こと、御眼と御耳とに必ずとまり給ふべく候。渋谷のステーションにては、巡査も神主様も村長様も宅の光までも斯く申し候。かく申し候は悪ろく候や。私思ひ候に、「無事で帰れ、気を附けよ、「万歳」と申し候は、やがて私のつたなき歌の「君死に給ふこと勿れ」と申すことにて候はずや。彼れもまことの声、これもまことの声、私はまことの心をまことの声に出だし候とより外に、歌のよみかた心得ず候。

私十一ばかりにて鷗外様のしがらみ草紙、星川様と申す方の何やら評論など分らずながら読みならひ、十三四にてめざまし草、文学界など買はせ居り候頃、兄もまだ大学を出でぬ頃にて、兄より帝国文学といふ雑誌新たに出でたりとて、折々送つて貰ひ候うちに、雨江様桂月様今お一人の新体詩その雑誌に出ではじめ、初めて私藤村様の外に詩をなされ候方沢山日本におありと知りしに候。その頃からの詩人にておはし候桂月様、なにとて曾孫《ひまご》のやうなる私すらおぼろげに知り候歌と眼の前の事との区別を、桂月様どう遊ばし候にや。日頃年頃桂月様をおぢい様のやうに敬ひ候私、これはちと不思議に存じ候。

なほ桂月様私の新体詩まがひのものを、つたなし〳〵、柄になきことすなと御深切にお叱り下され候ことかたじけなく思ひ候。これは私のとがにあらず、君のいつも〳〵長きもの作れと勧め給ふよりの事に候。しかし又私考へ候に、私の作り候もの、見苦しきは仰せられずとものこと、桂月様をおぢい様、私を曾孫と致し候へば、御立派な新体詩のお出来なされ候桂月様は博士、やう〳〵この頃君に教へて頂きて新体詩まがひを試み候私は幼稚園の生徒にて候。幼稚園にてかたなりのまゝに止め候はむこと、心外なやうにも思ひ候。

かやうなること思ひつゞけて、東海道の汽車は大阪まで乗り通し候ひき。光今夜はよく眠り候へば、うつかり長きこと書きつらね候かな、時計は朝の壱時を打ち候に。君も今頃は筆おき給ふ頃、坊達が居らで静なる夜に何の夢か見給ふらむ。今日父の墓へまゐり候。去年のこの頃しのび候て、お寺の廊の柱にしばらく泣き申し候。

光は末が負ひて竹村の姉の許へ、天神様の鳩を見になど行き候。かしこに猿もあり、猿は行儀わろきもの故見すなと云ひきかせ候。おばあ様は秀を頬ずりし給ひ、もう今から、帰つたあとでこの児が一番心にかゝるべしと申され候。光は少しもこゝの人達に馴れず、又しては父さんへのん〳〵いゝと申し、末と大道へのみ出たがり候。

汽車中にてまた新版の藤村様御集、久しぶりに彼君のお作読み候。初のかたは大抵そらにも覚えをり候へば、読みゆく嬉しさ、今日ここにて昔の箏の師匠に逢ひしと同じこゝちに候ひし。宅の土蔵の虫はみし版本のみ読みならひて、仮名づかひなど、さやうのことどうでもよしと気にかけず、又和文家と申すもの大嫌ひにて、学校にてもかゝるあさはかにものいふたぐひの人にわれ習はじとて、その時間に顔出さざりしひがみ今に残り候私なれど、この御集のちがひやう私にも目につき候は、さは云へあやしき襟かけし少女をくちをしと見る思に候。

天眠様精様京の光子様お逢ひしたき人多けれど、かう児どもつれてはいかが致すべき。帰る日まで申さじと思ひ候ひしが、胸せまりて書き添へまほしくなり候。そはやはりふるさとは詩歌の国ならず、あさましきこと憂きこと、きのふの夕より知りそめしに候。

竹村のはがり訪ひしに、私は聞かでもよきこと、姉は語らで姉あられぬこと耳に致し、人の子に否とこたへしわが名、もとよりなりと何も〳〵思ひすて居り候ものを、をみななり、今更に悲しう、父あらぬ身をわびしと思ひ知り候、母も宅の者誰もその事しらず候へど、姉より聞けば、むかひ側の家今は人の家なれば、私帰るともそこへは一歩もふむをゆるすなと、はる〴〵英国より△△まで。——君おしはかり給へ。——それにその人、私の着くとやがて来て、ちと来よなど、さりとは知らぬおとしあな、おそろしの世と知り候。かなたの湯殿に母も弟の思へる人も入りに行けど、さらばわれは踏むまじく、東京のせん湯に入りつけてはと母には申して、子らつれておあし持ちて横町の湯へまゐれば、見知れるらしき人ありて眼をそばだて候。椿の葉にて私のをさなき時に乳母がせしやう光に草履つくりてやりたくと、彼の家の庭をあやにくや見たうも〳〵思へど、私はゆかず候。かしこの土蔵には弟どう思ひてか出立の前に、私のちひさき時よりの本と自分のと別々にしらべてまとめおき候よし、さ聞きて俄かにその本こひしく、お祖母様の手垢父の手垢のうへに私の手垢つきしかず〳〵、又妹と朱など加へし柵草紙のたぐひ、都へも引きとらまほしく、母ゆるさば、父のいつもおもかげうつし給ひし大きな姿見もろとも、蒲団になとくるませて通運に出さすべく候。母ます〳〵文学狂になり候て、よべも歌の話いろ〳〵と致し、君の祭見る日の下加茂の橋はつまらずと申し、大井川濃き緋の帯のいくたりの皷拍子に船は離れぬは、かしこの景色すきなるものから、それはよしと喜びていくたびも口ずさみ候。又松田などや申し候ひけむ、山の人とは屹度おえらき人なるべし、物言ひのてきはきして心の奥にかげなきは、江戸のお生れの人かと申し候ゆゑ、あれは緑雨様や宅のお友達、数学の天才にて、こちらの朝日の角田様も古く知り給ふ方、当節は文学を専門になさる人達よりも、かやうな学問のちがひし人様の方々に、まことのおえらき人あるなりと申し候へば、いつの世でも大抵はさうと、母太相知つたかぶりな顔を致し候。庭のコスモス咲き出て候はば、私帰るまであまりお摘みなされずにお残し下されたく、軒の朝顔かれ〴〵の見ぐるしきも、何卒帰る日まで苅りとらせずにお置きねがひあげ候。

あす天気よろしくば、光に堺の浜みせてやれと母申して寐たまひ候。

清少納言の事ども

わたしは清少納言を好かない。其訣《わけ》を考へて見たことは無いが、何となく好かない。併し若しわたしが清少納言や紫式部と同じ時代に生れたなら、友人として盛に応答をしようと思ふのは清少納言である。紫式部は師として教を受けることはあつても友人としての親しみは無からうと想はれる。清少納言にも欠点が多い。わたしにも欠点が多い。それが為めに甘《うま》く友人として交際《つきあ》つて行かれる様に思ふ。

こんなたわいもなき事を思ひながら久振に枕草子を開けて見ると、相変らずきびきびとした短い警句に驚かされる。我国最初の散文詩人だと云ふ事に感服させられる。此人が出なかつたら兼好や西鶴の文章も出なかつたかも知れぬ。さうしてわたしが文学に興味を持つ様になつたのも源氏や此の本の御蔭であつた事を考へると、清少納言は矢張わたしの師匠だと気が附いて尊敬の念が湧いて来る。

清少納言とわたしとは大分に生立が違ふ。清少納言の血は天武帝から流れてゐる。

帝《みかど》の英邁に渡らせられたことは申すまでも無い。帝から清少納言まで幾十代の間には、古事記日本紀の撰者である舎人親王、奈良朝の学者政治家で令義解《りやうのぎげ》の著者である右大臣清原夏野、古今集の中の有数な作者清原深養父《ふかやぶ》、深養父の孫にして後撰集を撰び梨壺の五歌人と称せられた清原元輔、斯様《かやう》に名誉な父祖の多いのを見ると、清原氏は立派な文明貴族の家系である。清少納言は大分に其名門の出たることを誇つて、自分の拙い歌を人に示すことを好まないのは父祖の盛名を汚す恐があるからだと云つてゐる。わたしは清少納言の其自重自尊の心掛に敬服する。併し町家の卑しい家に生れたわたしには固より誇るべき祖先もない。極近い世の祖父の人となりさへ定かには知ることが出来ない家に生れたのである。

平民のわたしと名門の清少納言とは其心持も大分に違つてゐたに相違ない。それでゐて清少納言が父祖の名を辱《はづかし》めまいと自重した心掛がわたしに理解せられ同感せられるのは何う云ふ訣であらう。わたしには祖先らしい祖先が無いけれども、其代りに子供がある。わたしは祖先の事などは思はないが、子供の為めに自重しよう、我より古をなして子供の名を汚さぬやうにしようと考へぬでも無い。子供の無かつた清少納言はわたしの様な事を考へなかつたであらうけれど、自己を尊重しようと云ふ心には両人に共通の点があるかと思ふ。

清少納言がどんな時代に生れて、どんなに教育せられたかと考へると、又大分にわたしとは違ふ。わたしは女子に高等教育を授けるとか授けないとか云つてゐる明治時代に生れたが、清少納言は女子の高等教育全盛期とも云ふべき平安朝に生れた。一体に貴族の女子に高等教育を授けると云ふことは早く神代からの美風で、其れが奈良朝に至つて一層奨励せられ、平安朝に入つて益ゝ盛になつたのである。教育せられた事なしに何うして天照大神を初め古事記、万葉集、懐風藻、古今集等に顕《あらは》れた多くの聡明なる君主、族長、歌人、政治家、音楽家などが婦人の間から起つて来よう。さうして当時の教育は今日の如く学校万能教育でもなく、文部省令に支配せられる乾燥した劃一教育でもなく、貴族の家庭及び其社会が自然に高等教育の機関であつた。即ち今日の様に娘は偶まピヤノを習つてゐるが、親兄弟は芸術が何やら一向に知らないと云ふ如き殺風景な家庭や社会でなく、宗教も政治も学問も歌舞音楽も恋愛も一切それらの物が貴族の日常生活に織込まれて、都合よく調和せられた家庭及び社会に於て教育せられたのである。

清少納言、和泉式部、赤染衛門、紫式部抔《など》の才女は時を同じうして斯う云ふ文明貴族の間に生れた。さうして此四才女が何れも最高の貴族でなく中流の貴族である受領（地方官）の娘に生れたのは面白い。いつの世でも最高の貴族は脳力の活動が鈍い。中流社会と謂はれる階級が時代の中堅である。今日の中流社会は概ね財力に欠けてゐるけれど、当時の受領は其点にも富んでゐた。毎年一月の除目（地方官の任命）の任官運動が随分劇烈を極め、清少納言が「雪降り氷りなどしたるに申し文もてありく四位五位若やかに心地よげなるはいとたのもし。老いて頭白きなどが人に兎角案内《あない》言ひ、女房の局によりて己が身の賢き由など心をやりて説き聞かするを、若き人人真似をし笑へど、いかでか知らん。よきに奏し給へ啓し給へなど云ひても得たるはよし、得ずなりぬるこそいと憐れなれ――来年の国国を手を折りて数へなどしてゆるぎ歩く」と哀れがつた如く、後宮の女にまで取入り運動する丈あつて、地方官の収入は恰《あたか》も朝鮮の官吏が一度平壌の観察使となり三年も勤めると子孫三代は遊んで生活が出来ると云つた様に裕《ゆた》かなものであつた。

清少納言の父の元輔は大蔵少丞《せうじよう》民部大丞を経て河内、周防、肥後等の国司となり、鋳銭司《ちうせんし》の長官をも兼ねてゐて八十二歳まで生きた人であるから、歌人たる外に吏務に熟し理財に長けた官吏として其家の富んでゐた事は明白である。さういふ家の一人娘に生れた清少納言が如何ばかり父の愛を受けて教育せられたかと云ふ事も又想像するに難くない。紫式部の父の藤原為時が、式部の幼時に史記の素読を口授しながら其強記を愛でて、此子若し男子ならば家門を興すべきにと嘆息したのに思ひ合すれば、当時の貴族の父兄は一般に斯かる心掛を以て男子をも女子をも教育したのであるから、清少納言も亦父の元輔に由つて日本紀は勿論、他日その博聞強記を以て満廷の貴公子を驚かした白氏文集や史記や文選や法華経などをも口授せられたことであらう。又父が任地にある間も家を守る女房や、姻戚の人などに就いて儒仏和漢の典籍故事を教へられた事であらう。殊に貴族の女子を教育する為めに宗教、学問、芸術の心得ある婦人を女房と称して今の家庭教師の如くに養ふことは奈良朝以来の流風であつた。女房は古代の采女《うねめ》の変名《へんみやう》で、一般には皇室を初め貴族の家の侍女の称であるけれども、その中には持統元明の二女帝と共に珂瑠皇子《かるのわうじ》（文武帝）を輔育した犬養三千代――今の下田歌子女史の如き才女を初め、一条帝の中宮上東門院に仕へた紫式部、赤染衛門、和泉式部の如きは皆家庭教師の意味の女房であつた。又一般の女房にも美貌よりは才学ある婦人を択んで用ゐ、某の院、某の殿には某某と云ふ有名な女房のあると云ふのが後世の大名が勇士を抱へた如くに名誉とせられ、其意味に於て小野小町、馬内侍《うまのないし》、大弐三位《だいにのさんみ》、小式部も宮中女房となり、清少納言も一条帝の皇后定子に仕へたのである。読書の家であり富裕なる元輔の家の事であるから、定めて多くの秀れた女房を使用してゐたに違ひない。

さう云ふ立派な家庭や貴族社会から清少納言が出たのは何の不思議でもない、容易にさう云ふ才女が沢山に出なければならぬ筈である。世人は平安朝の才女といへば紫清以下五六人の文学者に限る様に思つてゐるけれども、実際には沢山の才女が輩出してゐたのである。枕草子や栄華物語を読めば明かに其事実が想像せられる。例へば藤原道隆の妻で清少納言の仕へた皇后定子の母である高内侍《かうのないし》の如きは儒仏の学に秀でて漢詩などを作つた学者である。其れが儀同三司の母として纔《わづか》に百人一首の歌で知られてゐるに過ぎないのは文学者で無かつたからである。又枕草子の中で作者が口を極めて感歎してゐる皇后定子にせよ、其妹の三条帝の女御にせよ、又藤原道長の娘である中宮彰子にせよ、皆当時の最高教育を施された理想的貴婦人であつて、其学殖や趣味の造詣は到底清少納言などの及ぶ所でなかつた。独り紫式部丈は其等幾多の才女の上に超然としてゐるが、清少納言などは纔《わづか》に一芸の才であつて、皇后定子などの前に出づれば此の負け嫌ひの才女も其円満な人格に対し、「かかる人こそ世におはしましけれ」仏の現れ給へるかと云つて伏拝まざるを得なかつた。

清少納言の生立とわたしの生立とを比べるのは甚だ滑稽である。天と地との相違である。わたしは菓子屋の店で竹の皮で羊羹を包みながら育つた。わたしは夜なべの終るのを待つて夜なかの十二時に消える電燈の下で両親《ふたおや》に隠れながら纔《わづ》かに一時間か三十分の明りを頼りに清少納言や紫式部の筆の跡を偸み読みして育つたのである。両親のわたしを見るのは「只の女」に育つて行けばよいのであつた。兄に授けた高等教育の片端をも授けようとする家庭では無かつた。わたしは今も其れを悲む。其れなら清少納言の生れた時代を羨むかと云ふと、わたしは少しも羨しいと思はない。わたしが若し平安朝に生れたなら、当時の平民は今の平民よりも惨めで、わたしは田舎の海岸で汐を汲む蜑《あま》が子にでもなつたであらう。或は煤けたる衣を裾短く著て、「仏の御弟子《みでし》に候へば仏のおろし賜《た》べ」と云ひつつ中宮の庭の雪山を踏みて「夜は誰と寝ん、常陸介と寝ん、寝たる肌もよし」と歌つて、清少納言に例の「えせもの」と笑はれたかも知れぬ。わたしは如何に現代に不満な事があつても、矢張現代の生活の自由を喜ぶ者である。過去を以て現代を恨む材料にはしたくない。過去は寧ろ遊ぶ場所である。わたしは折折倦屈した時に古い書物を読んで過去に遊ぶ。枕草子を繙《ひもと》けば、短檠《たんけい》の光を斜に受けて濃き紅のおん衣《ぞ》や袿《うちき》いと鮮かに、琵琶の上に袖打掛て案じ給へる中宮定子の御額のほど白く、つややかに黒き琵琶と反映した美くしい御姿を清少納言と共に拝み、暗い夜に仁寿殿《にんじゆでん》の前の呉竹の枝折かざして「女房やさぶらひ給ふ」と云ひながら中宮の局の簾にさし入れる頭弁、中将、新中将などの殿上人の上に「何可三一日無二此《なんぞいちにちもこのきみなかるべ》君《けんや》一」と云ふ警句を打浴びせる清少納言の得意さを、その背後《うしろ》に居て少し傍痛く眺めなどする、其れでわたしは十分の遊びが過去に得られるのである。

清少納言は官能の感覚の鋭敏な人であつたと近頃の人が異口同音に評する。わたしも然う思ふ。視覚、聴覚、嗅覚の鋭敏な事は枕草子を読む者の直ぐ気が附くことである。「五月ばかり山里にありく。いとをかし。沢水もげに只青く見えわたるを、長長と直様に行けば、下はえならざりける水の、深うはあらねど、人の歩むにつけて、とばしり上げたる、最《いと》をかし。左右にある垣の枝などの掛りて車の屋形に入るも、急ぎて捉へて折らんと思ふに、ふとはづれて過ぎぬるも、口惜し。蓬の車に押しひしがれたるが、輪の舞ひ立ちたるに、近う薫《かが》へたる香も、いとをかし」と云ひ、「月いと明きに川を渡れば、牛の歩む儘に、水晶などの割れたるやうに水の散りたるこそをかしけれ」と云ひ、「いみじう暑き頃、夕涼みと云ふ程の物のさまなどおぼめかしきに、男車の先追ふは云ふべき事にもあらず、只の人も後《しり》の簾上げて二人も一人も乗りて走らせて行くこそいと涼しけれ。まして琵琶弾き鳴し笛の音聞ゆるは過ぎて往ぬるも口惜しく、さやうなる程に、牛の鞦《しりがい》の香の穢《あや》しう嗅ぎ知らぬさまなれど、打嗅がれたるがをかしきこそ物狂ほしけれ。いと暗闇なるに前《さき》にともしたる炬火《まつ》の煙の香の車に掛れるも、いとをかし」と云ひ、「五月の菖蒲の秋冬過ぐるまであるが、いみじう白み枯れて穢《あや》しきを、引き折り上げたるに、その折の香残りて薫へたるも、いみじうをかし。よく薫《た》き染めたる薫香《たきもの》の昨日をととひ今日などは打忘れたるに、衣を引き被《かづ》きたる中に煙の残りたるは、ただ今の（香）よりもめでたし」と云ふ類は枕草子の大半を埋めてゐる。

併し此官能の鋭敏と云ふ事は清少納言一人に限られた長所ではなく、平安朝の貴族社会を通じての特色では無かつたか。平安朝の中心思想とも云ふべきものは享楽主義耽美主義である節会《せちゑ》祭、供養の華やかなるを初め、政権の争奪、物怪《もののけ》の加持、哀別離苦の情事に到るまで、一切の世相を芸術的に「あはれ」と打眺め、「をかし」「めでたし」「いみじ」「こよなし」と感歎する当時にあつては、人は皆夜遊の燈下に襲《かさね》の色目の濃淡を気にし、藤の花のもとに扇の絵の調和を思ひ煩ひ、方違《かたたが》へに行きたる別業の暁早く寝覚めて高き木立より近く飛び立つ鴉の羽音にも涙を流すまで神経の鋭敏になるのは当然である。清少納言が斯く迄多く官能的の叙述をしたのは、やがて当時の交友が皆作者と同じ程に鋭敏な感覚を有つてゐて互に理解が出来た証拠である。現に枕草子の中に出て来る多くの公卿貴女は、今日の読者が再思三考せねば解らぬ程の官能的な談話を容易に交換してゐるでは無いか。之が理解の出来なかつたのは今日の官人や学者によくある型の精勤《せいきん》家《か》修理亮則光《しゆりのすけのりみつ》一人ぐらゐなものであつた。

飜つて源氏物語や紫式部日記を読むと、清少納言の有つてゐた程の官能は紫式部にも同じ様に働いてゐるのに気が附く。但し紫式部は其鋭敏な感覚を其儘に打出ださずに、かの大作の各処に必要に応じてちりばめて出してゐる。其れが紫式部のえらい所である。清少納言は只その感覚のみを集めて出したから一見読者の注意は惹くが、之を屢〻読めば其単調なのに飽きが来る。作者の長所は作者の短所をむきだしに示したものとも見られる。清少納言は其四囲の刺激に対し殆ど反射的に目まぐるしく「をかし」「めでたし」と発言するのみで、静かに内観し、若くは内部の自己をさへ悠然と客観する余裕が無かつた。之が紫式部の如き大作の出来なかつた所以では無いか。西鶴も亦感覚の鋭敏な所があるけれど、彼人には猶其奥に内観の感想が滾滾《こんこん》と湧いて世相の真味を詠嘆してゐる為めに、清少納言の如く皮相的の感を与へない。反覆して読んで飽くことを知らぬ深みがある。わたしは感覚ばかりの作物を好かない。

清少納言が何事にも華やかにめでたい方面のを見て、悲しく陰《くす》んだ方の事を除いて書かなかつたのは又一特色である。例へば道隆の死後に生じた伊周《これちか》の左遷の如き大事変には少しも筆を著けてゐない。又世は道長派の勢力に帰せんとして、昨日まで宮中に時めいた皇后が大進生昌《なりまさ》ふぜいの卑官の家に移つて皇子を生まんとせられたる悲惨なる際の記述にも、聊《いささ》かさる気色なく、道隆在世の頃の積善寺《しやくぜんじ》の供養や、皇后の妹淑《し》景舎《げいしや》が皇太子妃として入内《じゆだい》し給ふ際の華麗なる記述と同じ様に善美なる事のみを誇りかに書いてゐる。又その生昌の家のわびしき仮ずまひをも「三条の宮におはします頃」と尊大振つて書き、五月五日の節《せち》に旧恩を忘れぬ里住の女房達が薬玉を奉りなどする時、同じく宮仕を辞しゐる清少納言も亦菓子を奉ると、皇后から、その菓子を載せた青い薄様の紙の端を引きちぎつて、世の人は皆勢利に附くに拘らず、君一人は我心の悲しみを知つてよくも慰めて呉れた、と云ふ意の歌を賜つた事を叙する際にも、「いとめでたし」と唯其歌を感歎してゐる。此皇后は其歳の雪の降る頃に亡くなられたのである。清少納言がさばかりめでたしと事毎に驚歎して仕へ奉つた皇后や皇后の兄弟の伊周隆家などの痛ましい末路を見ながら、枕草子中一語も其れに及ばないのは啻《ただ》に物事の華美な方面のみを見る性癖に由ることだとは何うも思はれぬ。流転の世相を見て見ぬ振し、胸一ぱいの悲歎はありながら、此人も亦「泣く代りに笑」つて紛らしたのでは無からうか。

さう思ふと、枕草子は宮仕をやめて後に、以前皇后より賜つた紙の有る限り、少しづつ排悶の為めに旧歓を書き綴り、書く片端から打解けた交友の間に示したものらしい、「はづかしきなども見る人はのたまふ」と最終に記してあるのを見ると、わたしが此とりとめもない漫筆を雑誌に載せる文筆生活の心持をも作者は早く知つてゐたらしく思はれる。

清少納言が老後に衰へてあばら屋に住み、門前を過ぐる公達を見て「駿馬の骨を買はずや」と呼び掛けたと云ふのは、卒都婆小町の物語と同じたぐひの作り話に違ひない。前に述べた様な富裕な受領の家の娘であり、八十二歳まで生き長らへた父も附いてゐたことであるから、気楽に一生を送つて、或は父よりも先に世を去つたかも知れぬ。

紫式部の事ども

古今に亙つて其高名な割に其真価がまだ十分日本人に領解されて居ないのは紫式部です。私の観察では、此人だけの自己充実と自己表現とを完成した婦人は我国に類例がありません。世人は単に女流文学者として傑出した人だ位に思つて居ますが、其れが第一の誤解です。学問、宗教、芸術、政治、其外何れの社会にも此人に対立するだけの天才婦人を発見することは困難です。まことに日本女性史上の唯一人だと思ひます。

世間ではよく紫式部、清少納言二家を並称して、此二人が女流文学者の双璧のやうに考へて居ります。それがまた非常に権衡を失した誤解です。文学界の天才として見る時、小説の紫式部、遥かに遅れて生れた戯曲の近松門左衛門、この二人は文学史上の最高位を占めて容易に他の追随を許さない二つの太陽です。序に私は古来の迷信的評価を破るために押切つて次のことを断言します。此二人に亜《つ》ぐべき文学者は全く見当りませんが、やや下つて人麻呂、清少納言、西鶴の三人があります。赤人、家持、貫之、和泉式部、西行、兼好、芭蕉、蕪村のやうな人達は更に其以下の階級に光つて居る昴星です。人麻呂を清少納言に配したり、西行や芭蕉を家持や貫之と並べたりすることは恐らく世人の常識に反することでせうが、私は此通りに信じて居ります。

久米博士は現代の史学者中で私の最も尊敬して居る見識家ですけれども、博士が源氏物語を紫式部の作でないと論ぜられたことは賛成が出来ません。源氏物語の文章は一読した丈でも婦人の心理から書かれた文章であることが明白です。更に仔細に鑑賞して行けば、婦人でなくては到底及び難い観察と感想とが到る処に発見されます。また紫式部日記をも紫式部の作でないと言ひ得ない以上、日記の上に源氏物語が明かに自分の作であることを記述して居ることを否定することは出来ません。

上中流の家庭で盛に小説や随筆類を愛読することも、また上中流の才分ある男女が小説其他を書くことも平安朝の流行でした。紫式部の時代には殊に女がよく短篇小説を書きました。紫式部以前の小説で今日にも伝はつて居るものは竹取物語、伊勢物語、うつぼ物語、落窪物語などですが、其他に幾多の小説があつて愛読されたことは源氏物語の中に書かれたことからでも想像が出来ます。紫式部は勿論其等の小説を小娘の頃から読んで居ました。位地こそ父の為時も地方長官の人であり、良人の宣孝も少将相当の右衛門佐に過ぎなかつたのですが、何れも学者肌の人で、今日の学者肌と違ひ、文学上の嗜みが深く、其蔵書の中には国史、漢書、歌集、仏書と共に多くの小説類がありました。紫式部が自ら書いた中に自分の居間に大きな二つの厨子があつて、一つには小説類、一つには漢書が入れてあつて、紫式部が良人の歿後徒然を慰めるために漢書の方を取出して読むのを侍女が蔭口を言つたりする事実があります。

紫式部が小説を書くに到つたのは、今の青年が小説を書くのと同じく、文学流行の時代心理に其天分の発揮を促されたので、初めから源氏物語のやうな大作を成すだけの自信は無かつたでせうが、恐らく非常に早熟の人で、十五六歳から幾つかの短篇小説を書いて居た経験があつて、源氏物語の大作に筆を着ける実力を養つて居たことでせう。

源氏物語が書かれたのは、紫式部日記の記事から推して、私は良人に死に別れて家に籠つて居る三四年間のことだらうと思ひます。良人と結婚したのは二十歳前後で、寡婦となつたのは二十三歳の頃でせう。結婚したと云つても当時の風習として父の家に住んで居ました。一人の兄はあつても、一人娘として父に鍾愛されて育つたのですから、父の財産に由つて気楽に生活して居たでせう。紫式部が中宮彰子の御用掛として仕へるやうになつたのは二十八九歳の頃だと断定すべき理由がありますから、源氏物語は其以前に書かれ、さうして既に当時の縉紳《しんしん》貴女から非常な好評を博して居たに違ひありません。為時の一人娘が才女であることは宣孝と結婚する以前から交際社会に知られ、また源氏物語以前に書いた小説に由つて其文才は多少認められて居たでせうが、源氏物語に由つて一躍高名な才女として知られるに到りました。道長が中宮の御用掛として迎へたのは勿論其文名が然らしめたので、貴女の侍女に学才ある婦人を聘することは其貴女の威厳を添へるものとして当時の流行でしたから、少し以前道隆の女の中宮定子に清少納言其他の才女が仕へて居た如く、紫式部、和泉式部、赤染衛門などが道長邸に出入したことは中宮の光輝を非常に加へたことでせう。

紫式部と云ふ女房名の由来に就て、初めは藤式部と云つて居たのが、藤の花のゆかりで「紫」と呼んだのであらうと云ふ在来の説に私は反対します。源姓、高階姓、清原姓、大江姓などの官人の娘で女房となる者は比較的少数でしたから、源式部、高内侍、清少納言、江侍従と云ふやうな名を附けられたでせうが、藤原氏の出である女房は無数でしたから決して紛らはしい藤式部などと云ふ名を附ける筈がありません。之は断じて源氏物語の女主人公である「紫の上」の名を附けられたのだと思ひます。其人の有名な作物の中の名を附けられることは当時の常識から云つてさうあるべきことです。

源氏物語は最初「帚木」の巻から書かれたものだと私は想ひます。「光源氏名のみことごとしく」と云ふ句の勢は一篇の小説の起首に適《ふさ》はしく、さうして「うつぼ物語」其他当時の小説は、今の小説と同じく若い作者が若い男女の読者を対象として書くのであつて、読者の興味を刺戟する為に若い男女のことを主として書くのですから、「帚木」の巻で雨夜のつれづれに若いみづみづしい公達が集つて女の批評を交換する所は、其意味から云つて如何にも小説の首巻らしく想はれます。「桐壺」を首巻として桐壺の帝から書き出すと云ふことはどうも映えない趣向だと思ふのです。其れに「桐壺」はあのやうに完備した立派な文章ですが、次の「帚木」はまだ筆が暢達せず、幾分未熟な点が目に附くのも私の想像を助ける一因です。私の考では「桐壺」は全部を書き終つた後に他から注意されて総序として源氏の君の生ひ立ちを書くために附け足したものであらうと思ひます。其れで他の巻の文章に比べて著しく一糸も乱れない円熟を示して居るのでせう。また源氏物語に出る多数の人物の経歴には全く矛盾がないと云つてよいのですが、唯一つ六条の御息所が曾つて桐壺の帝の皇弟で皇太子であつた人の御息所であつたと云ふことが、私の発見する所では年月の合はないことになるのです。それは「桐壺」の巻がある為に矛盾を生じるので、「帚木」から書き出したのでは其矛盾は無いのです。若し「桐壺」から書き出したとすれば、あの用意の周到な作者が主要な一人物である御息所にさう云ふ矛盾を生じさせる筈がありません。之は私の想像の如く後になつて「桐壺」を書き足した為に、作者がうつかりして其処まで注意が届かなかつたのでせう。

源氏物語以前の小説は（以後の小説も）すべて大人のお伽噺と云ふべき不自然な分子が多くて、理想小説の域を脱しないものばかりであつたのに、初めて現代を題材として写実風の小説を我国に創造した紫式部の卓見は偉大です。主人公たる光源氏其人の一生には猶理想小説の脈を幾分存して居ますが、全体の脈絡も細箇条も悉く写実を以て一貫し、殊に心理描写が精に入り微を穿つて自然を得て居ることは、其叙景の妙筆と共に天衣無縫の大観を示して居ります。

紫式部の学殖が博くして深く、其識見が偏せず、佞せず、何事に対しても伝習に盲従しないで、必ず透徹した一家の新意を出だし、婉曲な言辞の奥に毅然たる意気を寓して居ることは宛ら大海を望む心地がします。此人の偉大に比べると、人麻呂、清少納言、西行、西鶴、芭蕉の如きは畢竟河流の大いなるものに過ぎません。此人の遺篇の何処からでも私達は今日に用ひて猶潑剌たる感情と見識とを汲み取ることが出来ます。源氏物語を仏教思想で書かれた小説だなどと昔から言ひますけれど、作者は仏教で云ふ因果などは無ささうだと云ふやうな大胆な告白をもして居ます。源氏物語は一面から見て立派な文明批評です。

紫式部が貞操上の欠点のなかつたことは事実です。二十歳前に宣孝と結婚して一子を生み、宣孝が歿して後に一人位の恋人はあつたやうですが、中宮に仕へた頃道長其他の恋を斥けて応じなかつたのは其品性の修養が和泉式部や清少納言のやうな軽佻な女と違つて居たからでせう。私の推断では、此人は中宮に仕へて後四五年にして三十四五歳で父為時よりも早く歿してしまつたと想ひますから、長命した清少納言のやうな浮名の立つことも無くて済んだ点もありませう。当時の才女の年齢は紫式部に比べて赤染衛門と清少納言は十五六歳位の年長、和泉式部は七八歳の年長で、清少納言が追憶を書いた枕草子は源氏物語より六七年前に書かれた訳になります。紫式部が三十四五歳で歿したと思ふ理由は沢山にあります。其歌集に其れ以後の歌が載つて居らず、其後宮中初め貴族の祝賀の屏風に和泉式部、赤染衛門などは歌の詠進を命ぜられて居るのに、紫式部ほどの歌に於ても名高い人が生きて居る以上其選に洩れる筈はありません。また一条帝は父の為時を学者として殊愛遊ばされた方で、また紫式部のためにも知己でおありになつたのですから、此人が生きて居たなら一条帝の崩御を哀悼し奉つた歌が必ず歌集の中に残つて居なければなりません。

紫式部が源氏物語以外に幾つかの短篇小説を書いて、其れが道長一門の貴女などに読まれて居たことは日記に於て窺はれますが、其等の小説の伝はらないのは大部の源氏物語が傑出して居た為に圧倒されてしまつたのでせう。

枕草子は先輩の作として勿論紫式部が読んで居ました。さうして日記の中で清少納言の半可通を紫式部は罵りました。清少納言も勿論源氏物語と紫式部日記とを読んだでせうが、赤染衛門と共に非常に長寿であつた清少納言が、あの負け嫌ひの性質から紫式部の傑作と自分に対する批評とに発憤して大作を遺すことをしなかつたのは、争はれない天分の差が其処にあつたからだと思ひます。

紫式部日記は此人の自伝として非常に有益なものですが、源氏物語に比べて其文章の精練されて居ないのは、日記だけにさう重く考へて書かなかつたからでせう。日記の方には此人の女性らしい弱点もまたよく現はれて居て、清少納言に対する批評にしても今少し寛大であつてもよからうと思はれないこともありません。源氏物語の作者としての紫式部には接近し難く思ひますが、日記に現はれた此人には凡人の共通性も混つて居て親むことが出来ます。

紫式部が中宮彰子に仕へて居る時、道長初め其他の高官が此人に懸想して居ます。如何に此人の才を慕ふからと云つても、当時の常識から考へて三十四五歳になつた女に其等の人が懸想しようとは想はれません。殊に道長の長男の頼通は十八歳の青年ですが、其れが紫式部と今一人の女房との居る局へ遊びに来て、二人と若々しい談話を交換し、戯れに「女郎花多かる野辺に旅寝せば」と云つた風の歌を口誦んで帰つて行く所などが日記に書かれて居るのを見ると、紫式部はまだ三十を越さない女で、打見には若く見える容色を持つて居ましたから、頼通がそんな戯れを云つても不釣合ではなかつたのだと思ひます。其れなら二十歳そこその女であつたかと云ふと、其年頃ではまだ良人が生きて居たし、また源氏物語のやうな大作を成すだけの蘊蓄も出来て居ない訳です、源氏物語は二十六七歳までに書かれ、其文名に由つて道長に聘せられたのですから、其時は二十八九歳の女であつたと私は推定するのです。

源氏物語が書かれて直ぐに縉紳貴女の間に非常な勢を以て伝写されつつ愛読されたことは明白ですが、それが数年の間に地方にまで普及した証拠には、更級日記の著者である人は父の任地なる常陸国に住んで居て、十三歳の時から源氏物語の全部を読みたいと思つて自ら等身の仏像を作つて祈禱したと書かれてあります。著者が十三歳の時は私の推定した紫式部の三十七八歳に当り、紫式部は既に歿して居る筈ですが、源氏物語が脱稿してからやつと十年を経過した位の時です。

紫式部の娘は一人だと私は断定します。大弐三位、越後の弁の二人だとする説は一人の娘に附いた二つの名を二人の娘として間違へた説です。娘は母の歿後、母を愛しておいでになつた上東門院（中宮彰子）から其遺子である為に特に召されて侍女の一人として仕へて居ました。其時の女房名が越後の弁です。弁は上東門院の従兄で、母の紫式部とも交際があつた、自身よりは十四五歳年長の兼隆左衛門督に愛されて一人の子を生みました。後冷泉帝がお生れになつて三日目に、御母の贈皇太后嬉子がお薨れになつたため、皇太弟の若宮とお呼ばれになつた帝は御祖母の上東門院にお養はれになることになつて、人選のあつたお乳母に弁が採用されたのでした。上東門院が紫式部をお愛しになつたことの深さは此結果にも見えます。弁の乳母と云ふ名は陽明門院のお乳母の中にもありまして、然も歌人ですから間違ひ易い。弁の乳母が三位になりましたのは若宮が二十年の後に御即位になつて、それから後五六年も経つてのことです。兼隆との縁は早く切れて居て、弁が良人として居たのは五歳違ひ位の高階成章です。「有馬山印南の笹原風吹けば」と云ふ作はまだ播磨守である良人は任地に、自分は太子の宮に居た頃の歌でせう。成章が九州の総長官（事実上の）の大弐になりましたのはもう五十八九歳の頃のことです。そして其人は任地で病歿しました。これは後冷泉帝の御代の末の事ですから、在来の大弐三位は成章の妻で後一条帝のお乳母であると云ふ説は成立ちません。後一条帝御誕生の年に成章はまだ十五歳の少年です。

紫式部が日記の初めに書いた同帝御誕生の記事には固より自身の娘がお乳母になつたやうなことは書いてありません。大弐三位も歌人として母の才分を伝へた才女でした。此人に母の死を悼む歌のないのを見ても、まだ此人が歌を詠む年頃に達しないで紫式部が早世したことが推定されます。此人と成章との間に儲けた娘も後に後冷泉院の中宮章子に仕へて同じく大弐と称し、祖母や母に恥ぢない歌を作りました。

和泉式部の歌

和泉式部の歌の全部を読むには、先年私どもの編纂した古典全集本の『和泉式部全集』を御覧下さい。作者の伝記もその全集に添へて置きましたから、重複を避けて申しません。この才女の歌に対して私どもの感じてゐる所も、その伝記のなかに述べて置きました。それで今のこの小篇では、直ちに数首の歌を挙げて、小解を添へるにとどめます。

黒髪の乱れも知らず打臥せば先づ掻きやりし人ぞ恋しき

自分の髪の乱れることなども忘れて、うつ伏しになつて悲しんでゐると、自分の髪を第一に掻き撫でてくれた初恋の男のことが思ひ出されて恋しい、と云ふ意です。私は此歌を、作者が初恋の男である橘道貞に離別された直後に、道貞を忘れかねて詠んだ歌の一つであると思つてゐます。運命は此の才女を素行の定らぬ女にしましたけれども、才女の心の奥には、処女の純情とも云ふべき、優しい素直な愛情が、紅梅の花のやうな清艶と芳香とを保つてゐて、しばしば斯う云ふ歌となつて迸り出るのです。

此歌で「黒髪の乱れ」と置いた句は、単に髪の乱ればかりを云つたので無くて、悲しみのなかに取り乱してゐる心持をも姿をも暗示してゐるのです。一句を一義にのみ用ひないで、それに由つて他義にまで押及ぼして聯想させる技巧を「象徴」と云ひますが、此の「黒髪の乱れ」と云ふ句も象徴的だと思ひます。

「先づ掻きやりし」と云つて、「先づ此の我髪を掻きやりし」と云ふ風に云はないのは、第一句の「黒髪」に兼ねしめて置いて、「髪」と云ふ語を繰返さずに済ませる「短歌の省略法」です。詩歌の表現法が散文の表現法と異る一つは、かう云ふ省略法が用ひられる点です。詩歌は出来るだけ説明的な発言を省略し、必要な言葉だけを選択して用ひ、云ひたいことを暗示的に発言しますから、散文文学のみを読み慣れた人達には謎のやうに思はれますが、謎のやうであるだけに、それを直感して味解してみると、その謎のやうな発言（即ち詩歌）そのものに、散文の持たない特別の音楽的な喜び（詩的享楽）があるのです。

哀れにも聴ゆなるかな暁《あかつき》の瀧は涙の落つるなるべし

此歌には「あかつきがたに瀧の音の聴ゆれば」と云ふ題言があります。これも私は、道貞に別れた頃、その悲しみを抱きながら、瀧のある山寺へ籠るか、または平安貴人の庭には瀧を作ることが共通の作庭法でしたから、さう云ふ庭のある家へ方違へ（陰陽道の神の祟りを避けて、その禍のない方位の家へ宿ること）などに行つて泊つた時の作でありと思つてゐます。

意訳すると、身に沁むやうに哀感を催して、あの瀧の音が聴えることよ。この夜明に聴くあの瀧は、唯だの瀧ではなくて、涙が瀧となつて落ちてゐるのであらう、と感じたのです。

この作者は、著想も表現も自由奔放な人ですけれども、当時の知識人、殊に知識婦人の教養として重視せられた古典の教養に由つて、その感情を栄養されて居ましたから、その自由奔放な中に古典味を伴つてゐます。但し古典味の複製ではなくて、古典味が作者の心を透して、更に清新なものとなつて現れるのです。此歌なども、涙を題材とした小野小町の「おろかなる涙ぞ袖に珠は成す我れは塞《せ》きあへず瀧つ瀬なれば」と云ふ歌が、作者の心に潜在して居て作られたであらうと思ひます。我我読者にも小町の歌を知つてゐるので、瀧を涙と誇張して感じた作者の心持も、併せてその心持を表現した此歌も、突飛でなくて、奥ゆかしいものに感ぜられます。

「なる」と云ふ助動詞を二度用ひたのも、作者が「短歌の音楽」のために意識して用ひたのだと思ひます。

物思へば沢の蛍も我身よりあくがれ出づる珠かとぞ見る

此歌は「男に忘られて侍りける頃、貴船《きぶね》に参りて、御手洗川《みたらしがは》の蛍の、飛び侍りしを見て」と云ふ題言があるので、道貞に別れた頃、恋人の心が今一度自分に復《かへ》ることを祈るために、山城の貴船の社へ参籠した時、その附近の沢に蛍の飛ぶのを見て詠んだものであることが明かです。

歌の意は、心に悲しみがあつて眺めると、沢に飛んでゐる蛍も、自分の心から、忍びかねて外《そと》に浮んで出た自分の命の姿のやうに感ぜられると云ふのです。

作者は蛍の光を「珠《たま》」と感じると同時に、「たま」と云ふ発音から、それを自分の「魂《たま》」と混融して感じてゐるのです。また述異記にある鮫人の涙が珠になる伝説なども、作者の心に潜在してゐたであらうと想像されます。

偲《しの》ぶべき人も無き身は在る時にあはれあはれと云ひや置かまし

此歌には「世の中はかなきことを聴きて」と云ふ題言が添つてゐます。「世の中はかなきこと」とは、京に疫病が流行して人が多く死ぬ噂などを申すのです。さう云ふ時に、作者自身も何時《いつ》流行病で死ぬかも知れないと思ひながら此歌を詠んだのです。

歌の意は、自分が死んでも、その死後に、自分の事を思ひ出して、褒めてくれる人も、悲しんでくれる人もあり相にない孤独の自分であるから、せめて生きてゐる間《あひだ》に、自分で自分みづからを、悲しい悲しいと云つて慰めて置かうと云ふのです。

是れも道貞に別れた頃の作か、または他の恋人と別れた頃の作でせう。孤独を歎き、知己の無いのを歎く哀愁が奔放に歌はれて居ます。この作者の特色の一つは、如何なる歌にも恋愛が背景となつてゐる事ですが、実に此歌なども常套的な無常観を歌はずに、恋愛の心持から死の問題を取扱つて居ます。

人も見ぬ宿に桜を植ゑたれば花もて窶《やつ》す身とぞなりぬる

これは自分の庭に桜が咲く頃になつても恋人が訪ねて来ないのを恨んだ歌です。

歌の意は、恋人が訪ねて来てくれもしない自分の家には、恋の華やかさを以て自分を飾ることも出来ないが、——自分の心は孤独のために侘しいのであるが、桜が庭に植ゑてあるので、此頃咲いてゐる其の桜の花の美を以て、纔《わづ》かに自分を華やかに取り成してゐる身になつた、と云ふのです。表面には花の盛りを喜んでゐるやうで、裏面には失恋を歎いてゐます。

此歌にある「やつす」と云ふ言葉は、鄙《いや》しい風に変装することにも云ひ、また美くしく仮装する場合にも云ひますが、此歌では後の意に用ひられて居ます。

ことわりや且つ忘られぬ我れだにも有るか無きかに思ふ身なれば

「人の久しう音せぬに」と云ふ題言のある歌です。恋人から久しく音づれの無いのを怨んだのです。

歌の意は、私は自分の上を生き甲斐もないやうに思つてゐるのです。自分のやうな薄運な人間は、我れながら生きてゐるのか居ないのか解らないと思つて、自らはかなんでゐるのです。わたくし自身さへ既にかう云ふ風に自分の存在価値を疑つて、自己と云ふものを殆ど無視してゐるのですから、道理で、あなたにまでも其上に自分を無視されてしまひました。わたくしは少しもあなたを怨まうとは思ひません。あなたより先きに、自分自身で存在を疑つてゐるわたくしですもの、と云ふのです。

これも怨まないと云ひながら、反語的に怨んでゐるのです。かう云ふ婉曲な感じ方と云ひ廻しとは、平安朝の知識婦人、殊に文学的婦人に由つて発達しました。此歌にも、如何に無用な言語が省略せられて、新しい句法の持つ音楽の中に、作者の繊細で且つ上品なイロニイ（反語的感情）が現はされてゐるかを鑑賞して頂きたいと思ひます。

語らへば慰むこともあるものを忘れやしなん恋のまぎれに

これは友人として親しく交つてゐる男に送つた歌です。題言に「ただに語らふ男の許《もと》より、女の許遣《がり》らん歌とて乞ひたるに、遣るとて」とあります。その男の友人が、和泉式部に「或女の許へ遣る恋歌を代作して下さい」と云つてよこしたので、代作の歌を送ると共に、此歌をも添へて友人に送つたのです。

歌の意は、あなたとお話をして、芸術や恋や世間の批評などをしてゐると、わたくしの心を楽しくし、慰めになることもあるので、あなたとの御交際を喜んでゐるのですが、あなたに恋人がお出来になるとすると、その恋の御交渉の忙しさに取紛れて、わたくしの事などは忘れておしまひになるだらうと思ひます、と云つて、それが気掛りでなりませんと云ふ意を言外に聯想せしめたのです。

和泉式部は一面に苦吟し推敲もしましたが、一体に即興即吟の佳作が多い人です。此歌なども、恐らく使を待たせて置いて、前述の代作の歌と共に作つて持たせて返したものであらうと思ひます。

ともかくも云はば尋常《なべて》になりぬべし音《ね》に泣きてこそ見せまほしけれ

此歌には「歎くことありと聞きて、人の、如何なる事ぞと問ひたるに」と云ふ題言があります。題言の意は、「わたくしが此頃悲歎にくれてゐると聞いて、或人が、どう云ふ事で悲んでゐるのかと問うてよこしたのに対して、此歌を詠んで答へた」と云ふのです。道貞に別れた直後の作の一つでないかと私は思つてゐます。

歌の意は、わたくしの此の悲しみを、かうだ、ああだと説明するなら、言葉と云ふものは不完全なものですから――例へば恋人に別れた故だとか、失恋のためだとか云つてしまへば、それは世間によく例のあることだと云ふ風に人に取られて、わたくしの此の異常な悲しみが尋常一般の悲しみに混同されてしまふでせう。人間の言葉で此のわたくしの深刻な悲しみを現はすことは出来ません。如何に悲痛な心持で只今わたくしが極度の歎きに沈んでゐるかと云ふことは、唯だ「わつ」と悲泣《ひきふ》してあなたにお見せする外はありません。わたくしの悲鳴の中に、あなたに直感して頂きたいと思ひます、と云ふのです。

「音に泣く」と云ふのは昔の言葉づかひで、声に出して泣くことです。

ひと日だに休みやはする棚機《たなばた》に貸しても同じ恋こそはすれ

平安朝の風俗で、七月七日の夜、即ち七夕には、女子が牽牛織女の二星を祭り、二星の恋の歓会を祝つて、いろいろの物を星に供へると共に、自分の美くしい衣《きぬ》を、二星が天の河原に茵《しとね》として敷く料に端近く捧げるのでした。この衣を捧げることを「星に袖を貸す」とか「星に衣《ころも》を貸す」とか云ひました。それから此の七夕には男女の会合を忌んで遠慮しました。また女子は徹夜して天を仰ぎながら二星の幸ひを守つたりもしました。かう云ふ風にして星を祭つたり謹慎したりすると、女子に幸福が天降ると云ふのが当時の信仰で、謹慎せずに男女が会合すると、反対に禍が降ると思つて怖れたのでした。然るに恋愛の自由を感じてゐた和泉式部は、世俗の因習に拘泥すること無く、或年の七月七日に此歌を恋人に寄せて、その夜の会合を避けなかつたのでした。

歌の意は、自分達の恋は一日だつて間《ま》を置かうとは思ひません。休むと云ふことの無いのが我我の愛です。今夜自分の袖は棚機姫（織女星）に貸して二星の恋を祝ふにしても、星は星の恋、わたくし達はわたくし達の同じ恋を——変ることの無い恋を今夜も続けます、と奔放に歌つたのです。

和泉式部は即興即吟の多いだけに、しばしば粗削《あらけづ》りな表現をして、露骨の弊を持つてゐますが、此作などは其例の一つです。併しその著想が奔放で、表現の大胆なことは此歌にも認められます。

　　夫子《せこ》が来て臥しし傍ら寒き夜は我が手枕《たまくら》を我れぞして寝《ぬ》る

これはまだ道貞と別れない前、二人の感情が齟齬《そご》しはじめて、道貞が近い任地から帰つて来ても、云ひ争ひをして、夜も同じ室に臥しながら、男の心の打解けないのを悲んだ歌であらうと思ひます。

歌の意は、良人が帰つて来て寝てゐる傍《そば》で、いつもと違ひ、冬の夜と云つても、特に気まづい思ひをして、男の心の打解けないために、共寝《ともね》することもなく、一層寒く感ぜられる今夜は、いつものやうに良人の手を枕にするのでなくて、我れと我手を枕にして、はなればなれに独り臥しをすることよ、と云つて、侘しく悲しい此夜の心持を言外に含めて歎いたのです。

空閨の独臥を歎いた歌や漢詩は昔からありますけれど、良人と同室に臥しながら両者の愛の寒く隔離した心持と光景とを歌つたのは珍しいと思ひます。また、かう云ふ複雑なことを端的に短い三十一音の叙情詩に表現した才力にも驚かれます。

良人が来て寝たのなら温かい心持であるべき所へ「寒き夜は」と意想外の句を置いて読者を驚かし、次いで漸層的に、その寒い夜の特別な心持を叙したのが自然によい技巧を示してゐます。この「寒き夜は」の「寒き」が尋常の冬の夜の寒さでないことが四五の句を読み終ると解ります。「寒き」に冬の夜の寒さと作者の心持の寒さとが混融して表現されてゐるのです。

つれづれと空ぞ見らるる思ふ人天降《あまくだ》り来んものならなくに

これは第二の恋人敦道親王の薨去に遇ひ、その後に親王を追慕して詠んだ多くの哀歌の一つです。作者は初恋の道貞に別れて第一の「理想の恋」を失つたことに純情の悲しみを多く歌ひましたが、次に得た敦道親王との恋は作者に取つて道貞以上に「理想の恋」であつたに関らず、不幸にも此度は三年後に死別をしてしまひました。作者は芸術趣味が豊かであり、その愛情の熱烈である此の年下の青年親王に全心を捧げて居たので、その薨去を悼む思ひもまた痛切の極でした。之がために世を捨てて尼にならうとまで思つたのですが、幼い娘の小式部の愛と老いた両親とに心を牽かれて尼になることを思ひ止まり、それより後は藤原道長の聘に応じて、紫式部、赤染衛門、大輔命婦其他の才女達と共に一条天皇の中宮彰子に仕へ、また道長の家司《けいし》の一人で政治的に勢力ある藤原保昌《やすまさ》の妻ともなり、既に「理想の恋」を二度まで失つたので、やや自棄的の心持から、幾多の誘惑に抵抗しきれず、紫式部の謹厳とは反対に貞操を破るにも至つたのでしたが、全集を通読すると、作者は身を持ちくづすことを決して肯定して居ず、さう云ふ運命と境遇とを悲しみ、常に人しれず自責の念に打たれてゐます。各所の寺社へ参籠したりするのも、その運命の好転を祈ると共に罪障を懺悔するためでした。即ち作者の心の中にある純情は決して堕落してゐないのです。その作者の純情は、離別後の道貞を愛慕し、薨去後の敦道親王を追慕する多くの諸作によく現れてゐます。但し和泉式部は詩人ですから、その純情を散文的に露骨に叙述してゐるので無く、短歌の音楽として芸術的に表現してゐるのです。殊に平安朝の知識婦人の中で、優れて繊細な詩情、熱烈な愛情を持ち、加ふるに古典の教養を土台としながら独自の言葉づかひを創造する才力に富んでゐた作者の歌ですから、万葉集や古今集のやうな、比較的簡古な表現にのみ慣れた人達には、源氏物語の詩的散文と共に此の作者の音楽的短歌は、一読して解りかねるのが当然です。併し読み慣れてみると、この洗錬された、細緻な、含蓄の深い平安文学の面白さが直感されますから、初めのうち暫くのあひだ努力して読んで頂きたいと思ひます。平安朝に於て作者と同時の読者達がよく直感し得た文学を、遥かに進歩した現代の読者達に解らないと云ふことはないと信じます。

さて右の歌の意は、親王様がおかくれになつた後、世の中に何の興味も無く、つれづれと日を送つてゐる自分には、端近く倚つて、あの空ばかりが仰がれる。空をかうして見上げてゐたからと云つて、煙となつて空へお昇りになつた親王様が今一度天降つて来て、おなつかしいお顔を見せて下さるのではないけれども、悲しみの遣り所がないために、あの空ばかりがなつかしく眺められる、と歌つたのです。

平安朝の貴人の家の建築は内部が暗かつたので、とかく軒に近い所、謂ゆる「端近く」へ坐つて外光を見出ださうとしました。殊に悲しみや煩悶があつたりする時は、つくづくと其の端近い所に坐つて空に眺め入る場合が多いのです。それで平安朝の歌や散文で「眺む」と云ふ言葉は、只今のやうに唯だ眺望するばかりの意味でなく、心に憂ひや悲しみがあつて空をじつと眺めてゐる意味が必ず伴つてゐるのです。此歌には「眺む」と云ふ言葉は用ひられてゐませんけれど、「空ぞ見らるる」と云ふ句が其の意味を示してゐるのです。此歌の「見らるる」は、「眺めらるる」と同義に解して読まねばなりません。

捨てはてんと思ふさへこそ悲しけれ君に馴れにし我身と思へば

これも前の歌と同じ頃の作です。親王にお別れした悲しみのために尼にならうと思ひながら、猶躊躇される心持を歌ひました。

歌の意は、親王様に永くお別れしてしまつたことも悲しいが、また、この悲しさに、身を世の外に捨てて尼にならうと思ふと、それもまた悲しい。此身は自分のもので而かも自分一人で軽軽しく捨てられる身ではない、亡き君に触れ、亡き君に親しみ奉つた身である、是れが今は唯一の亡き君の生きた形見であると思ふと、我れながら此身が尊重される、と云ふのです。

哀傷歌の例を破つた珍しい著想の歌です。親王と自分とを一体と見る心、親王との愛を薨去の後にも自分の身に守らうとする、この悲しみの中にも「生」に執《しふ》する作者の愛著などが窺はれます。

句の中に阿行の音（ア、イ、ウ、エ、オ）が無くて字余りを詠むことは、後の西行に先だつて此の作者が実行しました。

身より斯く涙は如何が流るべき海てふ海は潮や干《ひ》ぬらん

これも同じ頃の作です。作者は、自分から断えず涙のこぼれるのを見て、人間の身から、どうして斯様《かやう》に大量の涙の流れることがあらう、これは海の水が涙となつて自分の上に流れるのであらう、おほかた総べての海が乾《かわ》いてしまつたであらうと、思はず誇張した感じの浮んだのを歌つたのです。

今は唯だ其《そ》よ其事と思ひ出でて忘るばかりの憂き節《ふし》も無し

これも同じ頃の作。親王にお別れした後、一年の喪に籠つて歎いてゐる作者は、悲しみに思ひ迫つては、かやうな歌をも詠みました。

歌の意は、余りの悲しさに、今は暫くでも亡き君の上を忘れることが出来たらと思つて、唯だひと事でもよいから「それ、それ、その事が、わたくしに対して親王様の遊ばした事の中のよくない事であつた、憎らしい事であつた」と思ひ出して、この悲しみを紛《まぎ》れさせたいと思ふけれども、どう思ひ出しても、親王様は何の厭なお仕打《しうち》も欠点もお有りにならない。思へば思ひ出すほど親王様はお優しい方であつた、わたくしを心から愛して下さつたお方であつた、才学も容貌風采も御動作も優れて円満に御立派なお方であつた、一片の「憂き節」(欠点、厭な点)も探しあてられぬお方であつた、と云つて、更にまた故人を追慕し奉る心を歌つたのです。

　鳴けや鳴け我が諸声《もろごゑ》に呼子鳥呼ばば応《こた》へて帰り来《く》ばかり

これも同じ頃の作。呼子鳥（郭公の一種で、秋に鳴くのを閑古鳥と云ふのは「喚子鳥」の「喚」を字音で読んだのです。晩春に鳴くのを呼子鳥と云ひます）の鳴くのを喪中に聴いて此歌を詠んだのです。

歌の意は、呼子鳥や、自分が泣いてゐる声に合せて、そなたも同音に鳴いてくれ、一所に声を合せて呼んだら、亡き君が其声に感動して、今一度この地上へ帰つて入らつしやるやうに、それほど高く自分と同音に鳴いてくれ、と云ふのです。

礼記などを読むと、支那の風俗に、屋上へ登つて死者の魂を声高く呼ぶ習慣があります。我国でも平安朝で道長が尚侍であつた末女嬉子の亡くなつた時に同様のことを行ひました。此歌の作者の心にさう云ふ事の知識があり、それが呼子鳥を聴いた瞬間、亡き親王を追慕してゐる感情と一所になつて、かう云ふ感情が湧き上がり、引いて此歌となりました。また作者の敏感は「呼子鳥」の「呼ぶ」と云ふ語を巧みに駆使することを忘れませせなんだ。

　憂しとても人を忘るるものならば己が心にあらぬと思はん

これは道貞に別れた直後の作で、この小篇の最初に挙げた「黒髪の」と云ふ歌と同時の歌です。作者は別れた後も道貞を忘れかねて、男の愛の自分に復《かへ》るのを祈り、かう云ふ歌をあまた詠むのでした。

歌は自分の心に向つて云ひ掛ける表現法を用ひてゐます。即ち我れと我が自分の心を戒める表現法で作られてゐるのです。

歌の意は、どんなに恋人の心が自分につれなくても、我心よ、それがために決してあの人を忘れるやうなことがあつてはならない。若しそなたがあの人を忘れるやうなことがあつたら、自分はそなたを自分の心であるとは思はないよ、と云つて、道貞に対する自分の愛の変らないことを自ら誓つたのです。

作者の純情が新しい表現法に由つてよく示されてゐます。昔から恋の誓約の歌は多いのですが、此歌のやうな著想と表現は全く作者の独創です。

あしびきの山ほととぎす我れならば今泣きぬべき心地こそすれ

此歌には「さみだれ降る夕暮に」と云ふ題言があります。五月雨の降る夕暮の悒鬱な中で、作者は恋のはかなさを思ひ、人生の哀しみを思うて孤独の哀愁に思ひ迫りながら此歌を詠みました。かう云ふ雨の夕暮などには、平安朝の風雅な士女は杜鵑の啼くのを待つのでしたから、作者も杜鵑を待つ心持と、自分の哀愁の切なさとが一つの感情となり、杜鵑に呼び掛ける気持で歌ひました。

歌の意は、山ほととぎすよ、なぜそなたは鳴かないのか。自分が若しそなたであつたら——人目を思はぬ鳥の身であつたら、今この刹那に、声を挙げて泣き出さないでゐられないであらうと思ふ気がする、と云つて、人の身は泣くことさへも憚つて、込み上げて来る悲しみを抑制せねばならないと云ふ心持を言外に暗示してゐます。

以上は、和泉式部全集の中から、私の敬愛してゐる歌の一小部分を引用して、皆様の鑑賞の参考と致したに過ぎません。これだけで和泉式部の歌を批判し鑑賞する資料にならないのは勿論ですが、此人が男子の作家の人麻呂以外に大きく光る星であることを、その全集について是非皆様に知つて頂く機縁に、この小篇が役立つなら私の幸ひです。

産褥の記

わたしは未だ病院の分娩室に横になつて居る。室内では夕方になると瓦斯暖炉《がすすとおぶ》が焚かれるが、好い陽気が毎日つづくので日のある間は暖い。其れに此室は南を受けて縁に硝子戸が這入つてゐるから、障子を少し位明けて置いても風の吹込む心配は無い。未だ唯光線がまぶしいので二枚折の小屏風を障子に寄せて斜に看護婦が立てて置く。未だ新しい匂の残つてゐる畳の上に、妙華園の温室を出て来た切花を硝子の花瓶に挿した小い卓と、此月の新しい雑誌が十冊程と並べられてある外に何物も散ばつて居ない。整然として清浄な、而して静かな室である。

看護婦さんは次の副室に控へて居る。其処には火鉢や茶器や手拭掛や、調度を入れる押入や、食器を入れる箱などが備へてあるらしい。見舞に来る人は皆其処で帽や外套《こおと》や被布やを脱ぐ。其人達がわたしの前に現れる時は凡て掩ひを取去つた人達である。羽織袴の立派なのを改まつて著けてゐる人は少い。大抵は常著《ふだんぎ》の人である。裸体で這入つて来るのと格別相違の無い人達である。見舞の言葉もくどくどと述べる人は無い。何れも「奥さん、どうですか」位のことを云つて、後は帝国劇場の噂とか、新刊小説の評判とかを少時《しばらく》して帰つて行く。わたしは其人達の他人行儀の無い、打解けた友情の温く濃かなのが嬉しい。

と云つて其人達はお互の交際範囲でばかり生きてゐる人で無い。芸術ばかりで生きて居られる時代に住んでゐる人でも無い。次の副室に退くや否や、或人は大学帽を被り、或人は獺《かはうそ》の毛皮を襟に附けた外套を被り、或人は弁護士試験に応じる準備の筆記を入れた包を小脇に挟んで帰る。一歩この病院の門を出ればもう普通の人に混じて路を行くのである。わたしは見送に出られる身で無いけれど、わたしの友達が其れぞれ何う云ふ掩ひ物に身を鎧うて此病院の門から世間へ現れ「仮面」の生活を続けて行くかと云ふ事は大抵想像が附く。どうせ軍人にならない人達だから祖国で重宝がられる訳には行くまい。わたしは斯んな事を考へて思はず独で微笑んだ。

副室の前は廊下になつてゐて、玄関から此処まで来るには二三回も屈折して廿四五間もある長い廊下を、おまけに岡の様な地形を利用して建てられた病室の廊下であるから、急な傾斜を二三度も上下して通らねばならぬ。通る人は皆上草履を浮かす様にして通る。此処は音を忌む国なのである。「足音をお静に」と云ふ貼紙が幾所にもしてある。或病室の前には、「重症患者有之候に付特に足音を静に御注意被下度候」とさへ書いてあると云ふ。

併し斯うして病室に横になつてゐる身には、其最も忌むと云はれる「音」が何よりも恋しい。宇宙と云ひ人生と云ふも客観的に云へば畢竟線と色と音との複雑な集りから成立つて居る。学問芸術に携はる人は、其複雑な線と色と音とが有つて居る微妙にして偉大な調和を読んで、一般群集の前に闡明する者だと云つて可い。固よりわたしは然う云ふ立派な芸術家でも無く、殊に今のわたしは産後の疲労の恢復するのを待つて天井を眺めてゐる「只の女」である。其れにしても此病室で見る線と色とは余りに貧弱である。音と云つたら副室で沸る鉄瓶の音と、廊下の前の横長い手洗場で折折医員や看護婦さんが水道栓を捩《ね》ぢて手を浄める音と、何処かで看護婦達の私語する声と、看護婦の溜で鳴る時計の音と、其れ位のものである。宅に居て何時も静かな家に住みたいと願つて居たわたしも此単調には堪へられない。二三日前までは時計の鳴るのを待ち兼ねたが、今ではもう、十二時頃だらうと思ふのに未だ宵の九時を打つたりするのでがつかりして、あの意地の悪い音は聞えない方がよいと思ふ。耳を澄まして何か新しい物音を探し当てようとするが、変つた音の聞えないのは苦痛である。

偶ゞ廊下の遠くから幽かな上草履の音がして、其れが自分の副室の前で留つた時は胸を跳らさずに居られない。其れが行き過ぎて外の病室の見舞客である時は惨めである。人は孤立を嫌ふ。同情して貰ひたいのが素性であるらしい。

　毎日学校の帰りに立寄る長男は、いくら教へて置いても廊下で音を立てる。わたしは気兼をしながら其子供らしい足音を聞くと気が引立つ。夜に入つて見舞に来て呉れる良人は、静かに廊下に立止つて指先で二度ほど軽く副室の入口の障子を弾《はじ》く。中の人に注意を与へて置いて這入つて来るのであるが、しんとした静かな中で響く指音は、忍ぶ恋路の男がする合図の様に聞える。其瞬間、十年前に経験しなかつた若い心持をわたしは今更味ふ様な気がする。

　看護婦さんは行儀の正しい無口な女で、物を言へば薄い銀線の触れ合ふ様な清《す》んだ声で明確《はつきり》と語尾を言ふ。感情を顔に出さずに意志の堅固さうな所は山口県生れの女などによく見る型である。わたしは院長さんの博士よりも此の看護婦さんに余計気が置ける。

　いつも産をして五日目位から筆を執るのがわたしの習慣になつて居たが、今度は病院へ這入《はひ》らねばならぬ程の容体であつたから後の疲労も甚しい。其れに心臓も悪い、熱も少しは出て居る。其れで筆を執らうなどとは考へないけれど、じつと斯《か》うして寝て居ると種種《いろいろ》の感想が浮ぶ。坐禅でもして居る気で其を鎮めようとしても却《かへ》て苦痛であるから、唯妄念の湧くに任せて置く。その中で小説が二種ばかり出来た。一つは二十回ばかり出来てまだ未完である。其等は諳誦して忘れない様にして居るが、歌の形をして浮んだ物丈は看護婦さんの居ない間を見計《みはから》つて良人に鉛筆で書き取つて貰ひ、約束のある新聞雑誌へ送つて居る。せめて側にある雑誌でも読みたいのであるが、院長さんの誡《いまし》めを厳格に執り行ふ看護婦さんに遠慮して、婦人雑誌や三越タイムスの写真版の所ばかりを観るのを楽みにして居る。斯う云ふ意志の強い看護婦さんが側に居られる事は真に患者の為めになるのであると思ふ。

産前から産後へかけて七八日間は全く一睡もしなかつた。産前の二夜は横になると飛行機の様な形をした物がお腹から胸へ上る気がして、窒息する程呼吸が切ないので、真直に坐つた儘呻《うめ》き呻き戸の隙間の白むのを待つて居た。此前の双児《ふたご》の時とは妊娠して三月目から大分に苦しさが違ふ。上の方になつて居る児は位置が悪いと森棟医学士が言はれる。其児がわたしには飛行機の様な形に感ぜられるのである。わたしは腎臓炎を起して水腫《むくみ》が全身に行き亘つた。呼吸が日増に切迫して立つ事も寝る事も出来ない身になつた。わたしは此飛行機の為に今度は取殺されるのだと覚悟して榊博士の病院へ送られた。

生きて復かへらじと乗るわが車、刑場に似る病院の門。

と云ふのがわたしの実感であつた。

二月の初に一度産の気が附いて、産婆や看護婦が駆け付け、森棟先生に泊つて頂く様な騒ぎを夜通しながら其儘鎮まつて仕舞つた。此前の産も同じ様な事があつて一月程経つてから生れた。癖になると云ふから今度も三月に入つて生むのかと想ふと、其様に延びてはわたしの体が持ち相に無い。森棟さんも榊博士も人工的に分娩を計らねばなるまいと言はれる。良人も親戚の者も子供は何うなつても可いから母親の体を助けて欲しいと言ふ。わたし自身にも然う考へて居た。死を怖れるのでは勿論無い。死ぬる際の肉の苦痛を怖れるのかと云ふと、多少は其れもあるが、度度の産で荒瀬に揉まれて居る自分には、男子が初陣の戦で感じる武者ぶるひ程の恐怖は無い。又もつと生き永らへて御国の為に微力を尽したいの、社会上の名誉が何うのと云ふ様な気楽な欲望からでは更更無い。つづまる所良人と既に生れて居る子供との為に今姑《しばら》く生きて居たいと言ふ理由に帰着する。此の切端《せつぱ》詰つた場合の「自分」と言ふ物の内容は良人と子供とで総てである。平生の心で考へたなら、何も自分が居なくなつたからと云つて良人や子供が生きて行かれぬ訳も無いであらう。其れが此場合では、自分が亡くなると同時に良人と子供とが全く一無に帰して仕舞ふ気がしてならぬ。人は何処までも利己的である。禅家の大徳の臨終が立派であると云ふのは何よりも繋累《けいるゐ》の無いと云ふ事が根柢になつては居ないでせうか。

わたしは斯んな事で産前十日程から不安に襲はれ、体の苦痛に苛《さいな》まれて、神経が例に無くひどく昂《たかぶ》つて居た。

お産は二三度目が比較的楽で、度び重る程初産の時の様な苦痛をすると云ふ。産む人の体質にも由る事でせうが、わたしの経験した所ではよく其れが当て適《はま》る。此前の産も重かつたが、今度のは更に重かつた。産む時ばかりで無く、産前産後に亘つて苦痛が多かつた。幸ひ人工的の施術も受けず、二月廿二日の午前三時再び自然の産気が附いて、榊博士の御立会下さつた中で生みました。わたしは病院の御厄介になると云ふ事を従来《これまで》経験しませなんだが、お産を病院ですると云ふ事は経済さへ許せば万事に都合がよい。院長さんに親しく脈を取つて頂き、産婆さんや看護婦さんの手が揃つて居るので、産婦には何よりも心強い。

けれども産む時の苦痛は減じない、却《かへつ》て従来よりも劇しかつた。

悪龍《あくりよう》となりて苦しみ、猪となりて啼《な》かずば人の生み難きかな。

蛇の子に胎を裂かるる蛇の母そを冷くも「時」の見詰むる。

と思つて悲鳴を続けて居るより外は無かつた。先に生れた児は思つたよりも容易でしたが、例の飛行機が縦横にわたしを苦める。博士が「手術をしよう」と沈着《おちつ》いた小声で言はれた時、わたしは真白な死の崖《きりぎし》に棒立になつた感がした。

逆児の飛行機が死んで生れた。後で聞くと院長さんが直ぐに人工呼吸を施して下さつた相であるけれど甲斐が無かつた。

その母の骨ことごとく砕かるる呵責の中に健き児の啼く。

胎の子は母を嚙むなり。静かにも黙せる鬼の手をば振るたび。

よわき児は力およばず胎に死ぬ。母と戦ひ姉と戦ひ。

あはれなる半死の母と呼吸せざる児と横たはる。薄暗き床。

産後の痛みが又例に無い劇しさで一昼夜つづいた。此痛みの劇しいのは後腹の収縮の為に好い兆候だと云ふのですけれど、鬼の子の爪が幾つもお腹に引掛つて居る気がして、出た後でまでわたしを苦めることかと生れた児が一途に憎くてなりませなんだ。親子の愛情と云ふものも斯う云ふ場合には未だ芽を萌《ふ》かない。考へて見ると変なものである。

隣の室で良人の弟と昴《すばる》発行所の和貝さんとが、死んだ児の柩に成るべく音を立てまいとして釘を打つて居る。良人が「一目見て置いて遣らないか。これまでに無い美くしい児だ」と云つたけれど、わたしは見る気がしなかつた。産後の痛みの劇しいのと疲労とで、死んだ子供の上などを考へて居る余裕は無かつた。

その母の命に代はる児なれども器の如く木の箱に入る。

虚無を生む、死を生む、斯かる大事をも夢と現の境にて聞く。

実際其場合のわたしは、わが児の死んで生れたと云ふ事を鉢や茶椀が落ちて欠けた程の事にしか思つて居なかつた。桐ケ谷の火葬場まで送つて来て呉れた弟が、その子煩悩な心から「可愛い児でしたのに惜しい事をしました」と云つて目を潤ませた時、初めてわたしも目が潤んだ。其れは死んだ児の為に泣いたのでは無い、弟の其子煩悩な美くしい涙に思はず貰泣をしたのであつた。

漸く産後の痛みが治つたので、うとうとと眠らうとして見たが、目を瞑《つぶ》ると種種の厭な幻覚に襲はれて、此正月に大逆罪で死刑になつた、自分の逢つた事もない、大石誠之助さんの柩などが枕許に並ぶ。目を開けると直ぐ消えて仕舞ふ。疲れ切つて居る体は眠くて堪らないけれど、強ひて目を瞑ると、死んだ赤ん坊らしいものが繊《ほそ》い指で頻に目蓋《まぶた》を剝かうとする。止むを得ず我慢をして目を開けて居ることが又一昼夜ほど続いた。斯んな厭な幻覚を見たのは初めてである。わたしの今度の疲労は一通で無かつた。

日が経つに従つて産後の危険期も過ぎ、余病も癒り、体も心持も次第に平日に復して行くらしい。昨日から少しづつ室内を歩く事を許され、文字なども短いものならば書いてよい事になつた。

わたしの目に触れないで消えて仕舞つた死んだ赤ん坊の印象は、産の苦痛の無くなつた今日何もわたしに残らない、まるで人事の様である。空である、虚無である。唯其児の為にと思つて拵へた赤い枕や衣類が、副室の押入に余計な物になつて居るのを見ると、物足らない淡い哀しみが湧いて来る。やはり他人に別れたのでは無い、棄てられた母と云つた様な淋しい気持である。

看護婦さんは硝子の花瓶から萎れたヘリオトロオプを一本抜いて捨てに行つた。

わたしは早く騒しい中六番町の宅へ帰りたい。


婦人問題を論ずる男の方の中に、女の体質を初から弱いものだと見て居る人のあるのは可笑《をか》しい。さう云ふ人に問ひたいのは、男の体質はお産ほどの苦痛に堪へられるか。わたしは今度で六度産をして八人の児を挙げ、七人の新しい人間を世界に殖した。男は是丈の苦痛が屢ゝせられるか。少くともわたしが一週間以上一睡もしなかつた程度の辛抱が一般の男に出来るでせうか。

婦人の体質がふくよかに美くしく柔かであると云ふ事は出来る。其れを見て弱く脆いと概論するのは軽卒で無いでせうか。更に其概論を土台にして男子に従属すべき者だと断ずるのは、論ずる人の不名誉ではありませんか。

男をば罵る。彼等子を生まず命を賭けず暇あるかな。

わたしは野蛮の遺風である武士道は嫌ですけれど、命がけで新しい人間の増殖に尽す婦道は永久に光輝があつて、かの七八百年の間武門の暴力の根柢となつて皇室と国民とを苦めた野蛮道などとは反対に、真に人類の幸福は此婦道から生じると思ふのです。是は石婦《うまずめ》の空言では無い、わたしの胎を裂いて八人の児を浄めた血で書いて置く。日本の女に欧米の例を引いて結婚を避ける風を戒める人のあるのは大早計である。日本の女は皆幸福なる結婚を望んで居る。剛健なる子女を生まうと準備して居る。

ロダン翁に逢つた日

私がロダン翁にお目に掛つたのは一九一二年（大正元年）六月十八日の午後でした。私は生れてからまだ世界の偉人と云はれるやうな大きな人格にまのあたり接したことが無いので、ロダン翁を尋ねようと良人が言ひ出した朝の私の心は一種の不安と怖《おび》えとを感じました。

その頃は夏季旅行が近づいて居たので、名家の旅行先が毎日の新聞に予報されて、気早な人達がぼつぼつ巴里を出発する頃でした。詩人ヹルアラン氏が故郷の白耳義《ベルギー》へ立ち、画家のルノワアル氏が南伊太利のニツスへ立つたと云ふやうな新聞記事を見て、私達も倫敦へ遊ばうと思ひ、其前にロダン翁にお目に掛つて置かないと、翁も屹度どこかへ旅行せられるでせうから、秋にならねば逢はれないことになるだらうと考へたのでした。

其日は今から思ふと私の一生に記念の深い吉日で、午前には仏蘭西現代詩人の雄であるアンリイ・ド・レニエ氏を訪ねて氏の書斎でお話を聞くことが出来ました。有名な女詩人で氏の夫人であるゼラアル・ド・ウギユ女史にもお目に掛りました。

巴里の郊外、セエヌ川の下流左岸の緑陰に富んだ高丘一帯の地はムウドン、セエヴル、サン・クルウの三大邑に分れて、何れも有名な景勝の地ですが、そのムウドンの停車場で汽車を下りて巴里の方へ十五六町ほど引返すと、之もセエヌ川を遥かに見下ろした好い景色のベル・ギウ村があります。ロダン翁の宅は其の村の崖に臨んだ処にあつて、下を通る汽車の窓から注意して仰ぐと、翁の庭にある風車が木立の間に見えるのです。

停車場から阪になつた赤い色の路を馬車に乗らずに日本の空気草履で十五六町歩くのは私に可成苦労でした。巴里の街では暑気を感じないのに、郊外の日光に直射されるのと、阪路の徒歩と日本服を着て居たのとで、私は汗をかきました。之が欧洲の夏の旅行で私が汗をかいた唯だ一度の経験です。其後郊外へも度度遊びに行きましたが一度も手巾を取出して汗を拭くと云ふやうなことの無かつたので思ふと、英国や仏蘭西の夏が如何に凌ぎよいかが解ります。

翁の宅の入口は二列のマロニエの好い並木が半町ほど緑のトンネルを作つて居ます。其突きあたりに粗末な木造の門があつて、門を入つた直ぐ右側に同じく粗末な木造のアトリエがあります。アトリエでは翁の弟子の若い彫刻家が翁の助手として仕事をして居ました。中央に翁の製作に関る英国の画家ホイツスラアの塑像が未完成の姿を見せて居ました。

翁は巴里にあるアトリエへ行かれて不在でしたが、白茶色の麻の長い服を着たロダン夫人が玄関へ出て来て会つて下さいました。銀髪の、背のすらりとして肉のしまつた優形《やさがた》の、細おもてな、言葉づかひや様子の気高くて円味に富んだ、さうして慈愛の溢れた老夫人です。夫人は日を定めて案内するから必ず今一度来るやうにと云はれ、私も再び御訪問することをお約束したのでしたが、俄かに帰朝することになつて其れきりお目に掛られなかつたのを残念に思ひます。夫人が四時までに巴里のアトリエに行つて今直ぐロダン翁に会へと云はれるので、私達三人は其積りで翁の宅を辞しました。帰りは小蒸汽船に乗つてセエヌ川を溯る積りだと私達の言ふのを聞いて、夫人は「徒歩ではお苦しいでせう、ロダンの馬車に乗つてお行きなさい」と云はれ、私達の辞退するのを許さないで、僕《しもべ》を喚んで馬車の用意をさせ、さうして手づから後庭の薔薇を摘んで大きな花束を私の手に取らせられるのでした。ムウドンの乗船場まで二十町程の途中、私達三人はロダン翁が朝夕に乗られるその古ぼけた、粗末な、一頭立の馬車の上で感激に頰を熱くしながら其花束を嗅ぎ合つて居ました。

セエヌの水はお納戸色の絹の上を行くやうでした。アレキサンドル三世橋で汽船を下りて、私達は自動車でオテル・ド・ギロンを訪ひました。近く政府に買上げて保護建築物の一つになつたと云ふこの歴史的の旧い邸には、在来の住人に立退きを命じたので、唯だロダン翁だけが、後半生の傑作の大部分を此処で製作したその思出の深いアトリエを立去りかねて、其一部に一人留つて居られるのでした。僧院のやうな感のする建築です。

受附のギャルソンが私達を見て、「東洋の美術品を売りに来たのか」と云つたとかで、同行の松岡曙村さんと良人とは一寸苦笑して居ました。東洋と云つても日本の意味で無く私達を土耳古《トルコ》人か印度人かに想つたのでせう。有島生馬さんから私が頂いて来た紹介状に三人の名刺を添へて出すと、その突然の訪問を咎めないで直ぐに「お入りなさい」と云はれました。

玄関の次の室には十余軀の翁の製作が群像のやうに並んで居ました。其れを通過すると翁の書斎があります。背のやや低い、腹の出た、太い大きい翁は其処で一一私達に握手されました。先客には一人の三十五六歳の貴婦人が来合せて居ました。私達はその貴婦人と改まつて名乗り合ひませなんだが、翁はその婦人を公爵夫人と屢屢呼ばれるのでした。松岡さんはその仏蘭西語に英国人のアクサンがあるから英国の貴婦人で翁の崇拝者だらうと後で話して居ました。

翁は立つて手づから椅子を配置されました。席は中央の大きな卓を前にして、斜に半円形を描き、私、翁、公爵夫人、良人、松岡と云ふ順に並びました。銀髪の翁は鼠色のアルパカの上衣に黒いヅボンを着け、鼻眼鏡を掛けて、大きなフオトイユに凭り、七十余歳とは見えないまで赤味を帯びた血色の好い豊かな両方の頰に断えず太洋のうねりのやうな大きい微笑を浮べて語られるのでした。この中央の大きな卓には後に良人が訪問しました時には百通以上もある手紙が積まれて書記が其れに代筆で返事を書くと、翁が一一署名されて居たと云ふことです。急がない手紙の返事はさうして十日に一度ぐらゐ返事を出されるのだと云ひます。

私は今その日のことを想ふと実に冷汗が出ます。翁の前に出た私は一片の瓦にもひとしく、ひともとの雑草にもひとしい無知な一人の日本の女であつたのです。翁が私に向つて何か云はれて、其れを男達に訳して貰ふ度に、私は唯だ痴鈍な微笑の下に点頭《うなづ》いてばかり居ました。私は翁に向いて何を問うてよいか、何を語つてよいかを全く考へ附きませなんだ。私は白痴の小児が青空を仰ぐやうに我を忘れて翁の偉大な愛のエマナシヨンの中に翁の顔を凝視し、翁の声に聞き惚れて居ました。

さうです、唯だ偉大な愛です。何物も何物も包容した偉大な愛です。翁に比べると午前に会つたレニエ氏は単に高雅な仏蘭西人であると云ふ気がしたに過ぎません。併し翁は一見して国境と種族とを超越した世界の真人だと云ふ気がします。翁に対して居ると仏蘭西に居ると云ふ心持を全く忘れます。翁の太い首筋を見ただけでも世界の土からぬつと生えて出た巨大な、しかもみづみづしい人間の大木だと云ふ感を受けます。翁は厳粛も、雄大も、優雅も、高潔も、繊細も、情欲も、苦悶も、其他の何物も寛容して余さない絶対の愛其物の実現です。その作物に対する時とその作者に対する時と其実感がぴつたりと合つて居る不可思議を翁に於て初めて私は実験しました。私は偉大な愛、無限の愛の実現として評する外に翁に親炙した時の感銘を形容する言葉を知りません。私は其日までに翁の製作を多少見て居ましたけれど、唯だ漫然と感服して居たに過ぎなかつたのですが、翁の芸術が太陽の煮えたぎるやうに熱し、エエテルの空を満たすやうに大きい翁の命其物であると云ふことは、翁に接して初めて端的に合点することが出来たやうに思ひました。

こんなに大きく強い、汚《けが》されない、自由な、生地《きぢ》のままのやうな巨人が地上にある。私は其巨人と時を同じくして生きて居る。その上私は其巨人と面接することが出来た。私はまた其れを思ふと、全く自分の無知無力の耻を忘れて、自分の幸福の大きさに感激しないで居られません。

翁の語られたことの中で今も記憶して居ることは、翁が亡くなつた彫刻家荻原守衛さんを激賞されたことです。

翁は若くて死んだ自分の弟子の日本人と云はれ、「あの青年芸術家は仏蘭西滞在中に度度自分の処へ訪ねて来たのでは無かつたが、自分の作物を見てよく自分の芸術を領解し、彼れの作物は自分に触れて彼自身を最もよく開いた」と云はれました。

翁はまた「自分のデッサンを日本に送つて展覧会を開きたい。仏蘭西人に自分のデツサンを解する者は少ないが、日本人にはよく解るだらうと思ふ」と云はれ、また日本の踊を大変賞められました。この二つのことは翁が日本を買被つて居られるのを心苦しく思ひました。

話して居る中に薄暮になりました。辞して帰らうとすると、翁は「よく今日訪ねて来て下さつた。明日から旅に出る積りであつた」と云はれ、秋になつて旅から帰つたら私達を招いて世間に出さない幾多の製作を見せようと約されましたが、私は翁が旅から帰られるのを待たずに巴里を立つに到つたことを同じく残念に思ひます。その日翁が署名して私に下さいました写真は難有い記念として大切にして居ります。翁は別れに際して玄関先きまで送つて出て、私の右の手に接吻をなさいました。

戦争前までは翁から三四回お手紙を頂きましたが、其後にこちらからも御無沙汰を致して居ります。私が欧洲から帰つて生みました四男のアウギユストは記念として翁の宗教名を附けたのですが、其事を申上げると翁は名附親となることを喜んで、四男を祝福するお手紙を下さいました。

ロダン夫人から頂いた花束の枯れたのが近頃反古にまじつて出て来ました。私はその枯れた花を庭に棄てて日本の土が其れだけ豊富になり且つ浄まつたと云ふ意味の詩を作りました。

婦人運動と私

私は以前から自ら婦人運動を起したり、その運動に加はつたりする事は避けてゐます。私の性格と実力と境遇とに考へて、さう云ふ実際運動は私の柄に無いことを自覚してゐるからです。それで此の十五六年間に、いろいろの婦人達の運動に参加を求められ、どれだけ多くの勧誘を受けたか知れませんけれど、私は悉く御辞退して仕舞ひました。従つて今日までどの婦人団体にも名を列ねた事がありません。私としては柄にない事をして、無駄骨を折りたくないからです。

その代り、少しでも理由があり価値のある婦人運動には、私の微力の可能な範囲に於て、それに声援をし、或は弁護をもする事を辞せずして今日に及んで居ます。「可能な範囲」と云ふのは私の久しく当つてゐる文筆の事業を云ふのです。文筆で用の足ることなら、私は今後も新しい婦人運動の中の尊敬すべき実質を持つものに限り、出来るだけの味方をする積りです。併し今日では、十年前と異つて、婦人の間に私以上の議論をする若い人達が殖えたし、また男子の間に立派な婦人論をする指導者が多く出てゐるのですから、婦人運動はもう私のやうな者の声援を要しない筈です。それだけ婦人問題は日本人の間に普及し、男女共通の実際生活に編み込まれたものとして大に喜ばねばなりません。

十四五年前に、神棚や仏壇を家毎に祀れと言つた下田次郎氏、同じく夫唱婦和を男女道徳の本体として賢母良妻主義を固執した三輪田元道氏と云ふやうな最も保守的な女子教育家達までが、最近四五年来は、君子豹変の例に洩れず、反対に婦人問題の左傾的な新論客となられたやうな事実を見るとさながら隔世の感があります。かうして我国に於る女子解放の思想は議論としては勿論、実行としても着着勝利を得つつあるのです。一つは外来の文化に刺激された所もありますが、平塚明子さんのやうな少数青年婦人の勇敢な実際運動と其れに共鳴する新時代の若若しい多数の男女の自覚が、かう云ふ優勢な機運を作つたのだと思ひます。

明治の初年には政治家と教育者と基督教の牧師とが世界の新思想を我国に入れることに就て進歩して居たらしいのですが、この二三十年間は反対に民間の青年男女の方が進歩した気分、感情、思想を持つて、保守的な政治家、教育者及び家庭と戦ひました。さうして今日は、其等の保守主義者が進歩した若い民衆に追随して新思想に改宗しようと焦つてゐる時代になつたのです。婦人運動の目的は、かくして欧米のやうな極端な抗争を見ること無しに、私達の注文通り円滑に実現されて行きたいものです。それで私は、婦人問題は最早啓蒙の時代が過ぎ、団体の力を以て社会の耳目を驚かす時代が過ぎて、今は個人個人の実際生活に之を行施し表現する時代に入つたと思ふのです。

改革の着手には粗笨《そほん》な言動や軽佻な言動も混じますが、改革を各人が我身自身に実行する場合には、もはや抽象論は何にもならず、着実に自分の現に与へられた立場と実力とを凝視して、自分相応の新しい理想的な仕事に専心する外はありません。私は此意味に於て、以前から、微力の許す限り、自分の縁のある仕事に努めてゐます。加ふるに、もう私の年配になると私の為し得る仕事の範囲が予見されて、あれや是やに気を散らし、精力を濫費しようとは思ひません。(と云つて、自分の大切な精力の大半を不本意にも物質生活の資源に濫費してゐるのですが。)私は十一人の子供の教育に就て良人と共に可なりの精力を要します。それから自己の教育のため、また友人と経営してゐる学校の生徒の教育のためにも力を割き、好きな文学的創作のため、また他から頼まれて書く文筆の仕事(私はまだ自ら進んで新聞雑誌に物を書いた事も無く自ら書物屋に頼み廻つて出版した事もありません。)にも力を割いてゐます。之がためにに、私は過度に体と脳とを使ひ、夜も深更まで起きてゐて、人のする楽寝と云ふものを一度もした事がありません。私は之が自分の実行の最大限度であると思ふまでに働いてゐます。それでも私の良心は「お前は無駄が多い、お前は怠け者だ」と云つて私を責めますが、是以上の事に手を出せば屹度私は牛の真似をした蛙のやうに自ら身を亡ぼします。

近頃或雑誌に神近市子さんが、与謝野晶子は文学や女子教育に隠れてしまつて、婦人論をしないと云つてゐられるのを見ましたが、私は決して隠れたのではありません。私は現に私の生活をしてゐるのです。私の柄に合つた仕事をしてゐるのです。改革の端緒は或は議論に導かれるでせうが、其実現は自分相応の生活の建設の外には無いと思ひます。私は初めから婦人問題の啓蒙運動に声援はしてもその実際運動には少しも参加しなかつた者です。私はそれだけの余力を持ちません。併し私の粗末な文筆に由る声援もまた婦人運動の一種だと云ふ見方があるなら、私もその意味の婦人運動には、今後も微力を裂きたいと考へて居ます。

鰹

去年の秋から武蔵国金沢の海岸を徘徊する一人の僧がある。去年と云ふのは後醍醐天皇の元徳二年からその前年を云ふのである。いつも古びた焦茶色の法衣を著けて竹の杖をつき、素足に草履を穿いてゐる。こんな風体をしてゐても人品は卑しくない。年は四十五六である。折折土地の漁師に島の名を問うたりする言葉は京言葉である。朝はよく弁財天を祀つた出島に立つて海の日の出を見てゐる。夕方はよく野島の附近の波打際を歩いてゐる。称名寺へはいろいろの僧が上方からも奥州の方からも来て滞留することがあるので、土地の農民も漁師も此僧に何の注意をも払つてゐない。

併し此僧は称名寺衆ではなかつた。雨が降る日などに少年の漁師の著る小さな蓑笠を法衣の上に被き、足駄を穿いて称名寺の大門を潜りはするが、本堂の前で三拝した後は文庫に入つて宋版の外典《げてん》を読み、正午になると懐から糒《ほしい》を出して噛りながら猶読みつづけてゐる。文庫を預つてゐる僧は此僧に対して甚だ慇懃に待遇し、食時には茶を持つて出る。或日の八つ時に菓子を出したが、僧は少しも手を著けずに、迷惑相な顔をして、「以後かやうなお心づかひは一切お止め下されい」と云つたので、其後唯だ茶だけを出すことにしてゐる。僧は夕方もとの唐櫃へ書物を鄭重に蔵めて帰つて行く。住んでゐるのは瀬戸明神社から西へ三町の山中で、そこに六畳一室の草庵がある。去年鎌倉の大工が何処かの房の古材を運んで来て建てた粗末な茅葺ながら、中に張り詰めた板間は琢いたやうに光つてゐる。僧は蓑笠を外の壁に掛けて、足を拭いて内に入る。室の中央に円座が一枚敷かれてゐる。外に目に入るものは小机、短檠《たんけい》、火桶、油壺、寝具と食器、何れも整然と片隅に寄せられてゐる。什器は少ないけれども、どの品も此僧と此の草庵とに対してふさはしくない優雅な品ばかりで、小机にも其れに載せた硯筥にも蒔絵や螺鈿の装飾が施されてゐる。皆鎌倉の瑞泉寺から運ばれた物である。

僧は此地の勝景に心を引かれて草庵生活をしてゐる中に今年も春の末になつた。或朝瀬戸橋に通りかかると、珍らしく沖から帰つた漁船が幾艘も著いて、見知らない魚が陸揚される所である。僧は持前の知識欲から思はず立止つて一人の老いた漁師に聴いた。

「何と云ふ魚ですか」

漁師は出家がこんな事を問ふのを蔑むやうな口調で答へた。

「鰹でさあ。うまくもねえ、どぎつい味の肴だが、一昨年あたりから鎌倉の武家衆が頻りと召上るんでね、これが世間にも流行りましてね、今ぢやあ大磯の遊君達の座敷でも鯛や鴨と同じやうに珍重されますぢや」

僧は点頭いて「あり難う」と云つたまま行き過ぎた。其頃は三浦海岸が鰹の産地であつたから、金沢の漁船ばかりで無く、房州の漁船までが毎日のやうに鰹を積んで鎌倉への街道である此地の磯に集つた。其中には漁区の争ひから三浦の漁師仲間と館山の漁師仲間が沖で血を流す騒乱などもあつた。また同じ金沢の漁師仲間で船と網を持つ親方と雇はれて労働する子方とが、鰹の売代の分前の事で喧嘩して三日も漁を休むやうな事件もあつた。鰹が去年ほど大漁でない事が漁師仲間の気を荒立たしめる原因でもあつた。

　僧は此の騒ぎに由つて自分が金沢の自然から受けてゐる感銘を乱したくなかつたので、ふつつりと海岸の逍遥を止めてしまつた。さうして彼れは近頃の人がそんなに鰹を珍重する事に就て、人間の嗜好と云ふものが変化するものである事を知つて、この坂東武士のあくどい趣味がいつか上方にも及ぶのでないかと思つて眉を顰めた。彼はまた思つた。もう既に足利尊氏が勢力を得て以来、京の趣味は可なり坂東武士に破壊されてゐるではないか。厭な世態である。併し其れは悪い変化だけを見て思ふのだ。流転が人界の相であるとするならより善い変化も必ずあるに違ひない。保元以来天下は武人の専権に帰してゐるが、永い未来には反対に武人と武器とを蔑視する時代も実現するであらう。今は誰も実際の大勢に抗し難く、自分のやうな世外の者でも間接には武門の庇蔭を蒙つて、かうした気楽な行脚をしてゐるのであるが、いつかは武門が影をひそめて朝廷と民とが一体となる御代がある筈である。僧はかう思つてはかない希望を遠い未来に繋ぐのであつた。

海岸へ出て歩かない日が続くと、僧はもう此地に留まつてゐる意義が無いやうに感ぜられた。秋から春までの金沢を観たのであるから、次第に暑くなる夏に対して未練は無かつた。京へ帰つて西山あたりに幽栖の地を求めよう。其前に大和へ廻つて若葉の吉野を見よう。かう思つて俄かに金沢を去つた彼は、鎌倉の瑞泉寺へ立寄つて、食堂を預る僧に立ちながら云ふのであつた。

「いろいろと永らくお世話になりました。もう帰りたくなつたので帰ります。草庵も拝借の品品もお返し致します。難有いことでした。和尚さんに宜しく申上げて下さい。先を急ぐのでお目に懸りませんから」

彼は詠草を入れた頭陀袋を首に掛けた外は杖さへも携へてゐない。今一度鶴が岡八幡の宝前に額づいて普門品を諳《そら》で廻向し終ると、飄然として鎌倉を西へ出てしまつた。

後年此僧の随筆が京の吉田の感神院で発見された時、其中に次の一節があつた。

「近年鎌倉で鰹と云ふ魚を非常に珍重してゐる。彼地の老人の話では、もとは立派な料理に用ひるものでなかつた。頭は下部《しもべ》さへも捨てて食べなかつた。世情が変るとこ、いんな下品な物までが貴人の膳にまで上つたりするものである」

金沢の漁師達は此僧が「徒然草」の著者兼好である事を知らなかつたので、其後久しく草庵の跡も分らねば、兼好に関する口碑も其の土地に残つてゐない。鰹が三浦海岸で捕れなくなつてからも二百年を経てしまつた。

与謝野鉄幹（よさの　てっかん）

明治六年、京都府に生れる。年少にして漢詩をものした早成の才は、上京して落合直文の門に入り、新派和歌の推進者として旧派を難ずる「亡国の音」を明治二十七年に発表すると、渡韓して閔妃暗殺事件に関与し、国士ぶりを行動に描く。その間の詩情を、同二十九年刊行の詩歌集「東西南北」に賦して再び詩歌の革新につとめた運動は、同三十二年「東京新詩社」の設立に続いて「明星」の発刊に展開、晶子はじめ、吉井勇、北原白秋、高村光太郎らの名家を輩出し、文字どおり絢爛たる浪漫主義文学の隆盛を招来した点、その存在において大なるものがあった。その後、新天地を求めて渡仏して得た成果を、大正三年、訳詩集「リラの花」に著し、昭和十年歿。

与謝野晶子（よさの　あきこ）

明治十一年、大阪に生れる。堺女学校に在る頃から古典に親しみ、やがて詩歌の作をなすうち、同三十三年「東京新詩社」の社友となり、相識った鉄幹との恋愛を才気と情熱の迸るまま放胆に歌い上げた作品を「明星」に掲げたのを、翌三十四年に処女歌集「みだれ髪」として上梓する。近代の短歌の途を拓いた一巻によって、広く文芸界に名を馳せ、結婚した鉄幹との家庭を治めながら、その後「小扇」あるいは山川登美子、茅野雅子との合著「恋衣」他に円熟した歌境を示す一方、社会問題に関心しては評論に筆を揮い、「源氏物語」の現代語訳等、広汎な活動は、近代日本の女性史上に一大偉観をなした。昭和十七年歿、遺歌集「白桜集」がある。

近代浪漫派文庫　13　与謝野鉄幹　与謝野晶子

二〇〇六年二月十二日　第一刷発行

著者　与謝野鉄幹　与謝野晶子／発行者　小林忠照／発行所　株式会社新学社　〒六〇七―八五〇一　京都市山科区東野中井ノ上町一一―三九　印刷・製本＝天理時報社／DTP＝昭英社／編集協力＝風日舎

ISBN 4-7868-0071-6

落丁本、乱丁本は左記の小社近代浪漫派文庫係までお送り下さい。送料小社負担でお取り替えいたします。

お問い合わせは、〒二〇六―八六〇二　東京都多摩市唐木田一―一六―二　新学社　東京支社

TEL〇四二―三五六―七七五〇までお願いします。

◉近代浪漫派文庫刊行のことば

文芸の変質と近年の文芸書出版の不振は、出版界のみならず、多くの人たちの夙に認めるところであろう。そうした状況にもかかわらず、先に『保田與重郎文庫』（全三十二冊）を送り出した小社は、日本の文芸に敬意と愛情を懐き、その系譜を信じる確かな読書人の存在を確認することができた。

その結果に励まされて、専ら時代に追従し、徒らに新奇を追うごとき文芸ジャーナリズムから一歩距離をおいた新しい文芸書シリーズの刊行を小社は思い立った。即ち、狭義の文学史や文壇に捉われることなく、浪漫的心性に富んだ近代の文学者・芸術家を選んで四十二冊とし、小説、詩歌、エッセイなど、それぞれの作家精神を窺うにたる作品を文庫本という小宇宙に収めるものである。

以って近代日本が生んだ文芸精神の一系譜を伝え得る、類例のない出版活動と信じる。

新学社

新学社近代浪漫派文庫（全42冊）

❶維新草莽詩文集
❷富岡鉄斎／大田垣蓮月
❸西郷隆盛／乃木希典
④内村鑑三／岡倉天心
⑤徳富蘇峰／黒岩涙香
⑥幸田露伴
❼正岡子規／高浜虚子
⑧北村透谷／高山樗牛
⑨宮崎滔天
⑩樋口一葉／一宮操子
⑪島崎藤村
⓬土井晩翠／上田敏
⑬与謝野鉄幹／与謝野晶子
[14]登張竹風／生田長江
⓯蒲原有明／薄田泣菫
⑯柳田国男
⑰伊藤左千夫／佐佐木信綱
⓲山田孝雄／新村出
⓳島木赤彦／斎藤茂吉
⓴北原白秋／吉井勇
㉑萩原朔太郎
㉒前田普羅／原石鼎
㉓大手拓次／佐藤惣之助
㉔折口信夫
㉕宮沢賢治／早川孝太郎
㉖岡本かの子／上村松園
㉗佐藤春夫
㉘河井寛次郎／棟方志功
㉙大木惇夫／蔵原伸二郎
㉚中河与一／横光利一
㉛尾崎士郎／中谷孝雄
㉜川端康成
㉝「日本浪曼派」集
㉞立原道造／津村信夫
㉟蓮田善明／伊東静雄
㊱大東亜戦争詩文集
㊲岡潔／胡蘭成
㊳小林秀雄
㊴前川佐美雄／清水比庵
㊵太宰治／檀一雄
㊶今東光／五味康祐
㊷三島由紀夫

※白マルは既刊　四角は次回配本